VENTO ENDIABRADO

Regina Helena de Paiva Ramos

VENTO ENDIABRADO

MINOTAURO

VENTO ENDIABRADO
© Almedina, 2023
AUTORA: Regina Helena de Paiva Ramos

DIRETOR DA ALMEDINA BRASIL: Rodrigo Mentz
EDITOR: Deonísio da Silva
ASSISTENTES EDITORIAIS: Mary Ellen Camarinho Terroni
ASSISTENTES DE PRODUÇÃO: Larissa Nogueira e Letícia Gabriella Batista
ESTAGIÁRIA DE PRODUÇÃO: Laura Roberti

REVISÃO: Daboit Textos
CONCEPÇÃO GRÁFICA: Eduardo Faria/Officio
SUPERVISÃO GERAL: Deonísio da Silva

ISBN: 9788563920577

Setembro, 2023

Dados Internacionais de Catalogação na Publicação (CIP)
(Câmara Brasileira do Livro, SP, Brasil)

Ramos, Regina Helena de Paiva
Vento endiabrado / Regina Helena de Paiva Ramos.
-- São Paulo : Minotauro, 2023.
ISBN 978-85-63920-57-7
1. Romance brasileiro I. Título.

23-171407   CDD-B869.3

Índices para catálogo sistemático:

1. Romances : Literatura brasileira B869.3

Eliane de Freitas Leite - Bibliotecária - CRB 8/8415

Este livro segue as regras do novo Acordo Ortográfico da Língua Portuguesa (1990).

Todos os direitos reservados. Nenhuma parte deste livro, protegido por *copyright*, pode ser reproduzida, armazenada ou transmitida de alguma forma ou por algum meio, seja eletrônico ou mecânico, inclusive fotocópia, gravação ou qualquer sistema de armazenagem de informações, sem a permissão expressa e por escrito da editora.

EDITORA: Almedina Brasil
Rua José Maria Lisboa, 860, Conj.131 e 132, Jardim Paulista
01423-001 São Paulo | Brasil
www.almedina.com.br

"A despeito da nossa orgulhosa pretensão de dominar a natureza, ainda somos suas vítimas na medida em que não aprendemos nem a nos domar a nós mesmos. De maneira lenta, mas que nos parece fatal, atraímos o desastre"

—CARL GUSTAV JUNG, O Homem e seus Símbolos.

"A mente indisciplinada é como um elefante. Se deixado sem controle, andando às tontas, vai fazer grandes estragos. Os danos e sofrimentos que nos acometem quando deixamos de controlar os impulsos negativos da mente superam de longe os estragos que um elefante pode causar".

—DALAI LAMA, Uma Ética para o Novo Milênio.

"A vida do homem sobre a terra é uma guerra".

—LIVRO DE JÓ. Capítulo VII

CONTÉM

11 **Retrato**

ANOS 70

15 Capítulo 1
43 Capítulo 2
73 Capítulo 3
101 Capítulo 4
125 Capítulo 5

ANOS 80

149 Capítulo 6

ANOS 90

177 Capítulo 7
199 Capítulo 8
217 Capítulo 9

ANOS 2000

241 Capítulo 10
269 Capítulo 11

291 **Retrato final**

Retrato

*Cheiro doce/gostoso do pau-que-brota
quando fica em flor.*

DOIS DIAS DEPOIS da inauguração da igreja de Jacurici, a vice-presidente da comissão de obras, Carolina dos Anjos, foi dormir na sacristia com o namorado, sujeito feio que cheirava a cigarro vagabundo e a cachaça e, por artes do destino, era seu primo. Carolina era casada. O marido, corno ignorante dos chifres, dos quais só ficou sabendo muito tempo depois, quando a igreja já tinha anos de inauguração e até precisava de reforma. O primo feioso, separado da mulher, era pai de um filho drogado que tinha uma perna amputada e quando ficava muito precisado injetava a cocaína no cotó ainda não cicatrizado.

São coisas e gentes de Jacurici, praia linda, lugar agradável, quase paraíso.

Belezas muitas, de verdade. Quando se vem pela estrada e se chega ao alto do morro é aquele deslumbramento, não tem forasteiro que não se encante. Lá em baixo a curva macia da praia de areias brancas, o mar se chegando em estrias de espuma, depois o verde escuro da mata se rendendo ao areal. Casas dentro da folhagem, muito pé de jambolão, araçá da praia, guanandi, palmeira jerivá aos montes, aroeirão, canela rosa e jaqueiras enormes. Abacateiros, também. E jacatirão, que na quaresma mistura aquele monte de flor roxa e branca com a verdura do entorno. Parece que jogaram confete na mata.

E o cheiro? O perfume de dama-da-noite, também chamada pau-que-brota, invade tudo e é um prazer – que prazer! – difícil de descrever. Perfume doido, doce, insistente, abraça o bairro inteiro e só o larga depois que o sol aparece. Lírio do brejo faz companhia à dama da noite e ajuda a entontecer.

No final da praia o rio, manso e largo, fazendo curva grande antes de se jogar no mar. Se jogar? Nada. Não se joga. Vai se chegando manso e calado, se espreguiçando, assim como quem não quer nada, sensual que nem cobra e aí se entrega.

Nas horas em que a maré está subindo a entrega é difícil. O rio quer e o mar embrabece, avança e recua, a água escura do rio teima na entrega, o mar passa por cima, revoltoso, embolam os dois, formam ondas, se debatem, o mar espuma, o rio arrulha e meio que sai vencido. E lá se vai o mar, cheio de gabolices, em ondinhas rápidas, o danado. Vai longe, conquistando terreno, lambendo as margens, balançando os barcos, batendo nos muros de arrimo, derrubando galhos secos, invadindo o mangue e alvorotando os guaiamuns. Vai longe, terra adentro. Depois, cansado, se aquieta. E se deixa empurrar para fora, casado, agora, com o rio, vão-se embora de braços dados e águas misturadas, celebrar as bodas na imensidão do azul.

Jacurici é lugar gostoso, bonito, sossegado.

Sossegado a gente vendo de longe, do alto do morro. Lá em baixo, dentro das casas, debaixo das árvores, nas ruas empoeiradas, nos quintais cheios de dama-da-noite e de avencas, na beira do córrego que corta o bairro, nas esquinas, nos bancos da pracinha e na areia branca que a noite cobre de escuridão a vida é forte e vibrante, trágica e alegre, perigosa e sensual, dolorosa às vezes e, em outras, inusitada. Em Jacurici acontece de um tudo.

Lugar luminoso. De dia o sol brilha com ar de dono, bota claridade em tudo, o céu parece lavado. De noite é aquele desperdício de estrelas e, se tem lua, ela brilha cheia de dengos, branqueia tudo, ilumina a areia, clareia o mar e torna as ondas alvas como nuvens. Nuvens rumorosas correndo em cima do mar.

Jacurici é desse jeito.

É lá o lugar de Carolina, com seus muitos filhos cada qual de um homem, mais o amante/primo cujo filho se droga. Onde também vivem Izaltina, mulher de cabelinho na venta e Porfírio, o marido, segundo ela, de pouca serventia. Tereza, Venâncio, Luíza. E Patrício, que todos passaram a chamar de Lubisomem – seo Lubi, para os íntimos. Terra escolhida por Isaura, mulher desbandeirada. Onde nasceu Leila, sua aprendiz. Onde vive Vadeco, corno manso e feliz. Raimundo, que namorava Tereza e um dia viu Leila nua na praia.

Jacurici é onde Veridiana costuma ir repousar sua beleza loira fazendo estátuas de barro de jovens caiçaras nus. E é onde nasceu dona Quicas, faladeira, quase cega, jornal falado do lugar. Onde Luíza faz quitutes para vender na praia ou tece taboa para formar tapetes. Onde Candinho, da venda, está ficando rico de tanto explorar o povo. Onde Jerônimo, Pataco, Leocádio e outros poucos lutam pelo peixe de cada dia. Cada vez mais raro.

É assim Jacurici, lugar cheiroso e de grande beleza e de muitas histórias. De barulho pouco e de muita vida. Lugar de coruja piando dentro da noite enquanto corpos rolam silenciosos na areia da praia. Lugar de sol – muito sol! E de chuva – muita chuva! Lugar de sabiás cantando bonito quando conseguem escapar de alçapões dos caiçaras que adoram come-los com arroz. Lugar de alma-de-gato piando dentro da mata. E de tiês-sangue cruzando o ar como riscos vermelhos. De sairinhas azuis pousando nos galhos de jurema. De sanhaços e tucanos e corruíras atrevidas. E de maritacas barulhentas bicando coquinhos nos jerivás dos quintais.

Jacurici é assim. Bonita de ver. Boa de viver. Própria para amar.

Anos 70

CAPÍTULO 1

...personagens à procura de um autor.

FOI SÓ SAIR O SOL, tentacular na sua amarelidão de quentura, varando a umidade, lambendo de calor as plantas, as telhas sujas de mofo acinzentado, as flores ainda pesadas de água, foi só o sol aparecer ainda sem cara de sol, quase só mormaço calorento que a vida retomou seu ritmo. Andorinhas passaram a se banhar nas poças d'água, corruíras apareceram bicando as flores e uma dúzia de urubus pousados num pé de pau seco puseram as asas para secar. Em Jacurici acontecia assim, depois de muita chuva o céu se abria, o calor voltava e a beleza se instalava novamente, chegava devagarinho, mansa, forte, fazia o verde ficar mais verde e o mar voltar a refletir a cor do céu.

E a vida continuava.

Olhos de índia em pele sardenta - Carolina olhou os urubus e adivinhou que o tempo ia melhorar. Como aprendera de seu pai, que soubera do avô, que contava ter aprendido com mãe Leonarda, quando os urubus abrem as asas é certo ter melhoria do tempo. Pode nem ter sol ainda, os bichos feiosos sabem que o sol virá, sentem a caloria antes dos homens.

De vez em quando Carolina pensava nessa mãe Leonarda, a semente de tudo, mulher de dois homens e mãe de muitos filhos. Diziam ter mandado matar o marido para ficar com o moço loiro chegado de fora. Diziam. Nem se sabia, mesmo, se tinha sido verdade. Isso de matar, Carolina dos Anjos não entendia. Entendia de se entregar. Se a gente gosta, pensava, não se entregar por quê? E enquanto olhava o tempo mormacento e as poças d'água evaporando no calor da manhã pensava em Benvindo, ele viria quando o sol se deitasse na lonjura do horizonte e antes da lua escorregar para fora dos morros.

Benvindo chegaria com a escuridão e na escuridão se amariam rolando na areia da praia sem que luar nenhum pudesse denunciá-los. O quartinho nos fundos da igreja ficaria pronto em breve e não seria preciso mais rolação na areia, ela gemendo o quanto podia e ele dizendo coisas safadas que ela gostava de ouvir, como aquilo de que seus peitos eram grandes como a ilha do Monte do Trigo. Misturavam suor e salivas, nudez e catingas, o amante cheirando a fumo e a sovaco, ela cheirando a talco, cebola e alho, tentava disfarçar o cheiro de cozinha com lux, o sabonete das estrelas. Em vão. Gostaria de ser perfumosa como Tereza, filha de Izaltina, que se levantava cheirando a roseira e ia trabalhar cheirando manteiga-de-cacau, de noite se banhava e cheirava outra vez a rosa e não gostava de ficar perto de fogão de lenha para seu cabelo não ficar rescendendo a fumaça.

Ser como Tereza era o desejo escondido. Tereza magra, alta, cabelaça negra de índia, seios pequenos, dentes bons, sobrancelhas fartas acertadas com pinça, pele macia sem manchas ou sardas – odiava as suas! – morenidão por inteiro, olhos luminosos, unhas pintadas, pés sem calosidade.

    Se consolava, Benvindo gostava dela bem como era. Benvindo e os outros. Cadeiras redondas, coxas pesadas de carne, seios enormes, cintura afinada e a boca de sede grande que mordia e sugava e se entregava dentro da outra. Não importavam, então, as muitas sardas, as manchas de gravidez, as mãos calejadas de unhas quebradas, dois dentes faltantes, as pernas marcadas de varizes. Não importavam os olhos de índia que tinham sido bonitos, um dia, e agora soltavam remelas.

    Um bem-te-vi gritou tão perto que acordou Carolina da pasmaceira de olhar para o tempo e pensar bobajadas. Voltou para a cozinha, temperou o feijão, botou de molho o peixe salgado e seco, encheu a cuia de farinha. Não demorava e Vadeco chegaria, suado e sujo, cheirando a pinga, mijo e suor. Tianho que só. Queria, sempre, comer depressa para dar tempo de se estender na rede antes de voltar para a lida. Suportava, calada, a presença odiada, a desgraceira, vontade de ver o homem bater as botas ou sumir. Ou pegar cadeia. Tinha havido uma briga no clube antesdonte e alguns juravam que Vadeco dera a pancada final no cearense. O defunto nem fora o que encochara Zilda, era outro, Vadeco foi defender a filha, os cearenses da companhia que construía a estrada reagiram, a caiçarada entrou na briga do lado de Vadeco e foi soco pra todo lado, cadeiras partidas, bambus servindo de arma e a cacetada derradeira. Acabou o peão estendido no cimento, escalabreado, sangrando na cabeça. Quando a polícia chegou já estava morto.

Carolina dos Anjos duvidava que Vadeco tivesse sido o culpado. Vai ver nem na briga entrou, homem desbriado e sem valentia, ia fazer o quê no meio do salão com mais de quarenta se socando? Nem para defender a filha, tinha certeza! Bom seria se fosse o culpado. Fosse preso, trancafiado, nunca mais aparecesse. Lembrava da contenteza sentida quando, um dia, Vadeco não voltara da pesca. Soprara noroeste brabo e depois terralão e Vadeco na canoa lá fora. Ele e mais dois. O mundo desabando de tanta chuva, galharia voando, telhas se despedaçando, mar balanceoso, mulherio chorando na praia no meio da tempestade e Carolina, tristeza na cara e alegria por dentro, molhada, água caindo sem parar, escorrendo, alivio grande, bendita chuva, bendito vento zunidor, tirava devagarinho um peso de cima do peito, da garganta, da cabeça, ai, vento que não me tragas de volta aquela canoa. Os filhos lacrimosos e ela consolando. No quieto da alma a esperança de que Vadeco ficasse lá fora, o marzão enorme, ás vezes, nem devolvia os corpos.

Nessa noite dormiu sozinha na cama de casal, jogando os braços pra onde queria, estirando as pernas sem encontrar o corpo sujo e fedido, suarento e quente, pegajoso, o nariz medonho de grande, o cabelo sebento.

Manhã do dia seguinte raiara e nada da canoa. Gente saindo lá fora ver se dava com eles. Carolina dos Anjos quieta, botando louro no feijão, trocando fralda na menina nova, levando a roupa para a fonte.

Nas horas do meio dia o barco dos monteros aportou – esperança de Carolina acabou – tinham dado com os três agarrados aos restos da canoa, passaram a noite no Monte do Trigo esperando o mar desembrabecer. Canoa perdida, a vida, não.

Não fora dessa vez a viuvez desejada.

— Monteros de merda foram achar o que não debiam! Xingou baixo, sem se conter.

Pensava nesse dia de há uns anos e na vida que tinha. Mexia na panela de barro com o escardado de peixe para o almoço. Botava pimenta, que pimenta é bom. Da vermelha, ardida, plantada perto da porta. Com dezesseis anos já estava casada, depois de experimentada por Vadeco. Que até, naqueles tempos, nem muito feioso era, o diacho. Quando a barriga apareceu o pai se armou de porrete e marchou para a casa do vizinho com a valentia de três doses, ia sapecado, falando grosso, se Vadeco tinha usado Carolina ficasse com ela, na minha casa não se troca mercadoria, usou, levou. E tem de casar, ora se! A mãe de Vadeco abriu as ventas já de si muito abertas e berrou do seu lado que se Carolina tinha dado para Vadeco o problema era dela – quem sabe já não tinha feito com a praia toda? – e que viesse com inducação, não ia aguentar falação desembestada drento de sua morada. Pai tinha avançado na futura sogra da filha de porrete na mão – a valentia que a cachaça dá! – contido pelo próprio Vadeco, pálido, ninguém se preocupasse, disse, queria casar, criar família, não percisava de sair briga por causa do assunto, se sentia fortunoso de casar com Carolina. Arrefeceu a raiva de Felício, só exigiu casamento no direito, nos dicumentos e na igreja, filha minha não se casa na igreja verde, como tantas que tem por aqui.

Afastado o motivo da rixa Felício aceitou a cerveja gelada oferecida por Vadeco. E a sogra futura saiu fumegante, explicando para a vizinhança que os dois – sogro e genro – estavam lá como dois vagabundos de bar, bebericando. E a bandalhazinha da futura nora nem aparecera, amoitada em casa.

Na semana seguinte, madrugadinha, a viagem de canoa de voga para São Sebastião, assinar dicumentos no cartório, Vadeco de botinas novas apertando os calos e Carolina de vestido branco apertando a barriga saliente. Vadeco e Felício barrearam uma casa no terreiro da família e a mãe, amansada a fúria, presenteou o casal com um fogão a gás e três panelas. Mandaram Mané Carpinteiro fazer um guarda-comidas. E assim foi, assim começaram a vida. Casamento na religião bem mais tarde, quando um padre apareceu em Jacurici e fez cinco casamentos e doze batizados. Carolina e Vadeco batizaram a filha primeira, por nome Leila.

Era assim sua história. Pensava no passado várias vezes e naquele dia mais. Olhou na parede a fotografia de Leila em moldura dourada, os olhos retocados e a boca meio torta, porcaria de fotógrafo! Retrato tirado em Santos, não fazia justiça à filha, muito mais bonita. Em redor dos trinta, Leila morava no Guarujá, funcionária de uma fábrica de sardinhas e quando vinha a Jacurici só queria botar o biquíni e se mandar para a praia. Carolina se esmerava no peixe com batata-doce, no pirão, nas bananas fritas, Leila comia um pouco pela boca, outro pelo nariz e saía de chinelo de dedo e biquíni minúsculo. Se não estava na praia estava na casa de Isaura, mulher de São Paulo, desquitada e bem de vida, que de manhazinha passeava nua pela praia e à noite dava festinhas prosperando em gandaia. Vinham senhores de São Paulo e de Santos e Isaura chamava as mocinhas do lugar. Mundão de gente! Vadeco reclamava dessa amizade e Carolina tinha medo de alguma coisa sem saber do quê. Uma exitância grande entre o certo e o errado, entre o bom e o que não era, parte dela achava que Leila fazia bem em se divertir – era errado, por exemplo, seu rala-e-rola com Benvindo? O quá! – Outra parte dela tinha medo de acontecer alguma coisa, não sabia direito o quê. Era errado se deitar com Benvindo na praia, se enfiar nos braços do amante, brincar com os cabelos dele, deixar que ele bulisse em seus peitos e apalpasse todo o seu corpo quente? Era feliz, nessas horas, era bom e o que é bom não pode ser errado. Se a filha fosse feliz na casa de Isaura – fizesse o que fizesse – poderia ser errado? E então a troco de quê se preocupava? Era errado ter se deitado com todos os outros com quem se deitara e que a fizeram feliz? Era, nada! Antes de Benvindo tinha havido outros, sim. Fora feliz com todos, nunca vira nada de errado nos amores passados. Ia, agora, botar reparo no que a filha fazia?

Mulher braba em praia bonita - Quem não pode co'as calça, arria! Izaltina disse.

E virou as costas e botou a bacia na cabeça e lá se foi para o riacho querendo pisar duro, de braba. Mas as cadeiras balançavam moles para o andar que ela pensava duro.

Bacia de roupa na cabeça, miolos estourando de raiva, nem reparou na mariquita sapeca pousada no galho de jurema cheirosa. Nem no sabiá-galinha namorando a fêmea numa caneleira. Não notou a azulidão do céu na manhã calorenta nem escutou o mar – na verdade quase silencioso nessa hora de maré pequena – não reparou no verde lavado do pé de pitangueira e nem na caloria morna se desprendendo do chão. Não reparou em nada, ocupada que ia com a raiva que sentia. Vontade de matar o traste. Matar, não matava. Nem galinha. Era maneira de dizer, de pensar. Mas um pontapé bem dado nos fundilhos, isso o diacho do homem descorajudo merecia, depois que lhe arrancasse as calças que não tinha competência para usar. Daí a frase, depois da briga.

— Quem não pode co'as calça, arria.

A discussão tinha sido por causa do médico, coisa que nunca ninguém por ali tivera. Mocinho de tudo, vinte e seis, vinte e sete, danado de sabido. Trouxera fora o filho de Dasdor. Tratara da bronquite de dona Quicas. Internara Patrício no Hospital de São Sebastião adivinhando que os troços que ele tinha – desacordou três vezes – era mesmo coisa do coração. E ela própria, Isaltina, se curara dos calores da idade com injeção receitada. Médico bom estava ali. Calmo, fala mansa, olho grande e perguntador, sorrindo às vezes, sério quando devia. Pois não é que o povo falador tinha começado de implicância com o moço? De primeiro tinha sido por conta do cabelo comprido, amarrado atrás, em birote.

— Gente atrasada!

Pensou alto, segurou a bacia de roupa com mão firme, não fosse cair com a guinada de pescoço dada na hora de falar gente atrasada. Bufou de raiva, outra vez, antes de chegar ao riacho e largar a bacia na margem. Vontade de fazer nem sabia o quê com o raio do homem que tinha em casa, pai de seus filhos, avô de seus netos. Vergonha da raça.

O causo tinha sido que alguns tinham ido buzinar mentiras no ouvido do prefeito, que o médico só queria prosear, vivia de namoro com as moças, não tinha atendido o filho de um turista num domingo, que a casa dele vivia cheia de vagabundos tocando viola e, até – ora vejam! – que o mediquinho era maricas, pode? Ainda teve quem o acusasse de tomar pinga no bar de Candinho – que tomasse, não era hora de consulta, tinham de implicar com a cachaça que o médico tomava? E que saia pra pescar, disseram. Fosse crime, pescar! E dona Quicas, faladeira e meio cega comentava que homem de birote não servia. Cega, mas o birote ela via! pensou Izaltina. As bandurreagens das netas que vivem emboladas com homem na areia, isso a belha não via. E dado que a queixação e falação era muita o prefeito o que fez? Deu aviso breve para o doutor Zé Luiz.

Uma índia curada por ele de dor nos quartos começou a passar um papel para o povo assinar e não é que o berdamerda de Porfírio não tinha querido botar ali seu jamegão? Que não ia se meter, não queria quizília com o prefeito e que o papel não ia dar em nada.

— Tinha de me fazer passar essa bergonha, pensou Izaltina, novamente e desta vez em voz alta, botando os pés na água fria do riacho. Tantas vezes tinham chamado o doutor em casa e ele tinha ido. Até de noite e sem cobrar nada. Tinha arranjado amostra grátis de remédio para Porfírio e era tão simpático e proseador, que até, em agradecimento, tinha lebado a ele uma galinha assada recheada com farofa. E Porfírio não querendo assinar o papel! Coisa mais feia, desvergonhice mais da safada.

Mas ela – era de outro feitio, sempre soubera! – pegou no papel e botou seu nome com tanta força que quase furou o abaixo-assinado da índia. Se não havera de assinar! Logo ela, com tanto respeito pelo médico. Respeito e bem querença, gratidão também.

Tinha acontecido, essa história, antonte e já dera briga na hora, mas pela manhã, quando olhou a cara no espelho teve bergonha de ser casada com o traste inútil. Quase trinta anos de trabalho, de tristezas, de poucas alegrias e de muita luta, nunca reclamara do dinheiro curto, do pouco sobejado, da lida diária, da roça trabalhosa, da roupa labada, do peixe escalado. De coragem pequena, disso reclamava. E foi então que fez o café e lhe fora subindo no peito uma reiva e uma tristeza e uma bergonha grande e botou o café na mesa e só dissera assim, baixo e seca:

— Se sirva, desgraça!

Abespinhado, Porfírio resmungou que naquele terreiro quem mandava era ele, nem adiantava reclamar de não ter assinado o papel da índia, não assinara e nunca assinaria e pronto, ninguém tinha nada com isso e Izaltina, furiosa, perguntou, gritando, o que era que ele tinha no meio das pernas e terminou:

— Quem não pode co'as calça, arria!

Izaltina de Jesus, quarenta e sete anos e cabelinho na venta. Ossos grandes, cadeiruda, cintura fina, ombros largos, braços fortes, cabelo negro trançado e enrolado em volta da cabeça. Testa larga queimada de sol. De enfeite, dois brincos de argola. De ouro, ela dizia, herança deixada pela bisavó, Leonarda, que tinha sido dona da praia e das ilhas em frente em tempos que já vão longe. A cara marcada, vincos em torno da boca, o riso branco, as mãos calejadas de enxada e facão. Trabalho, de sol a sol. Plantava mandioca, milho e feijão, ralava e forneava mandioca, criava galinha, escalava peixe, fazia o almoço, lavava e passava, criou os filhos, criava os netos, mandava e desmandava, famiagem obedecendo sem discutir – se alguém ia discutir, ora se! Mulher de atitudes. Era o que dela se dizia.

Ficou famoso o causo da surra em Patrício, flagrado do outro lado do riacho, escondido no mato, espiando suas intimidades enquanto lavava roupa, agachada na fonte, firmada nas coxas morenas. Atravessara o riacho num salto e agarrara Patrício pelos grugumilos e sobrara bofetão e soco, ele gritando e ela batendo, ele tentando fugir e ela com a mão firme na orelha do desinfeliz. Uma guaçaba de jeito.

— Se tu me aparece outra bez na fonte enquanto eu estiver na lida da roupa tu pode rezar que te mato de pancada, belho bandalho sem moralidade. Tu bem sabe que sou assim, quando meu clolestelol sobe pra cabeça não respondo pela minha pessoa. Mato a cobra e mostro o pau!

✡✡✡✡

Foi no dia seguinte da briga entre Izaltina e Porfírio que Carolina terminou o almoço, deixou o feijão no fogo de lenha e foi para o riacho com a baciada de peixe. Encontrou Tereza cantando enquanto lustrava panelas com a areia do fundo. Agachada, firmada nas pernas fortes, a bunda apertada num shortinho vermelho.

Uma rã coaxou no mato das margens.

— Aí vem mais chuva! Disse a moça. Rã coaxando de dia é chamamento de chuva.

Carolina pousou a bacia no chão e bronqueou.

— Bate nessa boca, tu ainda quer mais chuva, não bastaram quatro dias e quatro noites de água caindo?

Tereza sorriu, limpou o suor da testa grande e se defendeu.

— Eu não, Carolina! É essa rã agourenta.

Podia ser, sim, que ainda chovesse – mas duvidava. E os urubus de asas abertas no pé de pau? O sol firmara, esquentando a terra, arrancava suor de dentro dos corpos, tirava brilhos da água do riacho.

— E Raimundo, quedêlhe? perguntou Carolina se esquecendo das rãs e do tempo e abrindo a barriga dos peixes para livrá-los das tripas. Teu cearense teve foi sorte de não ter ido no baile, biste? Podia ter morrido no lugar de Segismundo.

— Tu vira essa boca pra lá, não quero nem pensar. Mas não morria, Raimundo é respeitador. A companheirada dele é que são safados. Mas quem estava encoxando tua filha nem era o morto, era outro, teu marido viu e a guaçaba começou. Tão dizendo que a paulada final foi do teu homem...

Carolina gargalhou.

— E foi? Ô quá! Aquilo é uma montanha de cobardia, um trapo de gente, podem falar o que quiser, eu é que sei o homem que tenho em casa. Birou, mexeu, o sujeito tá na minha saia, acoitado.

— O cara pode ter morrido da pancada de todos, tinha pra mais de trinta batendo. Foi um linchamento, como dizem. A cabeça de Segismundo ficou que era só sangue.

As rãs se calaram e um rumor do outro lado do rio alertou as duas.

Se firmando num galho de guanandi com uma das mãos e apoiando a outra num pau que lhe servia de bengala, a imagem frágil de dona Quicas, velha que andava sozinha pelo bairro e, às vezes, se perdia.

— Quem que tá aí? Perguntou, com a voz grossa de garganta padecida com muito fumo de cachimbo e cigarro de palha.

— Lhai! É a Quicas, disse Carolina.

— Se aquiete desse lado, dona Quicas, que ainda tombais no rio, alertou Tereza. Vou buscar vosmecê.

Deu um salto na outra margem e estendeu-lhe a mão.

— Binde cá.

Com um embrulho equilibrado na cabeça e erguendo até os joelhos a saia que dava pelo meio das pernas trêmulas, dona Quicas atravessou o riacho apoiada em Tereza.

— Vosmecê ainda cai qualquer hora no rio ou despenca de uma ponte. Não sei como bossa filha bos deixa sair no abandono por aí, ralhou Carolina.

— Eita, Carolina, bóis debeis de se meter com bossa bida e deixar a mim, que estou muito boa de pernas! Catiça em riba de mim não pega, respondeu a velha, se voltando, em seguida, para Tereza e agradecendo. Alisou a saia e antes de subir a rua ainda disparou palavras contra Carolina dos Anjos.

— Tenho encomenda de minha neta para entregar e que fiquem sabendo todos e todas que além de pernas boas também enxergo munto bem. Enxergo até as safadagens que mulher casada faz algures!

E sumiu no seu passo trôpego, resmungando.

— O gênio dessa belha! gritou Carolina para que a mulher ainda a escutasse. A gente fala por bem, não quereis escutar, não escutais! Essa belha ainda vai dar trabalho, Tereza, ides ber. E o pior é que aqui só temos esse médico pescador e amigo de borlas.

Tereza defendeu o médico.

— É gente boa, Carolina, deixem ele pescar, fazer festinhas em casa, beber sua cachaçazinha. Desde que faça o seu trabalho o que é que a gente tem com o particular dele? Minha mãe assinou o papel que vão mandar para o prefeito. Tu assinou?

— Eu, não! respondeu Carolina. Quero que se matem, ele, o prefeito, o povo todo do abaixo-assinado, não tenho nada com isso, só sei que esse doutor gosta mais de bida gaiata que de medicina.

Tereza deu graças a Deus mãe não estar por perto. Carolina e Izaltina não se bicavam, o assunto do médico ia colocar mais lenha na fogueira. Pegou mais areia no fundo do rio e continuou a arear as panelas que o sol fazia brilhar. E para calar Carolina recomeçou a cantar.

✧✧✧

O embrulho que dona Quicas levava era uma toalha de crochê – encomenda de dona Raquel, mulher de São Paulo. Tropeçando nas pedras do caminho, resmungando, dona Quicas deu com o portão da casa de Raquel e bateu palmas, duas, três vezes e quando a dona atendeu arengou conversa como fazia sempre, pois o que bos trago é a toalha que bóis mandastes fazer por minha neta, bêde, minha senhora, que está bem feitinha, minha neta é moça prendada e de respeito, não se compara com essas desbergonhadas como Leila e Zilda de Carolina, bóis sabeis do acontecido no baile de ontonte, não sabeis? A desatinada bailava no clube e por causa da desbergonha que fazia se ralando no par, o pai se intrometeu e foi tirar sastisfaçom com o cearense e no final das contas um que não tinha nada com o malfeito ficou lá caído, mortinho da silva. Quem matou? E algum sabe? Nem a pulícia que veio de Saum Sebastiaum pra recolher o defunto tem notícia do autor. Minha abó dizia que para se encontrar o assassino é perciso de se colocar uma moeda na língua do morto, mas quem que teve coragem disso, arrelá! Eu punha, se lá estibesse, mas não estaba, que de baile só gosto de ciranda e de cana verde, isso ninguém por aqui dança mais. De rala-bucho não gosto, é baile de modernidade, não presta. Os antigos dizia que é de pequeninozinho que se torce o pepino, aqui em Jacurici não se torce pepino nenhum, é tudo criado ao Deus dará. E esta Zilda, criadora desse causo no baile é filha de família sem categoria, toda a gente sabe o que faz a mãe dela, sempre no engambelo do marido, bóis sabeis de quem eu falo? Falo de Carolina de Vadeco, o pobre fica na janela segurando o queixo e o povo fala que segura a cabeça por os guampos serem munto pesados, o pescoço não dá conta. A senhora me perdoe a palavra, mas se debe de dar o nome aos bois, guampo é guampo, é chifre, é galho, é corno se chama o que a tal Carolina coloca no marido. De já hoje, agorica, encontrei a tal na fonte, consertando peixe. Tem tanque em casa e água corrente, minha senhora, mas não dispensa a fonte para poder sair de casa quando quer e com quem quer. Conto a bóis o retrato dessa Carolina, a primeira filha dela é do marido mesmo, que até se parece com o pai, se chama Leila e é companheira de descalabro de uma mulher desbandeirada de Saum Paulo e as duas e mais outras ficam todo final de semana na bandurreagem, dizem até nuas na praia, que nunca bi, pois minha visom está um pouco fraca, mas falam ser berdadeiro. Zilda, segunda filha, que Vadeco registrou como sua, minha senhora, é dele ô quá! É filha de um motorista do ômbus da linha de Saum Sebastiom. Tem dois que são filhos de um pescador que debeis de conhecer e tem casa ali ao pé da ponte. Outrozinho é filho de um índio da aldeia guarani daqui de perto. A filhagem é assim, tudo de pais deferentes. A última, a pequena, o pai é um primo lá dela, por nome Benvindo, que bem a ser até parente de meu falecido. Se o marido sabe? Minha senhora, se o povo todo sabe, se os filhos sabem, não havera ele de saber tumém? Tem gente sem conduta nessa praia, muito mais gente sem conduta do que gente regulada. O que se há de fazer se Jacurici é dessa forma?

Depois de muito palavrório e de um café com rosquinhas dona Quicas se despediu, a encomenda estava entregue, bóis pagais quando quiserdes, minha neta não tem pressa, vosmecê é senhora de respeito e bai pagar a ela, com certeza, o balor da toalha. Bede que a menina levou dois meses crochetando, tempão grande, arrelá! Não pode ser qualquer quantia, mas minha neta bai dizer a bóis o preço quando boltar de Sáantos, que foi ao médico para tirar umas berrugas que apareceu nas costas lá dela. E com esta me bou e passe bem, minha senhora e tenha uma boa tarde.

Baile alegre termina triste - Quando Teresa pediu a Raimundo para ajudar a enfeitar o clube para o baile de final de ano o cearense concordou. Cortou as taquaras no mato, entortou-as em forma de arco, firmou todas nas portas e dependurou as flores de papel que as moças iam lhe passando. Ajudar no embelezamento, tudo bem, no baile não iria. Não gostava de baile com moça de família e nem gostava dessas danças do sul. Se ainda fosse xaxado ou baião, até iria. Não tinha graça chegar no baile e dançar só com Tereza e sem ser no agarradinho. Pra puxar Tereza junto do peito não precisava de baile, tinha o sombreado das árvores, a areia macia da praia, tudo protegido pelo escuro do céu. Tinha até o muro da igreja dando para o mar, com a vantagem da aragem fresca e do chuá-chuá da aguarada espumenta.

Tereza não gostou. Queria ir com o namorado, tinha até feito vestido novo. Fosse sozinha, ele disse, ia acompanhada do pai, então não se importava.

O bairro todo tinha passado a semana se preparando para a festa de final de ano. Músicos viriam de Santos. Comes e bebes por conta da mulherada. E muita cerveja gelada. Mané Carpinteiro teve um trabalhão consertando pés de cadeira, lixando mesas, gastando verniz nos acabamentos. O salão de baile enfeitado e a bandeira do Jacurici Futebol Clube em destaque na parede. Dona Quicas passou de tarde para ver os preparativos, trocou dedo de prosa com Tereza perguntando do namorado, o cearense que trabalhava na construção da estrada iria ao baile? Respondeu que não e para atazanar a velha disse que namorado era para ser corneado. Dona Quicas, que além de cega era também um pouco surda, não entendeu. Deu conselho, era perigoso aquele rala o bucho aqui, encosta a perna ali, respira no cangote, isso dava, geralmente, problema, só não disse que tipo de problema, Tereza fez que não era com ela, deu as costas, foi tratar de outra coisa.

De noite o clima foi de agitação no barracão de obras da companhia. Uma vintena de cearenses, três alagoanos e meia dúzia de baianos, de banho tomado, catavam os cacos de espelho para fazer a barba, pentear o cabelo, ajeitar a camisa. Pederneiras abriu um vidro de água de cheiro e escondeu o perfume dos demais, se queriam ficar cheirosos comprassem o seu. Zé Pelanca abusou da brilhantina alisando a cabeleira rebelde. Cearense, dezoito anos, Segismundo dobrou a barra da calça nova para ficar parecido com boiadeiro da tevê e também para mostrar as botinas novas que luziam, passara a tarde engraxando. Cajueiro gastou quase um vidro inteiro de desodorante. Pedro Silvino abriu uma garrafa da branquinha e ofereceu goles para dar uma animada e esfriar o calor.

Muito calor dentro do barracão abafado, só uma janela pequena pela qual o ar nem entrava.

Raimundo deitou de bruços na cama e o suor escorria no pescoço, nas costas, nos braços. Só queria sossego, descansar, dormir. A semana inteira cortando pedra, derrubando barranco, amassando barro, dirigindo trator, a moçada não entendia isso de não querer ir ao baile, se divertir um pouco, chamegar com as moças do bairro. Raimundo quieto, cansado. Dormiu logo que os companheiros saíram.

Acordou com o mar batendo forte, semelhava chegando na estrada. Teve medo, mais uma vez. E se aquela aguarada toda avançasse, um dia, lambendo praia, pedras, muros, casas, estrada, chegasse no barraco de madeira, levasse tudo de cambulhada, mesa de caixote, redes, camas, fogão, roupa e ele também, embrulhado na espuma gritando acudam que não sei nadar? Aquele mundaréu de água fingindo de azul mansinho, bem que tinha visto um dia que diabo de mansidão era aquela. Melhor nunca ter saído do Ceará, deixado pai, mãe, irmãos, a casa de tijolos vermelhos e a igreja com sino que chamava cristão de manhazinha junto com os galos da vizinhança. Em Jacurici nem sino tinha, só galo para encher o saco. Galo cantando sem sino respondendo não tinha graça. O bom é canto de galo e depois toque de sino e sino e canto de galo e se lembrou da mãe saindo para a missa das seis enquanto o sol vermelhava longe, deixava o leite de cabra em cima do fogão e as tapiocas já feitas e o mel de abelhas tirado do mato e a manteiga de garrafa. No terreiro o pai começava a lida, carpia o milho, colhia macaxeira, plantava jerimum. Às dez horas os dois almoçavam em baixo do abacateiro. Quando saíra de lá o pé de limão cravo tava pejado de fruta. E ele ali, naquela tristeza de terra que nem sino tinha, tudo por causa de cinco minutos de bobagem, quando pegou Isabel de Leocádia e emprenhara a moça. Quatro meses depois, de bucho crescido, Isabel denunciando Raimundo e – pior! – afirmando que o esbagaçador tinha sido ele.

Lorota. Enganação. Esbagaçada ela já era. Quis ir no cartório e remediar a coisa com casamento, mas os irmãos, de família turca – tudo turcos danados de brabos! – disseram, que nada! Nós pega e capa. Era como se fazia na terra deles, parece.

Muda de roupa na maleta velha e cem cruzeiros dados por maínha e Raimundo desapareceu da vila. Quinze dias depois chegava a São Paulo na garupa de um caminhão, foi direto na empresa que não se recusava a empregar conterrâneos e assim veio dar com os costados em Jacurici, trabalhar na construção de um trecho da Rio-Santos.

Viu aquele marzão besta pela primeira vez, admirou-se de tanta água e da largueza do oceano, se aborreceu com muita muriçoca e se encantou com Tereza, linda morena de coxas grossas. A alegria era ela e, aos domingos, futebol na praia, depois o mergulho nas águas espumarentas. De noite o passeio com Tereza pela praia e no meio do passeio coisas de que ele gostava muito.

De dia, no alto da máquina roncadora, partia para o barranco e tome dentada na terra vermelha. Marcha-a-ré e novamente o barranco, a bocarra da máquina acertando nova dentada e a volta com a bocarra cheia e vai de novo, o dia todo comendo barranco e vomitando terra.

De dia cavalgava a máquina, de noite cavalgava Tereza e imitava a máquina partindo com a boca pra cima da carne volumosa de suas ancas.

Quando os homens chegaram no barraco Raimundo estava sentado na cama espantando o calor e os mosquitos.

— Vige! Foi o que disse, olhando o bando de cabras ensanguentados, cabelos em desordem, camisas rasgadas.

— Quê que foi o acontecido?

Contaram. Zé Pelanca tinha se metido com uma do baile, abusou, passou a mão no rabo da rapariga, se esfregou demais. O pai e os irmãos da moça apartaram os dois da agarração e aí o pau comeu.

— Eram quarenta contra vinte, explicou Pederneiras e quando vimos a coisa feia resolvemos correr.

— Verdade verdadeira tu não percisava fazer sacanagem com a moça, disse Pedro Silvino. A caiçarada já não gosta da gente, acham que a mulherada tende pro nosso lado e tu me faz uma presepada dessas?

Zé Pelanca se defendeu, não conhecia a moça, não adivinhava o pai por perto. Izidro reclamava do pivô que tinha custado um dinheirão e voara fora com um soco. Como é que ia procurar o dente no meio do fuá? Contaram tudo, a confusão começando dentro do clube, primeiro cadeiras que voaram e eram quebradas nas costas dos outros, depois pedaços de perna de cadeira e era soco, pontapé, paulada, camisas esfarrapadas, sangue escorrendo, depois a briga porta afora, ficaram rolando no meio da poeira da estrada.

— Os caiçaras pegavam os bambus de enfeite das portas e cutucavam a gente com aquilo!

— Era o baile todo contra nós, gemia Pederneiras apalpando o olho roxo e passando álcool no nariz que sangrava.

— E donde que ficou Segismundo? Raimundo perguntou.

Se olharam. Ninguém tinha dado falta do menino. Tinham corrido da porta do clube até o barracão e pensavam que Segismundo estava com eles.

— Deve de estar no riacho, se lavando, disse um. Ou caído em alguma vereda. Tava meio bebum.

— Vambora! disse Raimundo saltando da cama. Procurar o garoto.

Ir junto nada, aconselharam a não chegar perto do clube, o povo do lugar queria comer coração de nordestino.

Raimundo saiu do barraco em passo apressado. A modos que só agora entendia, a briga tinha sido de caiçaras contra os de fora. Estava para acontecer. Os homens do lugar se queixando muito dos machos da companhia, a rixa aumentando a cada dia. Ir para a porta do baile, agora, seria arrumar sarna para se coçar. Só não podia deixar de procurar o menino, tinha de arriscar. Foi se chegando, calado, descalço, só de calção, muita gente na porta do clube, Raimundo pelas sombras, silencioso como um gato. Um zum-zum de falas se cruzando e alguma coisa estendida no chão. Se chegava? Ou isso seria se entregar na boca de cachorro louco? O coração batia no peito enquanto se aproximava. Uma danação de pensamento ruim na cabeça, as pernas firmes no chão prontas a dar reviravolta rápida se a homarada avançasse. Fizeram silêncio quando ele saiu da sombra e se mostrou debaixo do poste iluminado. Abriram caminho, murchos, calados.

Deitado no chão poeirento, o menino Segismundo, dezoito anos, sangue empastando o cabelo despenteado, camisa rasgada, as botinas lustrosas brilhando na noite, os olhos fechados, a cara triste de quem não tinha gostado da festa.

— Morto?

— Morto, sim, confirmou Candinho.

A polícia só chegou de madrugadinha, quando o sol começou a avermelhar o mar e os galos cantavam nos terreiros. Raimundo sentou ao lado do amigo na rua poeirenta. Um bentevi gritou, atrevido, e ele sentiu falta dos sinos da igrejinha da sua cidade. Não chorou. Aprendera de seu pai que macho não chora.

Bruderlein trink com barulho de mar - John Kurt nasceu em Hamburgo, Alemanha, embarcou um dia como cozinheiro em um grande navio e rumou para a América do Sul. Rio de Janeiro, Buenos Aires, Santos. Teve folga nessa cidade, desceu do navio e em poucos minutos estava na zona. A negra que o recebeu em seu quarto, depois em seus braços era bonita, alegre, fogosa, Kurt passou a noite com ela, bebeu tudo o que tinha direito e só acordou no dia seguinte, cinco da tarde.

O navio? Tinha apitado, feliz, e zarpara. E agora? Sem dinheiro e sem saber o que fazer. Emprego perdido e situação difícil. Pior: não falava uma palavra de português. Não se sabe como – nunca conseguiu explicar! – ele e a mulher se entenderam e ela se ofereceu para levá-lo de táxi ao Rio de Janeiro, onde Kurt embarcaria novamente.

Foi a salvação.

— Aí eu pensar assim: se neste país putas têm tão bom corraçom que dirrá povo! E no viagem seguinte vim para ficar.

Um ano depois, com passaporte e visto Kurt desceu em Santos, foi direto procurar a negra de bom corraçom, mas ela tinha casado e deixado a zona.

O alemão, então, subiu a Serra do Mar e foi procurar emprego de cozinheiro em São Paulo. Procurou, achou e em pouco tempo desceu a serra e foi ser dono de um bar no Guarujá. Foi lá que conheceu dona Amália, senhora brasileira muito mais velha que ele com quem juntou trapos, pratos e colheres e a vida passou a correr mansa e gentil. Um dia lhe falaram de uma praia muito bonita chamada Jacurici, ele e dona Amália foram conhecer o local.

Chegou de manhazinha, parou o carro no alto do morro, desceu para olhar a paisagem sentiu o cheiro doce gostoso do pau-que-brota quando está em flor.

— Pau cheiroso pegou Kurt e não querrer mais sair de Jacurrici.

Assim ele explicava, mais tarde, o motivo da compra do terreno e do inicio da construção de um hotel.

Primeiro hotel da região, simples, frente ao mar. No jardim montou um barzinho – charmoso demais! - no casco de uma velha traineira e bebia com os hóspedes, feliz, contava piadas, falava palavrões, nunca aprendeu direito o português e também cantava "trink, trink, bruderlein trink! lass doch die sorgen zu haus!" os hospedes aprendiam "trink, trink, bruderlein trink, zieh doch die stirn nicht so kraus" e os agudos quase engoliam o barulho do mar "meide den kummer und meide den schmerz, dan ist das leben ein scherz!".

O hotel dava lucro pequeno, Kurt bebia e comia mais do que os hóspedes, não cobrava muito e quando alguém perguntava o segredo de conseguir manter o hotel, explicava:

— "Guarrujá, galinha de ovos de ourro. Eu ganha dinherro lá, eu gasta em Jacurrici".

A vida corria bela e mansa, ele e dona Amália se davam bem, gostava dos hóspedes, era amigo dos caiçaras, comprava peixe na praia, andava de barco, cozinhava e bebia, bebia e cozinhava, pescava e de noite cantava, e, um dia, recebeu uma carta, a mulher que deixara na Alemanha, de quem nunca se separara legalmente anunciava a chegada a Santos, com o filho de dezesseis anos.

— Que que eu faz com dona Amália? Perguntou a um amigo, que o aconselhou a não juntar as duas enquanto a legítima estivesse em Jacurici.

— Ela vem para te visitar, não é? Então, trata ela bem, deixa dona Amália no Guarujá e quando ela voltar para a Alemanha dona Amália volta para Jacurici.

Deu tudo certo? O quá! Como dizem os caiçaras.

Helga chegou e foi ficando, começou a mandar no hotel, nos empregados, era ela quem decidia o cardápio, aumentou o preço das diárias, comprou uniforme novo para garçons, botou horário de recolher para os hóspedes – depois da meia noite nada de barulho! – e Kurt, acostumado a ficar em alegre patuscada até de madrugada, cantando, bebendo e contando piadas, começou a achar ruim. Nem beber uísque doze anos ela deixava.

— Trink um mais barrato!

Quando Kurt se cansou e resolveu acabar com a brincadeira já era tarde. Helga exigiu, para se divorciar, a metade do hotel, a metade do restaurante no Guarujá, a metade do dinheiro no banco. Como ele recusasse – Kurt já nem ficava mais em Jacurici, passava a semana toda no Guarujá – a coisa esquentou de vez. Numa sexta-feira à tarde quando chegou ao hotel, Kurt levou um susto. Helga estava no segundo andar, tinha colocado tábuas e batido pregos por dentro das portas e, da janela, com a carabina de caça do próprio Kurt, mirou no marido.

— Haus! Aqui você não entra nunca mais! Agorra hotel é meu!

Resolveu não enfrentar a fera entrincheirada dentro do hotel construído com tanto gosto, transformado em seu orgulho e paraíso. E agora? Que fazer? Chamar a polícia? Eram legitimamente casados, não estavam formalmente separados, como provar que o hotel era apenas seu? Enfrentar o problema, começar uma guerra e retirar a mulher de lá contratando alguns capangas? Pensou nisso, logo se arrependeu, e se alguém saísse ferido? Lá dentro também estava seu filho, não queria nada de mal para o menino. Conversar com a mulher, entrar num acordo? Impossível! Conhecia bem a figura.

— Precisava sangue frrio – contava mais tarde – com cabeça quente ia fazerr besteirra, entom pensei, pensei, pensei e teve ideia!

Um dos frequentadores do restaurante no Guarujá era um delegado da polícia federal, muito seu amigo, sempre dizia "se você precisar de alguma coisa é só me procurar."

A hora chegara. Foi para São Paulo, procurou o amigo e contou tudo.

— Meu mulherr Helga, que eu não me dou mais com ela, entrarr no meu hotel, se fechar com madeirras lá dentro e não deixarr eu entrar.

O amigo delegado encolheu os ombros.

— Isso não é comigo, Kurt, você tem que entrar com uma reintegração de posse, o juiz vai julgar o assunto e, se for o caso, chamar a polícia para despejá-la. Provavelmente vai demorar um certo tempo.

— Mas tem um coisinha mais, prosseguiu Kurt, esperto. Visto do meu mulherr e do meu filho expirrarram. Os dois son clandestinos no Brasil.

Aí sim, era com a Polícia Federal.

Dias depois Helga recebia policiais federais que lhe deram um prazo para sair do país: até a chegada do próximo navio ao porto de São Sebastião. Kurt já tinha o nome do navio – era um misto de cargueiro e passageiros – a data e até já tinha comprado passagens para ela e o filho.

No dia do embarque deu uma festa. E foi "trink, trink bruderlein trink" a noite inteira. Kurt amanheceu de ressaca, a bebedeira fora fenomenal. Mas dona Amália, vinda do Guarujá, cuidou dele.

CAPÍTULO 2

...onde acontecem coisas quase todos o dias.

Foi num jornal de São Sebastião que Veridiana Ramos Griecco, artista plástica famosa, descreveu sua primeira ida a Jacurici. O marido e ela tinham, há tempos, comprado um terreno, por sugestão de amigo que tinha casa lá. Logo depois o amigo os convidara a conhecer o lugar.

"Desanimei, já na viagem. Depois de descer a Serra do Mar fomos para Santos e na Ponta da Praia tivemos que tomar a balsa para o Guarujá e em seguida andar por uma estradinha cheia de curvas até outra balsa entre Guarujá e Bertioga. Essa era pequena, comportava poucos carros, tive a impressão que iríamos cair no mar. Os mosquitos acabaram com meu braço que estava fora do carro, entraram pelas janelas abertas e terminaram o serviço nas minhas pernas.

Achei Bertioga uma cidadezinha acanhada, jardim feioso e caipira, jantamos em um restaurante com comida boa e banheiro imundo. Depois do jantar, cadê a estrada para seguirmos em frente? Não tinha. Nosso amigo riu, se deliciava com nossa surpresa, era preciso seguir pelas praias, atravessando rios. Quem desconhece os macetes pode ficar atolado na areia, aliás, vi isso acontecer muitas vezes, bem mais tarde, quando já tínhamos casa em Jacurici. A técnica para atravessar os rios era colocar o carro bem próximo da água, onde a areia é mais firme e passar quando o mar recuasse. Nem sempre isso dava certo, se a maré estivesse alta o motor poderia parar, era preciso saltar do carro, abrir o capô e pulverizar um óleo secante que Artur, nosso amigo, tinha sempre no porta-luvas.

Ele ria, deliciado.

— E você acha isso engraçado? Perguntei, entre irritada e assustada.

Estava achando a viagem muito estranha, demorada, isso de entrar com o carro no mar não me agradava nem um pouco, fiquei tão tensa que sequer consegui fumar. Nem compreendia a alegria de Artur por estar indo para Jacurici, dizendo que aquilo era uma curtição, todos os que tinham casa lá achavam a travessia das praias divertida, emocionante, adoravam, era uma nova aventura a cada final de semana. Emocionante até podia ser, eu disse. Quando, finalmente, chegamos, mais uma decepção: não havia luz elétrica – estávamos em 1968 e a eletricidade só chegou em 70 – Artur acendeu lampiões a gás que espalhavam uma agradável luz branca e chiavam fazendo companhia ao barulho do mar. Tomamos um uísque no terraço e quando uma pererca saltou de um vaso pensei que ia morrer de nojo. Mas foi bom dormir com o barulho do mar e em camas confortáveis.

Foi só amanhecer e me apaixonei. Foi uma descoberta e paixão à primeira vista! A casa era branca com janelas verdes, tomamos o café no terraço, de onde se avistava o rio, uma brisa muito fresca vinha do mar e o sol dourava tudo. A luz era tanta, às oito da manhã, que fui obrigada a colocar óculos escuros. Eu estava rendida. Encantada. Submetida. Naquele mesmo dia contratamos um engenheiro para fazer a planta de nossa casa. Que foi pintada de branco e tem janelas verdes, como a de Artur."

O jornal publicou o depoimento de Veridiana contando que "a conhecida artista plástica era munícipe de São Sebastião, o que muito orgulhava a cidade, cuja vocação turística era incontestável."

Tempo quente em posto médico – (Parte 1) – O médico olhou para o carro parado debaixo da jaqueira e decidiu ir a pé. Quatro dias de chuva tinham deixado a estradinha em petição de miséria. Descer seria fácil, subir é que seriam elas, a lama era muita. Olhou a praia ensolarada lá em baixo e pensou que sentiria falta daquele lugar. O prefeito tinha lhe dado aviso prévio e não imaginava que isso pudesse ser revertido, embora estivesse correndo um abaixo-assinado em seu favor.

Gostara de Jacurici no primeiro momento. Do lugar e das pessoas. Ia à pesca com Benvindo ou Pataco, tomava suas caipirinhas no bar de Candinho, tratava dona Quicas como se fosse sua avó, gostava de olhar as moças bonitas, atendia no posto com dedicação, ouvia e aprendia as cantorias de Benedito e de Zé Cabral, já tinha participado da procissão de São Pedro e da Folia de Reis. Era a vida que sempre sonhara.

Seis anos de formado, emprego tranquilo numa clínica dos Jardins, em São Paulo, sempre pensando se era aquilo que queria: consertar o nariz de uma, fazer redução de quadril em outra, diminuir queixos, esconder rugas, transformar peitos pequenos em grandes e grandes em pequenos. Era aquela a medicina desejada? Quando leu no jornal que a prefeitura de São Sebastião queria um jovem para atender em posto médico, em todas as especialidades, não pensou duas vezes. Mandou seu currículo e foi conhecer o lugar. O perfume de dama-da-noite o enfeitiçou ao chegar com o carro no alto do morro. Foi descendo devagarinho, janelas do carro abertas, poucas luzes lá em baixo, o perfume tomando conta de tudo. Ficou no único hotel do lugar e no dia seguinte foi conhecer o posto. Pequeno, humilde, sem recursos, mas que importava? Estetoscópio e aparelho de pressão, pelo menos, existiam. Um armário com medicamentos, maca com lençol branco para exames e uma enfermeira. Aos poucos reivindicaria outros itens. Queria o emprego. Muito. E a prefeitura o aceitara.

Sim, gostava do lugar. Tanto quanto da gente dali. Não entendia o motivo de algumas pessoas terem implicado com ele. Cumpria o horário no posto, atendia quem o chamava – até de noite! – procurava fazer seu trabalho com amor. E, além de tudo, adorava a profissão. Era o que sabia fazer, tratar as pessoas com carinho, interesse, amizade. Ensinar como não ficar doente e ser mais do que médico. Ser amigo, companheiro, irmão, pai. E até filho, quando houvesse precisão. E então, por quê?

Talvez o estopim tivesse sido o desentendimento com um veranista, proprietário de uma casa frente ao mar. Fora chamado para ver o filho do homem, mas tinha saído de barco – era domingo! – Assim que voltara fora à casa do cidadão e o encontrara furioso.

— Então o menino está com um febrão e o médico cujo salário eu pago com os meus impostos foi pescar?

— Desculpe, mas é domingo. O posto fecha aos domingos...

Não adiantou. O homem gritava, alucinado, recusou-se a levar o filho ao Posto de Saúde, disse que já estava se preparando para voltar para São Paulo, consultar um médico de verdade.

— Vou denunciá-lo ao prefeito!

Denunciou.

Não demorou e recebeu uma advertência, por escrito: teria se recusado a atender um munícipe.

Irritou-se.

— Era domingo! Se eu adivinhasse que alguém ficaria doente teria saído para pescar? Esse prefeito é uma besta! Gritou, ao receber a punição.

Foi a enfermeira, que julgava sua amiga, quem telefonou depressinha ao prefeito: o doutor o chamara de besta.

— Manda uma carta de demissão para ele! berrou o prefeito para a secretária.

Assim acabava o sonho de uma vida de médico da roça. No caso não era roça, era praia.

Bom, mesmo, seria poder ficar. O café da manhã com a janela aberta para a mata cheia de passarinhos, um bicho-preguiça morando num pé de embaúba bem ao lado da casa – e que um dia se estatelara no jardim, sendo logo devolvido à sua morada – o sol gostoso na praia aos sábados e domingos, o jeito de falar diferente do povo dali abrindo as vogais e atropelando as palavras, usando termos desconhecidos, - gostava especialmente da palavra "tianho" significando "faminto"- amava a cantoria em noites de lua, os causos contados pelos mais velhos, as consultas no posto que sempre rendiam conversas. E se ficasse? Se abrisse um consultório particular? Daria para viver? Precisava de pouca coisa: pagar o aluguel da casa no alto da colina, comer peixe na brasa e arroz com feijão, ter uma horta no quintal e uma sandália no pé. Paletó e gravata, aposentados. Mais do que isso nem queria. Assobiou a música de uns versinhos que aprendera com Candinho: "Quero falar com meu bem, mas ela não me arresponde, parece o sol com a lua, quando um sai outro se esconde". A música trouxe a alegria de volta.

Passou em frente ao barracão dos peões da estrada – coitado do Segismundo! Na semana passada estava com gripe, fora ao posto com dor de garganta, aconselhara que parasse de fumar pelo menos durante quinze dias. O menino obedecera. Encontrara com ele na tarde do baile:"Tô melhor, doutor José Luiz! Vou me acabar no baile de hoje à noite!"

Se acabara, de verdade.

Foi chegando ao posto e viu um jipão parado na porta e Isaura descendo dele, amparada por um homem.

— Aí vem encrenca, pensou.

Onde Isaura chegava vinham aborrecimentos. E a encrenca era maior se o médico estivesse presente. Recém-chegado a Jacurici aceitara convite para uma peixada na casa dela e logo se arrependera.

— Fica aqui essa noite, tá bem? Pedira, se insinuando, sestrosa.

Arregalara os olhos e ficara com a latinha de cerveja na mão sem saber o que dizer ou fazer. Nunca recebera uma cantada assim, tão na lata, sem confundir com a lata de cerveja parada no ar. A mulher tinha idade pra ser sua mãe.

Não aceitara mais os convites para aperitivos ou churrascos. Mas as investidas sexuais não cessaram. No bar de Candinho, um dia, aproximou os lábios da orelha do médico e disparou um "você ainda vai ser meu!". Na procissão de Nossa Senhora da Conceição, no escuro, lascou-lhe um apertão na bunda.

E agora? O que estaria por acontecer no posto médico?

✧✧✧

Não havia, no bairro, quem não conhecesse Isaura. Cinquenta e poucos anos muito mal cuidados, cabelos pintados de acaju, olhinhos pequenos e bolsas em baixo deles, estado civil duvidoso – a uns dizia ser viúva, a outros, separada e a terceiros garantia ser solteira. Dona de uma casa frente ao mar, contava ter diploma de assistente social. Ninguém sabia se isso era verdade. Mentia muito. Mais para gorda do que para magra. Metida e briguenta, gostava de ficar, sempre, com a última palavra.

Sua pendenga principal era por causa de terras. Tinha comprado um terreno que ia da praia às vertentes e polemizava com um vizinho que afirmava a área ser dele. O homem dizia ter a posse, ela afirmava possuir escritura. Discutiam, em altos brados, sempre que se encontravam, fosse em restaurantes, no bar do Candinho ou até na rua.

O que ouriçava a caiçarada e os veranistas era a sua prática de andar nua na praia todas as manhãs, bem cedinho. E também as festas que dava, com amigos de São Paulo e mocinhas do bairro. Às vezes era uma peixada, às vezes churrasco, em outras vatapá, tudo regado a muita cerveja, caipirinha e uísque.

Contava-se ser dada a paixões repentinas, que duravam pouco e enquanto duravam eram avassaladoras. A última era José Luiz. A empregada do médico se encarregara de espalhar aos quatro ventos que Isaura tinha ido um dia à casa de José Luiz disposta a se abancar por lá. De mala e cuia. "Sou um homem comprometido", mentira o médico e ela: "E daí? Vai continuar comprometido, não vou te tirar pedaço."

— O doutor a colocou porta a fora, contava a empregada. Saiu aos berros, chamando o médico de viado e de brocha.

Tempo quente em posto médico – (Parte 2) – Isaura chegou ao posto pulando em um pé só, amparada pelo homem desconhecido. José Luiz entrou ao mesmo tempo que ela.

— Que aconteceu? perguntou.

— Acho que quebrei o pé, gemeu.

— Como foi isso?

Isaura franziu a cara, disposta para a briga.

— Como é que se quebra o pé? Caindo, oras! Escorreguei na varanda molhada.

E antes que o médico pudesse falar qualquer coisa desandou a gritar.

— Sei muito bem que não vai me atender, vim aqui só por desencargo de consciência, você me despreza, não sirvo para você, não é? Só gosta da meninada novinha, carinhas bonitas, peitinhos empinados, bundinhas duras.

O acompanhante colocou-a sentada na saleta de espera e tentava acalmá-la, Isaura berrava cada vez mais, insultava o médico, denegria o posto de saúde – um posto de merda! – e urrava de dor ao mesmo tempo.

A enfermeira, assustada, entrou com um copo de água com açúcar que foi parar na parede, estilhaçado.

— Médico de bosta! Pensa que não sei de suas safadezas? Não quis atender o filho do Dr. Mércio! Se tivesse aceitado a minha amizade não teria sido despedido, sou amiga do prefeito, ouviu bem?

Zé Luiz percebeu que se não fizesse a doida parar de gritar e de dizer impropérios aquilo não iria terminar. Deu um murro na mesa e gritou, o mais alto possível.

— Cala essa boca! Não tenho medo de mulher maluca!

Isaura passou dos gritos a um choro sussurrado e lamentou-se para o companheiro, sabia que o doutorzinho não iria atendê-la, a especialidade dele era omissão de socorro.

— Não é melhor dar um calmante? perguntou a enfermeira.

Os olhos do médico fuzilavam, nunca ninguém o tinha visto assim.

— Nada de calmante! Funcionaria bem uma bofetada que virasse a cara dela no avesso, isso é histeria.

— Não me trate assim seu mediquinho puto, eu sou uma senhora!

— Não parece! Uma senhora não se porta da forma como você se porta! Nem fala palavrões.

— Vai me examinar ou não, caralho?

— Não vou! Não dispomos de rádio x, não tenho como saber se o seu pé está quebrado. Quando há suspeita de fratura não se mexe no local.

Voltou-se para o acompanhante da mulher – o homem não sabia o que fazer ou dizer – e aconselhou que a levasse a Bertioga ou ao Guarujá. Para a enfermeira, pediu um analgésico e um copo com água.

— E não me quebre outro copo!

Isaura recomeçou a gritaria, falou em omissão de socorro, iria denunciá-lo ao Conselho Regional de Medicina, voltou aos impropérios, de filho da puta para baixo, algumas pessoas já formavam grupinhos na frente do posto. José Luiz, a ponto de estourar, foi chegando perto de Isaura, era a própria fera a ponto de atacar, o homem ao lado chegou a se preparar para defendê-la, a enfermeira apostou numa bofetada. Mas o médico conseguiu se controlar. Parou a centímetros dela. Só restava sair do posto.

Foi o que fez. A uma quadra de distância ainda ouvia os berros enfurecidos. Foi caminhando para a praia disposto a esfriar a cabeça, ia tão atarantado que passou por Tereza e Carolina na beira do riacho e nem as viu. Atônitas, as duas tinham escutado a gritaria toda.

— Lhai que fuá, esse! Que será que deu na Isaura? Muito boa da ideia ela nunca foi, mas hoje a estrepolia foi descomedida¹ comentou Carolina.

— Coitado do doutor Zé Luiz, moço, simpático, passar por esse perrengue! Respondeu Tereza.

O quelelê no bairro depois desse episódio foi enorme. Não teve viva alma que não comentasse o assunto. Izaltina quase explodiu de raiva.

— Judiêra o que essa tal fez com o Dr. José Luiz! Mulher dessa laia não deveria de ter aportado em nosso lugar.

— Um moço tão bonito e aprumado, cheio de ladinices, tratando a nós outros com munta indução e a desbandeirada da Isaura se descomportar, pirracenta e escamosa, tenho certeza que fez isso só de réiva, por querer o doutor na sua cama e por não ter conseguido que ele caísse por lá, o homem é mais escorregadiço que bagre ensaboado, disse dona Quicas, discursando para turistas, sentada num toco de árvore, na praia.

— Nem passa pela bossa cabeça o que essa mulher já aprontou, continuou. Não se dá ao respeito e também gosta de arregaçar com a moralidade dos outros, insulta quando não está de acordo, faz uma grazinada – igual a que fez com o médico – quando lhe contrariam as ideias. Onde já se biu? Em vez de discutir com o cérebro, quero dizer, com a cabeça, só se dá bem na berração. Deus me livre de pelear com gente assim, que não sou dessa categoria.

Dona Quicas, que logo de início tinha implicado com o médico, por causa do birote, agora gabava o doutor sempre que podia. Fez os elogios, criticou Isaura e se foi pela praia, vestidão na canela, lenço na cabeça, protegendo os olhos cansados com as mãos, em busca de um peixinho que Pataco ou Jerônimo lhe davam dia sim, dia não.

— Tomara tenham matado bastante peixe, uma cambebinha na hora do meu almoço ia bem, foi o que disse ao se despedir. É só fazer um foguinho entre dois tijolos e colocar o peixe pra secar na grelha. Dilícia de cambebinha!

✧✧✧

Deu em nada, o papel que a índia fizera correr e grande parte do bairro assinara. Depois dos trinta dias do aviso prévio José Luiz saiu da prefeitura. Sem vontade de ir embora. Estava tratando da menopausa de Izaltina, da bronquite de dona Quicas (difícil fazer a velha deixar seu cigarrinho de palha!), da anemia de meia dúzia de crianças, da hipertensão de Pataco e até dos calos inflamados de Mané Carpinteiro. Como ir embora? Trabalhava com gosto e nos finais de semana era banho de mar e pesca, histórias ao redor de uma fogueira e tainha na brasa.

A casa? Caiada de branco, sala e dois quartos cheios de esteiras e almofadas. Rede na varanda, mesa e quatro cadeiras. Cabides dependurados em pregos, violão encostado na parede, vitrola e discos pelo chão. No jardim, cheio de árvores, churrasqueira, galinheiro com um galo e três galinhas – ovos frescos diariamente! – na cozinha um pouco de louça branca, duas panelas e uma cafeteira italiana, presente de uma namorada.

No quintal latia Tobias – Tob, para os íntimos – vira-latas companheiro, grande, meigo e desajeitado. E passarinhos nas árvores ao redor, muitos, alegrando os dias.

Era só. O bastante para se sentir feliz. E se ficasse? A pergunta não saia da sua cabeça.

E se ficasse?

Varal desejado em noite de lua – Patrício rondava a igreja esperando a reza acabar. Dia de Reis era dia de devoção. A Bíblia contava que os reis magos tinham ido visitar o Menino e por causa dessa visitação o mundo resolveu comemorar, com festa. No antigamente, em Jacurici, tinha as Folias de Reis, muito bonitas, iam de casa em casa, violeiros na frente, dois mascarados pulando, pedindo dinheiro de chapéu na mão. Agora era só reza de mulher, e, de vez em quando, Zé Cabral e Benedito tocando modas de Reis. Ficava nisso. Chegou na porta da igreja e parou, escutando, que não ia se misturar com mulher rezadeira. Papel de homem era acompanhar os Reis e Reis não existia mais. Se afastou para fumar um cigarrinho tropicando por causa da escuridão e da idade. O exato da sua idade tinha esquecido. Era mais de sessenta? Setenta? Talvez oitenta, certeza não tinha, esquecediço que foi ficando com o tempo. Lembrar de coisas antigas era bom, às vezes conseguia, teve um dia no munto antigamente – isso até lembrava – tinha aparecido um navio de guerra no longe, beirando com a ilha do Monte do Trigo. Do que não sabia mais era a que revolução esse navio pertencia, revolução de 24 ou de 32? Duas guerras sabia que tinha habido. Misturava as duas. A memória ficava como se fosse uma nuvem, lembrava os paulistas descendo a serra e quando se lembrava gostava de contar a história.

— Binde cá que bos conto tudo. Bindos de Salesópolis os paulistas cabaram trincheiras na praia e era aquela zoeira, pobareu de farda andando pra riba e pra baixo. Passou um dia e uma noite e o nabio contornou o morro, os paulistas trincheirados atiraram e o nabiozão respondeu com fogo, arrelá! chispou todo mundo pro sopé da serra. Bem tinham falado que Getúlio Vargas iria bir pelo mar – mas seria mesmo que Getúlio estaba no nabio? Candinho, dizia que sim, não tinha presenciado os fatos, mas falaba que a luta tinha sido entre paulistas e legalistas e que aquele nabiozão cuspiu fogo bárias vezes e até uma granada caiu no cemitério, rebentou uns túmbulos, pobres dos defuntos. Outra tinha derrubado as paredes de um conbento antigo dos padres jesuítas, agora só se beêm as pedras das fundações lá dele. Uns diziam que quem estaba no barcão eram os gaúchos, com Getúlio no comando, outros que não tinha Getúlio nenhum, eram só os legalistas, como nomeabam os que apoiabam o gaúcho.

Lembrava do povo se enfiando no mato e repetia o que diziam naquele momento, melhor biber como macaco do que morrer de bomba. Do resto não sabia, era munto menino quando aconteceu, só sabia dos paulistas terem deixado munta comida na praia de Itaguaré e o povo indo lá se aproveitar do que sobejara. Mais não sabia, não lembraba. Só recordaba seu casamento com Sinhá, moça bonita que fora buscar pras bandas de Salesópolis, pra namorar era perciso subir a Serra do Mar andando dois dias. Namoro munto sacrificado.

Também não tinha clareza de quando tinham aparecido aquelas vontades esquisitas, o corpo percisando de fazer aquilo.

Logo a lua iria bir cheia. Redonda e munto clareada.

Ouviu de longe a voz de Izaltina puxando a ladainha, Jesus, autor da vida! E o mulherio respondendo em coro tende compaixão de nós. Jesus, exemplar das virtudes!

Tende compaixão de nós. Jesus, nosso refúgio! Tende compaixão de nós. Jesus, pai dos pobres! Tende compaixão de nós. Jesus, Rei dos Patriarcas! Que seria isso de patriarcas que não compreendia? Das ciladas do demônio livrai-nos, Jesus. Do espirito sensual livrai-nos, Jesus.

Jesus Cristo se desgostaba munto dele? Das ciladas do demônio, livrai-me, Senhor. A livrança não binha, estaba longe, Patrício não queria, lutava, mas o demônio encarnava nele e não tinha ladainha para dar jeito.

Torcia para a reza acabar logo, as mulheres ferrolhassem a igreja, fossem para casa, apagassem as luzes dos cômodos e se fizessem quietas no sono. Aí a lua já deberia de ter saído, bom por um lado, ruim pelo outro, ruim por que alguém poderia divisar sua pessoa fazendo o que não debia e bom por que seria fácil descobrir o desejado.

Fazia muito tempo que acontecia. Patrício corria os terreiros nas noites de lua cheia e roubava calçolas dos varais. Mistério e falatório. Brincadeira de alguém? Ou algum tarado se aproximando do bairro? Podia, também, ser o lubisomem, cruz credo, mangalô três veiz.

Patrício olhou a lua e teve vontade de gritar. Parecia uma bunda, gorda, branca, vontade de pegar uma escada e subir até ela, beijar a lua, rolar com ela pelo céu, deitar no seu colo de leite, chorar de saudade de não sabia o quê. Lua, lua, lua que tu me obriga a fazer o que nem quero! Belzebu disfarçado de luz clara clareando a noite, Belzebu que binha dos infernos para atazanar cristão. Não queria. Mas, acontecia.

Quando pegava uma ou duas – eram as únicas coisas que o excitavam, podia ser das pequenas ou das grandes, de pano de saco ou de algodão, brancas ou pretas – corria com elas para a praia, o mar rugia e rugia também o seu sexo, cheirava, apalpava, beijava, mordia, cheirava novamente, estendia no chão e as enchia com areia dando-lhes formas de bunda, e então era feliz, sorria, corria pra casa babando, grunhindo e Sinhá conhecia, pela pressa e pelos olhos, que ia ter uma noite de amor. Sinhá esperava as noites de lua cheia com calores e alegrias.

Nessa noite entrou devagar no terreiro da casa de Izaltina. Sondou se tinha algum rumor. Cachorros latiram, mas logo calaram, Patrício era gente conhecida. Varal vazio. Foi para a casa de Maria José, nora de Izaltina. Calcinha cor-de-rosa no varal com rendinhas nas pernas, ái que delícia deliciosa, calçola novinha, perfumosa. Foi botar a mão no varal e a luz da casa clareou, Luiz apareceu no terreiro de lanterna em punho, olha só quem é o safado ladrão de calçolas, peguei você, Patrício, peguei! Belho demais da conta e pegando roupa de baixo de mulher, bóis não tendes bergonha?

A luz se acendeu na casa de Izaltina e logo na de Carolina. Mané Carpinteiro também ouviu o burburinho, cachorros latiram, mulheres gritaram, homens sacudiam Patrício segurado pelos grugumilos.

— Mistério desvendado! Lubisomen? O quá! É mesmo gente de carne e osso e bibendo bem aqui, o bicho! O que merecia era uma boa guaçaba! disse Izaltina, embrabecida como só ela sabia ficar.

No dia seguinte o bairro comentando o sucedido, Patrício apanhado com a boca na botija, melhor dizendo, com a mão no varal. Patrício, marido de Sinhá, pai de vários filhos, pescador e aposentado do DER, era o Lubisomem que roubava calcinhas em Jacurici, amedrontando a mulherio. De vergonha, Sinhá se mandou para Salesópolis, na casa de parenta. Sabia quem roubava as calcinhas. Se pudesse até roubaria as ditas cujas para lhe facilitar o serviço. Quando sobrinhas vieram de férias, deixava as calcinhas das moças no varal, Patrício tinha material bem perto para se refestelar. Depois de uma voltinha pelo terreiro já entrava tinindo. E Sinhá gostava.

Foi desse dia em diante que Patrício começou a ser chamado de Lubisomem. Lubi, para os íntimos. Até o cumprimentavam pelo apelido.

— Boa tarde, seu Lubi.

E ele respondia, seco e de cabeça baixa: - Tarde.

Cearense tímido em cama grande – Foi Raimundo quem contou. Era bem cedinho, tinha ido mariscar na costeira e vinha voltando a pé pela praia. Foi quando viu Isaura e Leila peladas, tomando sol, deitadonas na esteira bem no caminho de sua passagem, ia se desviar, agora? Danou-se! Todas as vergonhas à mostra, viram bem quando ele se aproximava e nem se importaram de cobrir as partes lambuzadas de óleo, foi como se por ali estivesse passando um rato e não um homem, queixou-se.

Tereza, enciumada:

— E tu bem que olhou, safado!

Raimundo confessou que sim, então um cabra vai passando, dá com duas peladonas na praia e não olha?

Izaltina bateu nos quadris, indignada.

— Bêde que pouca bergonha! Nisso que dá Carolina deixar a menina dela o dia inteiro enfiada na casa de Isaura.

Porfírio se meteu na conversa.

— Menina, o quá! Tem mais de trinta! E Carolina é mulher de se preocupar com filha fazendo ou deixando de fazer? A primeira a ter desbriamento é ela, se ralando por aí com Benvindo! Leila procurou amizade com quem se parece com a mãe, Zilda vai pelo mesmo caminho e a mais nova só não faz o mesmo por ser ainda de menor.

E resolveu fazer graça, arreliando Izaltina.

— Amanhã cedinho sou eu que vou mariscar...

— Tu não tem bergonha, velho descalibrado? Quer também fazer safadagens?

— Cabalo velho também pasta, brincou Porfírio piscando para o cearense.

Estavam ali os quatro, Porfírio na soleira da porta, Raimundo numa cadeira de praia, Izaltina e Tereza debaixo da jaqueira, limpando berbigão.

Tereza comentou que vira numa revista as moças de Ipanema, no Rio de Janeiro, sem a parte de cima do biquíni.

— Diz que isso se chama top não sei o quê.

— Não se chama top coisa nenhuma, Izaltina retrucou.. Se chama é desbergonhice! É a turistada trazendo modernidades descomedidas e a moçada daqui aprendendo. Arremedam o que num presta. Bêde que as moças daqui já estão se perdendo!

Porfirio se levantou para pegar duas cervejas, uma para ele e outra para Raimundo e contrariou a mulher.

— Palavreado sem base! A Isaura nem sequer tinha casa por estas bandas e Carolina e outras já faziam das suas.

— Mas ficar pelada na praia isso nunca tinha acontecido de antes...

— Isso é o que tu pensa, biste? O que mais dá por essa praia na calada da noite é mulher pelada. E sempre foi desse modo.

Tereza se levantou e foi pegar coentro e cebolinha plantados num balde velho, perto da porta, Izaltina mandou que a quantidade fosse pouca.

— Marisco já é muito forte, não bamos ponhar muito tempero.

E quase no mesmo tom decidido e forte que falara do coentro se virou para Raimundo.

— Bóis comeis hoje aqui, cearense. Não tendes necessidade de comer naquele barracão fedorento. Sei que bóis sois é muito tianho. E a mariscada de hoje bai estar de comer de joelhos. Ides ficar atochado.

Tereza insistiu em catar mais cebolinha e coentro, comentou ter visto na casa de sua patroa tomate, em rodelas, com sal e cheiro verde em cima, ficava bonito e gostoso.

— Tu bais acabar ficando com costume de turista trabalhando na casa de dona Raquel. Tu pensa que essa cebolinha é pra gastar assim?

Porfírio, outra vez, implicando:

— Deixe de mofineza, mulher. Ridicando até cebolinha berde, bou pra semana em Saum Sebastiom e trago dois pacotinhos de semente. Custa só binte contos.

— Mas que binte contos, é binte cruzeiros, tu não sabe nem o dinheiro brasileiro, homem de Deus!

Izaltina deu por terminada a limpeza dos barbigões, lavou a baciada, escorreu a água e despejou tudo num panelão de ferro onde já esturgiam cebola e alho em azeite, o panelão acomodado em cima da grelha com carvão ardente.

— Me deite agora os cheiros, Tereza! Nada de sal, quando o marisco abrir já terá água com sal suficiente pra temperar as carninhas lá deles.

Cada um se serviu de farinha de mandioca de uma grande cuia e Izaltina foi servindo conchas de marisco com caldo em cada prato. Comeram no terreiro, à sombra da jaqueira, se refestelando, ô mariscada supimpa, disse Raimundo.

Tereza serviu a salada de tomates com cheiro verde em cima e provocou a mãe.

— Não fica bonito?

Izaltina fez muchocho.

— Enfeite de rico.

— E por a gente ser pobre não pode comer bonito? teimou Tereza.

— Tu não me arresponde, peste, que não apreceio falta de respeito.

E para Raimundo: - Quando bóis acabardes de comer bóis me dicascais com bossa faca afiada esses dois palmitos pra eu fazer na janta.

Raimundo não discutiu. Começou logo a tarefa e depois que Izaltina despejou os palmitos cortados na água com limão convidou Tereza para sair. A moça aproveitou o passeio e colocou o cearense contra a parede.

—Tu, afinal, casa ou não casa comigo?
Disse que casava, era questão de tempo.
— Então por que tu não fala com pai e marcamos a data?
Disse que achava cedo.
— E é cedo para quê? Eu e tu nós já namoramos faz mais de seis meses. Se tu não falar com pai não vou mais na praia de noite com tu. Tu escutou o que pai disse, que tem mulher pelada de noite na praia?
Raimundo retrucou que Porfírio não desconfiava de nada.
— Quando tu resolver que não é mais cedo tu me procura, agora não quero mais ver tu, respondeu Tereza, zangada.
E virou-se nas pernas e voltou para casa.
Raimundo continuou no passo vagaroso, matutando. Achava que um dia era bem capaz de casar. Não sabia se com Tereza, mas, um dia, um homem tem de casar. Pra ter mulher que lhe cozinhe o feijão, lhe pregue os botões, cuide da bilha de água e pra não ter que rolar de noite na areia da praia. Melhor fazer aquilo na cama, sem desassossego. Gostava de Tereza. Da sua cintura fina, das suas coxas grossas, de seus peitos bem feitos, do seu sorriso largo e do nariz com algumas pintinhas. Casar já era mais complicado. Dizer que casava, tinha de dizer, a moça enfezava como gata brava se não dissesse. Ou talvez casasse mesmo, sabia lá do destino. No que estava pensando, mesmo, nessa horinha, era no corpo que vira manhazinha na praia, negra borboleta exposta ao sol, peitos lambuzados de óleo. Leila. Não conseguia parar de lembrar dos contornos dela. E em vez de ir para o barracão foi para a praia.

Sentou-se na areia frente à casa de Isaura. Duas da tarde, sol a pino, ele de calção e camisa. Suor escorrendo. Carapirás voejando alto, vento nenhum ali embaixo. Tirou a camisa, mergulhou no mar. Diziam que banho de mar depois do almoço era morte certa, não acreditava. Mergulhou fundo e voltou para a praia. Quieto, só pensando. Nem um movimento na casa vigiada. Foi até o bar de Candinho, pediu uma cerveja. Voltou para nova vigília. Ninguém aparecia. Quatro horas e nada. Novo mergulho.

Quando o sol se finava no mar pelos lados do Guarujá as duas apareceram, Raimundo decepcionado, estavam de biquínis. Mergulharam na água agora avermelhada pelo sol poente. Raimundo, quieto. Saíram da água, Isaura direto para casa e Leila se aproximando.

— Que é que tu faz aqui, cearense? Tá pastoreando garoça? Raimundo, no cinismo:

— Vim conferir se tu ainda tava pelada.

Leila deu uma gargalhada, botou as mãos para trás, desabotoou o sutiã e ficou com ele abanando no ar, como bandeira.

— É isto que tu queria ver?

A praia vazia, a moça com tudo à mostra pertinho dele. Bastaria estender a mão, mas quentura no peito e zoeira no ouvido não deixaram o cearense se mexer. Leila percebeu e estendeu a mão:

— Vem!

Levantou-se, puxado por ela.

Entraram juntos na casa de Isaura. A mulher andava pela sala sem a parte de cima do biquíni, os seios murchos balançavam quando andava, perguntou se ele tomava uísque.

Que sim. Quase todo o chão da sala coberto de almofadas. Ventilador em um canto.

Leila se aproximou, dengosa, botou a boca perto da orelha dele e perguntou, debochada:

— Tu já fez com duas?

Raimundo mergulhou nas almofadas da sala, o corpo palpitando.

Saiu da casa de Isaura noite alta. Ia cansado, tonto, cabeça doendo, meio sem acreditar que aquilo tivesse, mesmo, acontecido.

Anotações de Raquel – (1) Construí minha casa em Jacurici há apenas seis meses, estou descobrindo o lugar aos poucos e conhecendo as pessoas mais depressa do que pensei. Quem me conta as coisas daqui é Tereza, minha empregada, caiçara legítima, que abre minha casa durante a semana, vem me fazer o café da manhã aos sábados e domingos e volta depois para lavar a louça. Não aceitou a proposta de trabalhar em tempo integral, não quer se prender a emprego, prefere liberdade.

Estamos em pleno carnaval e Tereza me conta como é. As moças se pintam um pouco mais do que habitualmente, põem um enfeite na cabeça, um ou outro compra serpentinas e confetes e nas festas do clube só tocam marchinhas antigas. Este ano tem gente com receio de pular carnaval, como eles dizem. Um cearense empregado na construção da Rio-Santos foi morto numa briga durante a festa de final de ano, essa morte não foi esclarecida e acredito que nem seja. Como é que a polícia vai saber quem matou o moço se eram mais de quarenta batendo e se ninguém abre a boca?

Os caiçaras estão com medo que os nordestinos da construtora resolvam se vingar e promovam, no baile de carnaval, grossa pancadaria. Já pediram proteção ao delegado e dizem que virão dois praças para policiar o baile. Grande coisa! O pessoal da estrada, agora que as obras aceleraram são mais de uma centena.

Nem sei, portanto, se vai haver baile. Se houver eu irei, minha casa vai ficar cheia, quem sabe vamos todos?

Essa intolerância entre caiçaras e nordestinos – não há apenas cearenses na companhia, mas paraibanos, baianos, alagoanos – era algo fácil de prever. Alguns dos peões vieram com as famílias, mas a grande maioria está sem mulher. As meninas caiçaras, pelo menos a maioria, são bonitas. Dai foram colocar a lenha perto da fogueira. Brigas e até mortes à parte, a rapaziada do nordeste está se dando muito bem com as moças da terra. Dizem que já há algumas grávidas. Dona Quicas, informante preciosa – adora falar dos outros – garante ser verdade e dá até o nome das que pegaram barriga.

— Estão buchudas! É como ela fala. Sussurrou desconfiar muito que Tereza, que namora um cearense, também esteja. Me arrepio só de pensar. Vou ter que juntar os pedaços de Tereza quando a mãe souber. Izaltina é mulher inflexível, exagerada, católica até a raiz dos cabelos, gosta das coisas muito certinhas, está sempre imprecando contra o que chama de imoralidades do mundo moderno, Tereza vai comer o pão que o diabo amassou se isso for verdade.

Izaltina me lembra a matriarca de "A casa de Bernarda Alba", de Lorca. Não apenas na rigidez, também no rosto amorenado e forte, de árabe, que ela herdou sabe-se lá de quem. Talvez de Leonarda, a matriarca local, que ninguém sabe dizer se era espanhola ou portuguesa. De qualquer forma os árabes estariam mesmo presentes na genética de Leonarda, fosse ela descendente de portugueses ou de espanhóis. Afinal, ficaram por diversos séculos na península ibérica.

A construção da Rio-Santos está trazendo muita gente a Jacurici e certamente é a culpada por alguns dos conflitos surgidos. Mas não se pode ser contra a estrada, trará o progresso que a região espera e merece.

Com estrada ou sem ela Jacurici é lugar onde acontecem coisas quase todos os dias. Amores e brigas. Ontem fiquei sabendo da história do médico, simpático, bonito, várias moças do bairro estão arrastando um bonde por ele. O prefeito o despediu por acusações que me pareceram frágeis e se isso não bastasse uma mulher chamada Isaura, que tem casa de frente para o mar, acusa-o de omissão de socorro, entrou com um processo contra ele no Conselho Regional de Medicina. Dona Quicas garante que é despeito, a mulher queria se deitar com ele, o médico não quis.

Será verdade? Não sei. Sei, apenas, o que falam dessa senhora, (senhora?) uma espécie de navio-escola para a rapaziada daqui e para os filhos de alguns turistas. Parece ser verdade, cheguei de São Paulo outro dia, de madrugada, ao passar em frente à casa dela vi dois garotos novinhos saindo de lá. Além disso é criadora de casos, briga e encrenca com os outros por dá cá esta palha.

Por via das dúvidas não quero aproximação, ela já me procurou várias vezes, não dei espaço. E até orientei Tereza a não aceitar convites para festinhas na casa dela. Tereza garante que a mãe a mata se for.

Há, também, outro falatório: Janete, filha de Mané Carpinteiro, estaria grávida. Mas aí não tem mão de cearense (mão?) dizem que teve um romance com o filho de Kurt, o dono do hotel. O garoto tem apenas dezesseis anos, Janete é bem mais velha, vinte e muitos. O menino foi mandado de volta para a Alemanha junto com a mãe. A saída dela – chamava-se Helga – foi algo digno de filme, com direito a escolta da policia federal, sirenes ligadas, muita gente espiando. Ou seria melhor dizer "apreciando"? Dona Quicas garantiu que Helga era uma tiguera, palavra caiçara que não conhecia e ela me traduziu: mulher feia e brava.

Isso tudo são detalhes, acho Jacurici um lugar maravilhoso, não quero saber quem dá para quem ou quem não gosta de quem. Quero, apenas, cuidar do meu jardim, plantar minhas árvores, ver orquídeas desabrocharem, curtir o canto dos passarinhos e escutar histórias saborosas de dona Quicas, falando com um sotaque engraçado, transformando São Sebastião em Saum Sebastiom, Santos em Sáantos, vovó em bobó, televisão em televisom, abrindo a vogal "a" em todas as palavras e usando termos que nunca ouvi. Acho a maneira de falar daqui saborosa e bonita. Gosto da maioria das pessoas e começo a ter horror de outras. E no dia em que me aposentar – não deixo por menos! – quero vir morar aqui.

Pensando bem, quem disse que não quero saber das coisas de Jacurici? Meu jardim e minha casa em primeiro lugar, mas estou tomando notas, tenho ótimas histórias nas mãos. Um romance? Uma novela? Ou o quê? Jacurici é um lugar fascinante e as pessoas que vivem aqui, idem. Até já estou pensando no nome do livro: Vento Bravo? Litoral dos Amores? Nenhum desses me agrada. Preciso descobrir um bom título.

Dona Joaquina entrando na história. (E logo saindo) – Dois dias antes de morrer dona Joaquina foi à casa do médico, logo avisando não sentir nada, não viera se consultar, subira a colina para um dedo de prosa e para agradecer o que o doutor fazia pelas pessoas, já sabia de muntos dos acertos dele, tão moço e já tão sabereta e nós temos aqui um dizer, meu senhor, que quando queima a ponta da orelha é que estão falando de nós e bossa orelha deve de ter queimado muntas bezes durante esta sumana de tanto que falamos de bóis. Que nunca que bou esquecer que curastes minha filha Izaltina que se acababa dos calores que já não tem mais e nunca que bamos esquecer dos comprimidos que deste para minha neta Tereza se livrar do fastio e até queria bos dizer que muito contrariada fiquei por meu genro não ter assinado o papel em bosso favor, mas algumas das gentes daqui não são de comportamento rigoroso, de reconhecer os bons feitos, bede, meu senhor, arrelá! eu nem deberia de comentar, é povo de sangue meu, mas tem uns que não são flor que se cheire. E não penseis que é coisa de agora, a ruindade já é dos antigos, só bos dou um exemplo, bêde, a primeira capela que fizeram roubaram o madeiramento para fazer o telhado, meu pai tirou muito sangue da cabeça dos desbergonhados que fizeram isso. Bede que não era gente de fora. Daqui, mesmo. Agora estão construindo capela nova, pois não fizeram mesmice, não desbiaram as telhas? E bêde, ainda, uma história antiga, a do cemitério, chegou carregamento de cerâmica pra fazer o túmbulo de um homem doador do terreno para o campo santo e roubaram a cerâmica, lebaram foi para fazer o fogão de uma mulher e até cheguei a ber esse fogão na casa dessa uma.

Não deberiam de ser ruins dessa forma que é tudo sangue de uma semente só, de bó Leonarda, uma senhorinha pequena e gordinha, de cabelinho branco amarrado atrás, que teve muntos filhos e um deles era meu pai, Teodomiro. Pai pescava sempre com um homem bindo da Bertioga, dono de rede e barco. Quando era o mês de junho binha ele pra pesca da tainha. Era tanto peixe naquelas lonjuras de tempo que da praia já se bia o curdume brilhando, era só aquela aguagem grossa que faziam. E esse homem era o dono da pesca, um dia perguntou a meu pai se não queria lhe comprar a pescaria, estava cansado e cheio de anos no costado. Foi quando meu pai e Bó Leonarda compraram as terras e a rede e mais o barco, cento e cinquenta braças de praia ela comprou, cento e cinquenta meu pai e ficaram donos de tudo e era tanto peixe que ficabam dia todo e até o seguinte tirando as tripas e depois salgando e colocando no varal. – isso que temos por costume dizer que é consertar e escalar peixe – e as tripas os urubus comiam e no dia seguinte a praia estaba limpa outra beiz, eles são os lixeiros, esses urubus munto afeados. E Bó Leonarda, de quem inda me lembro, tinha munto dengo com os netos. O povo fala munto – falam do que nem é perciso– mas como não sou de me emprenhar a mim pelo oubido finjo que não oubi e nunca acreditei e até esqueci-me de tudo. Só alembro que Bó Bernarda era munto boa com a netaiada toda.

Dona Joaquina ficou mais de hora proseando, aceitou café, gabou-se de seus noventa e quatro anos rijos, pernas fortes que subiram fácil a ladeirinha para a casa do médico, disse da alegria ao saber da ideia do doutor de ficar em Jacurici e dois dias depois, dormitava numa sombra no jundu quando a morte a tomou pela mão e se foi embora com ela.

— Se apagou-se como um passarinho, disse Izaltina, chorando.

Da porta de sua casa José Luiz viu o enterro de dona Joaquina se arrastando pela estrada, uma fila comprida. O vento contrário impedia de ouvir os cantos e o rumor do mar.

Dona Joaquina dizia que tinha noventa e quatro anos, outros afirmavam que teria esquecido da idade, já passara dos cem. Vida longa que se acabara como vela exposta ao vento.

Cortejo quase chegando ao cemitério quando apontou no morro o Mercedes vermelho de Veridiana e num instante, rápido como um corisco, bonito como tiê vermelho, cobriu de poeira as pessoas que rezavam.

— Falta de respeito, reclamou Izaltina, tossindo com o pó.

Mané Carpinteiro piscou para Venâncio: - Olha a loira chegando.

Venâncio não se deu por achado. Quieto ficou, disfarçando.

O médico desceu a colina em direção ao cemitério pensando que vinha mais falatório. Veridiana chegara.

CAPÍTULO 3

...desassossegada e desassossegos, muitos!

SÓ DIMINUIU A VELOCIDADE do carro ao chegar ao portão que já encontrou aberto. Entrou na garagem, espreguiçou-se ao descer e sorriu quando o poodle cinzento pulou do carro e disparou para a grama à procura de uma árvore para o xixi urgente.

Na sala, foi direto para as portas do fundo, abriu-as para a paisagem, o mar lá em baixo batendo nos rochedos, a praia em curva, um barco saindo lentamente pela barra e o sol se pondo para os lados do Guarujá. Olhou as samambaias pendentes, um vaso repleto de antúrios, encaminhou-se para o baldinho com gelo – tinha certeza que estava cheio – serviu-se de uísque e de três cubos e se largou na rede da varanda. Maçarico, o poodle, esparramou-se no chão ao lado da rede, tão feliz e preguiçoso quanto a dona.

Há exatos trinta dias não gozava daquilo, a vista, a rede, o perfume da mata ao redor, os passarinhos. O velho ipê cor-de-rosa chovia flor enquanto um sabiá se acabava de tanto cantar.

Paris, Barcelona, Lisboa e finalmente Roma. Exposições de suas esculturas na via Marguta. Jornais, revistas, presença de alguns críticos – verdade que não muito importantes. E a participação de um funcionário da embaixada do Brasil, homem charmoso e divertido, paquera garantida nas passagens por Roma.

E agora Jacuricy, a rede, a varanda, o mar. E Venâncio.

Maçarico deu duas latidas e correu ao encontro do moço. Baixo, atarracado, nariz desproporcional para o rosto amorenado, sorriso largo, chinelo nos pés e bermudas marinho. A camisa, que usara no enterro, vinha em volta do pescoço.

— E aí? perguntou, fazendo festas no cachorro e olhando Veridiana, de longe. Nem perto chegou.

Caseiro, jardineiro, piloto da lancha, churrasqueiro nos dias de festa, provedor de peixes e mariscos, motorista e amante. Venâncio era dez em um.

— E esse enterro? Quem morreu? perguntou Veridiana se levantando da rede, mas sem se aproximar.

— Minha abó Joaquina.

Levantou a cbeça, intrigada.

— Dona Joaquina, mãe de Izaltina, avó de Tereza? Como, sua avó?

— Minha mãe e tia Izaltina são irmãs. Era minha abó, também.

— Uhm! Não sabia.

Quase sete anos frequentando Jacurici, seis anos naquela casa, um ano de Venâncio sendo seu faz tudo e mais alguma coisa e Veridiana não tinha a mínima ideia de quem era ele.

— Morreu de quê?

— Morreu de nada. Se apagou-se.

— Quantos anos?

— Ela falava noventa e tal. Meu pai diz que tinha mais de cem...

— Não vai ficar com a família, hoje?
— Prefiro ficar com tu...
— Então se serve de uísque e faz outra dose para mim enquanto vou tomar banho.

A comunicação entre Veridiana e Venâncio era na base das poucas palavras. Linguagem telegráfica. Não conversavam, não trocavam ideias, não passava pela cabeça de Venâncio perguntar da viagem e nem a ela contar como foi. O que sabia ele de Oropa, França e Bahia? Sabia de olhar a casa, dirigir a lancha, mergulhar pra pegar lagosta, limpar peixe, cuidar do jardim, lidar com o cortador de grama e também sabia de trazer orquídeas da mata para botar nos troncos de árvores. Ultimamente não mais, a Florestal ficava em cima, dava multa e até prisão. A indiada da tribo vizinha podia, vendiam na beira da estrada sem serem incomodados. Se índio podia, por que motivo caiçara não podia? Perguntou, um dia, a Veridiana que também não soube responder.

Enquanto o chuveiro quente despejava água nos cabelos dourados de Veridiana o rapaz se serviu de uísque e foi olhar para a vila lá em baixo. O cortejo já tinha chegado ao cemitério. Quando estava com Veridiana a vila de Jacurici ficava muito distante.

ccc

— Se fosse meu filho pegava pelo pescoço e obrigava a ficar no enterro da abó. Falta de respeito, pensou Izaltina enquanto o povo rezava em torno da cova, o vento enfunando as saias das mulheres.

Venâncio, filho de sua irmã Luíza e companheiro de pândegas de Veridiana, tinha saído de fininho assim que a doida que se dizia artista, passara com o carro jogando poeira no enterro todo. Estaba cheio de mulher no bairro de Saum Francisco que lidavam com barro e faziam panela munto da bem feita e ninguém chamava a elas de artistas, mas Veridiana fazia umas estátuas grandes e desafeiçoadas e dizia que era. O quá!

— Lhai o escamoso de Venâncio se mandando para a toca da leoa, cochichou para o marido.

Porfírio zangou, que fechasse a taramela, era o sepultamento de dona Joaquina, nem no enterro de bossa mãe tu não para de ter réiva dos outros? perguntou.

E por acaso aquilo era réiva? Era um comentário de tia. E de filha de quem se estava enterrando, entom o borra-botas não podia esperar acabar-se o sepultamento? Uma lágrima queria escapar de um dos olhos, apertava para não sair, segurava, pensava na sofrenza da mãe. Viúva de pescador aos binte e sete anos, criando a filhagem sozinha e sem se lamentar, inguinorando as alegrias do mundo, curando as crianças com remédio do mato, Ave Maria cheia de graça, plantando roça de mandioca para que farinha não faltasse – se faltava de um tudo pelo menos não faltabam farinha e peixe seco – e ensinando a catar berbigão na costeira, bendita sois entre as mulheres e nem nunca mais quisera arrumar companheiro, Santa Maria mãe de Deus, a lá ó, tinha dito quando o carro de Veridiana surgira no morro e agora o sobrinho estaba lá no bem bom, agora e na hora de nossa morte, não queria pensar em bestagens, só rezar pela mãe que se fora, o pensamento não se deixava domar e ela ali ao pé da cova, segurando a saia que inchava com o vento e Tereza chorando e o médico José Luiz ali perto, Mané Carpinteiro que também era parente, padre nosso que estais no céu e Carolina tinha aparecido, que até era sua prima, a cuscuvilhenta, mas não podia pensar mal de gente da família no meio do sepultamento de mãe, que Joaquina nunca abrira a boca pra falar dos outros, e Maria José, a nora, casada com seu filho Luiz também doidinha pra se ir embora, era a cozinheira da casa de Veridiana, quando a artista estava em Jacurici passava o dia lá e quem olhaba os meninos, quem? Ora quem, era só ela, como se não tivesse mais nada pra fazer. A desmiolada da Maria José não percisava de trabalhar fora, benha a nós o bosso reino e seja feita a bossa bontade assim na terra como no céu, mas Maria José dizia que queria ter seu dinheiro e Luiz concordara, ninguém perguntou a mim se podia ficar com os netos, o pão nosso de cada dia e Carolina que era danada de ruim, de já hoje tinha notado o olhar comprido que dera para Benvindo, do outro lado da cova, primo e amante e até pai da pequeninazinha, a Lurdinha, menina boazinha e afeada que nem o pai, santa Maria Mãe de Deus e a terra caindo em cima do caixão e então não conseguiu segurar o choro e a filha que tinha bindo de Saum Paulo a abraçou, se fora mãe Joaquina que até antonte tinha feito pirão de peixe com banana berde que todos comeram se regalando, o mundo era mesmo assim. Mãe não era mulher critiqueira, não permitia que sua língua ofendesse outros, mas também não gostava que falassem de gente sua, um dia comentara que era catiça em cima de Luíza, isso do bitelão do filho estar sob o jugo da moça loira, mãe respondera que rezassem, um dia chegaba a livrança dele. Mãe Joaquina não vivera o suficiente para assistir a isso. E iria até quando, arrelá! esse despropósito de coleira que Veridiana botara no sobrinho?

✧✧✧

— Pois, minha senhora, conto a bóis o acontecido. O enterro ali dobrando a rua, os bibentes rezando e cantando pela alma de Joaquina e – a lá ó! – aparece o corisco bermelho daquela moça, a Veridiana, despejando um poeirão danado em riba de nósotros. Atentai minha senhora para a falta de respeito e de boas maneiras, a retratista é assim mesmo, desconsidera a nós, menos a um, que é o filho de Luíza. É cheia de dengues e preceitos quando fala com a gente, mas é tudo da boca pra fora, para encobrir o feitio, que é mesmo de desfeitear as pessoas. Corri da poeira e fui pra porta de saída do cemitério, que cemitério, minha senhora, pra mim só tem porta de saída, porta de entrada não conheço, entrar é para ficar e isso, minha senhora, para mim ainda é munto cedo, se Nosso Senhor Jesus Cristo me ajudar e ele há de querer. Que não faço gosto em ir para a morada dos pés juntos antes que essa tal de estrada de asfalto fique pronta, Perpediana, minha filha, garantiu-me a mim que assim que isso acontecer leva a mim a Saum Paulo, pra ber os prédios, coisa que quero ber de perto e só conheço de ber na televisom.

Dona Quicas só parou o conversê para saborear a fatia de bolo que Raquel lhe serviu. Continuou logo, falando rapidinho e cantando nos finais das palavras, Raquel ouvindo com atenção, achava gracioso o jeito de falar do povo dali.

— Eu bos estava contando de Veridiana, que chegou aqui um dia e bêde que fincou raízes, mais entocada que garoupa na loca, fez de Jacurici o seu porto e é muito desassossegada, senhora minha, que não podeis nem calcular o quanto. De primeiro binha com o marido, moço muito distinto e ajustado, mas engambelava a ele com todo mundo desta praia e de outras na vizinhança, uma judiêra o que praticaba com o pobre. Era com este e mais aquele e aqueloutro, escabeceando que nem mariposa na luz e nem pensais bóis que isto é maldizer, que não sou pessoa critiqueira. Isso de Veridiana e dos machos dela todo mundo sabia, a moça nem se resguardaba dos olhares nos esconsos de sua mansão, era mesmo no claro, açambarcando todos que via, a gente a encontraba um dia com um, noutro com um segundo e no mês seguinte com um terceiro e assim ia se sucedendo, se beijando na praia na vista do povo, andando de mãos dadas, indiferentista com o que se podia falar. E o pobre do marido! Um santo, minha senhora. Até que Veridiana teve desfazimento de casamento com o pobre e enganchou-se num só, que já faz tempo amigou-se com o filho de Luíza, o abestalhado de Venâncio, que oculta munto as safadagens que se faz naquela casa. Falam que ela bota os moços e as moças sem roupa dentro da sala e faz o retrato deles em barro, eu nem queria acreditar, mas um dia bi a ela no corisquinho bermelho e tinha como companheira uma estátua dessas, no banco de trás do carro, até pensei que era gente de carne e osso, mas não era bibente, não senhora, era figura de barro, feito uma estátua de santo, arrelá, meio que embrulhada em jornal e em panos, ia lebando a coisa para Saum Paulo. Venâncio conta que ela traz o barro de fora, uma espécie de lama cinzenta e trabalha nessa lama com as mãos e bai tirando as figuras, o que pra mim é até sacrilégio, esse querer imitar a Deus que a Bíblia diz que do barro fez Adão.

— É munto desassossegada, desbandeirada mesmo, a artista. E trás um bololê danado donde chega. Agora bos digo, minha senhora, que a diaba é de uma lindeza que só! Eu mesma, que enxergo pouco que a visom já me falta faz anos, pois eu mesma diviso beleza na face dela, uma beleza como nunca se biu por estas paragens nem algures. Veridiana é o mesmo que pau de flor num dia de céu azul. Igual como um jacatirão quando a primavera chega..

Alumbramento dentro do rio - A primeira vez que viu Veridiana tinha por aí uns doze anos, caçava pitu com as canelas dentro do rio, peneira na mão, o olho preso na água – o bicho meio amarronzado às vezes se confunde com a areia do fundo, se não se dobra a atenção, escapa. Pois estava lá todo aplicado quando sentiu barulho de remos, levantou a cabeça e teve a visão: a moça de cabelo amarelo dourado, olhões azuis, a boca se rindo para ele com aqueles dentes certinhos, os braços morenos de sol apoiados nos remos, o jeito de dona do rio, sentada no caiaque.

— Pegando pitu aí, moleque? tinha falado. Se pegar bastante leva lá em casa que eu compro.

— E onde que era a bossa morada, tinha perguntado e também o nome, que não conhecia.

— Sou Veridiana, moro naquela casa de janelas verdes naquele morrinho na meia praia.

Veridiana, Veridiana, Veridiana, tinha ficado batendo esse nome dentro da ideia e os olhos azuis passeando dentro dos miolos, será que já tinha visto lindeza igual? Nenhum pitu escapou da peneira de Venâncio naquela manhã e por volta do meio-dia já estava na casa do morro, o balaio cheio.

— Dos grandes, dona.

E se ria, apalermado, sem saber que coisa fazer.

Veridiana pagou e ainda deu beijo.

Zonzo zonzeira zonzo andou cambão como bêbado, se lembrando de sua mão bonita de unhas curtas, do macio do rosto relando no dele na hora do beijo. O beijo. Beijo de boca vermelha e fresquinha, boca perfumosa na cara dele, cabelo de seda se roçando no ombro, no peito, se misturando com ele, cheirando gostoso, como esquecer o cabelo na sua boca e o cheiro melhor que dama-da-noite? E as palavras, quando tivesse mais pitu que fosse levar, comprava. Boniteza igual nunca vira. – O que é isso vosso? – Como dizia seu pai quando estava espantado.

Dona Veridiana era mais bonita que mãe Luíza, mais bonita que Tereza, sua prima. Mais bonita que Valfrida, mulher de uma pensom em Saum Sebastiom que tinha visto um dia no campo de bola. Valfrida de salto alto, fitinha colorida amarrada no tornozelo e outra da mesma cor no pescoço, a cara pintada, o cabelo vermelho, as unhas compridas com verniz roxo e uma pinta no canto do queixo, logo abaixo da boca.

— Mulherão! Tinha dito o amigo e concordara.
Dona Veridiana deixava Valfrida no chinelo, o quá Valfrida, o quá! Boniteza igual era coisa que achava que nem existia. Sonhava com ela toda a noite, chorava de raiva nos finais de semana em que ela não descia, merda de vida, que será que aconteceu que dona Veridiana não veio?
Um dia morreu de inveja do índio Emerenciano, ela e o índio velho sentados na beira da piscina, mandara servir café com leite e pão, o índio contando bobajada da tribo e ela escutando com atenção, Venâncio tinha catado siri e vinha todo regalado, balaio na mão, Veridiana nem dera atenção.
— Entra na cozinha, deixa em cima da pia e passa amanhã que eu te pago.
Mesmo que um balde de água fria, ficara por perto, roído de ciúmes do índio, era ciúme misturado com inveja, índio de pé grosso, cabelo empastado, que só sabia vender palmito e balaio de taquara e falar bestagens. O que encontrava Veridiana naquele índio afeado pra ficar de prosa com ele?
O índio foi-se embora depois de meia hora e Venâncio ficou no portão à espera de uma visagem.
Veridiana não aparecera mais.
Paixão aumentando. Um dia a professora mandara fazer uma redação sobre a mãe, a redação e um desenho, presente pra levar para casa no Dia das Mães. Escreveu: "Minha mãe tem olhos azuis". O desenho era de uma moça loira, pestanas negras, olhos da cor do céu. Passou vergonha com os demais que conheciam Luíza e sabiam que ela era amorenada que nem turca e de olho preto luzidio.
Entrava mês, saia mês e não tirava Veridiana da cabeça.

Um dia, a alegria descomedida.
— Quer ir comigo ao Montão do Trigo?
Se não ia!
Sentado ao lado dela na lancha, vendo o cabelo loiro assanhado com o vento, os óculos escuros enormes, a pele morena brilhando de óleo, luzindo, vontade esquisita de lamber aquele óleo – que gosto teria? – sabia lá que vontade era aquela, de louco, abestalhado. O motor da lancha roncando, espuma correndo atrás e as ondas esverdeadas e a ilha que só conhecia de longe aumentando de tamanho e Veridiana perguntando, tá com fome, moleque? Quer um sanduíche?
Veridiana era a coisa mais bonita que já vira. Igual mulher de reclame que passava na televisão.
Um dia o sonho acabou
O pai:
— Tu bais morar em Sáantos com a tua tia, estudar no ginásio.
Zangado, teimou que não ia.
— E não bai? Quem falou que não bais? Tu quer ficar burro? Ter bida de pescador que nem eu e mais teu abô? Os peixes tão acabando, moleque trouxa, tu bai é estudar pra ser alguém na bida, filho meu tem que ter leituras, biste?
Queria, sim, ser pescador, levar peixe toda a semana para Veridiana, sair de Jacurici era ficar longe dela. Não ia!
— Tu não tem querer, reforçou Luíza. Tu bai fazer o que teu pai mandou e acabou-se a prosa.
Domingo seguinte pai abriu a porta da combi e, curto e grosso:
— Entre pra drento e se sente.

A mala na mão, o choro engolido. Obedeceu.

Só voltou nas férias de julho e não viu Veridiana, a moça viajara.

No Natal se encontraram.

— Você está um mocinho, disse Veridiana, fazendo festa.

Mais linda, ainda, e seus quinze anos ferveram de paixão.

Depois foi o tempo passando, o vento tocando, foi água correndo, um dia se sentiu apaixonado pela filha da vizinha da tia, tinha tranças e era dentuça, loirinha rala e sardenta. Na bolinação dos peitinhos novos esqueceu Veridiana, nas férias seguintes deu descanso aos pitus.

Um dia acordou e se encontrou homem. Então aconteceu que nem em novela de televisão, ia passando com a combi do pai e viu Veridiana parada na estrada, pneu furado. Parou, trocou o pneu, calado, só pensando que se ela pagasse com um beijo ia ser muito bom.

A moça abriu a carteira, ele disse que não precisava, ela olhou fundo nos olhos dele.

— Não te conheço?

— Sim, senhora. Aquele menino que lhe vendia pitus.

A cara dela se iluminou como manhã de verão. Os olhos se rindo de alegria, braços estendidos, boca se abrindo de admiração, abraço agarrado, de novo o cabelo se misturando com o suor do rosto dele e o cheiro! De novo o cheiro danado de bom e o rosto roçando o seu e o peito dela no peito dele – agora o peito de um homem - e o sexo dele crescendo e o desejo subindo pelo corpo e o calor no coração e um frio grande na testa e zonzeira enorme na cabeça e os olhos se esfumaçando e outra vez a paixão dominando, entrando como maré rio adentro e avançando e crescendo e tomando todo ele que tremia.

Desse dia em diante voltou a esperar a sexta-feira. Quando ela chegava, sentia. Não precisava nem ver o carro, sentia, sabia. E ia andando para a casa dela em passo calculado, queria correr, mas se dominava, não gostava que reparassem, andava devagar, coração galopando na frente.

Ele ajudava a tirar as compras do carro. Tomavam uísque. Ou cerveja gelada. Ficavam na beira da piscina, esperando a noite chegar. E, às vezes, Veridiana o convidava para jantar.

Um dia aconteceu de ela falar que ia fazer ele no barro.

E vai? Vertige que deu, no instantâneo. Não respondeu. Ia ficar pelado na frente dela? E a vergonha? Verdade que também tinha vontade de tirar a roupa para ela, deixar que ela fizesse o que quisesse, modelar no barro, beliscar, bater, beijar, matar, até.

Veridiana percebeu o acanhamento, acarinhou o cabelo crespo dele, passou a mão de leve pelo seu rosto, afagou o peito nu e devagar, decidida, a mão firme, desceu-lhe o calção. Morto de encabulação, escondeu o sexo grande, querendo se proteger do olhar azul.

Veridiana sorriu.

— Fica ali, encostado no muro, mandou.

Obedeceu, cabeça baixa, tremendo. Veridiana tirou panos molhados do grande monte de barro e começou a modelar. Duas horas depois parou, as mãos sujas, suor escorrendo da testa, empastando os cabelos loiros. Tinham se falado pouco. Venâncio teve sede, quis tossir, fumar, beijar o rosto amado, agarrar a mulher linda, não fez nada, imóvel no muro, tão quieto que o corpo doía.

Então a viu lavando as mãos e o rosto no tanque do jardim, em seguida se aproximando, dengosa, carinhosa, fazendo biquinho com os lábios e levantou os braços e tomou sua cabeça com as duas mãos e o beijou na boca – um beijo longo, as línguas se enrolando, ela descendo as mãos e colhendo seu sexo e ele agora seguro, não mais tremendo, tomando-a nos braços e realizando o sonho de menino: amar uma fada.

Pensamento aflito na procissão - Um perdigulho entrou na sandália, abaixou para tirar, o pé estava cheio de poeira da estrada perdigulhenta, a procissão caminhando no escuro, um vento vindo do mar tentando apagar as velas. As mulheres puxando o terço e quando paravam a reza, começava o canto "vai morrer crucificado, meu Jesus é condenado, por teus crimes pecador, por teus crimes pecador". E Cristo morto seguindo no meio das velas, coroa de espinhos enterrada na cabeça, pintura descascada, quase já não se viam as gotas de sangue, a roupa puída e mal passada, um Cristo feinho e raquítico, pobrezinho, amarradinho no andor de madeira enfeitado de flores de plástico.

Que Deus perdoasse, mas aquela imagem estava pedindo outra. Velha, gasta, os mais antigos comentavam que tinha outra muito maior, mais bonita, uma turista tinha roubado. Não seria pecado, roubar imagem de santo? Com a Senhora das Dores acontecera o mesmo, outra mulher levara embora a santa antiga e presenteara a igreja com uma de gesso, pintadinha e arrumadinha, diziam que a imagem velha era antiga e valia fortunas. Pensou que tem gente boa entre a turistada que vem pra Jacurici, mas tem alguns que até dá nojo, isso dá.

Tristeza em Sexta-Feira Santa era comum, sempre tivera vontade de chorar, a vontade agora era maior. O que iria se suceder quando mãe soubesse? Não demorava e a barriga ia aparecer. Se aconselhar com quem? Com dona Raquel? Adiantaria? Se confessar com o padre, pedir ajuda?

Izaltina atrás do andor, terço na mão, puxando o canto "vai morrer crucificado, meu Jesus é condenado, por teus crimes pecador". E seria mesmo pecado ter filho sem ser casada? Mas era o que mais acontecia por ali. Zélia, a filha de dona Eugênia, já tinha menino de oito anos, o pai nem se sabia quem era. Marlene era solteira e tinha duas crianças. Josefina tinha uma filha com o marido de Liliana, o desabusado frequentava as duas e ficava por isso mesmo. Leonor, da praia vizinha, tinha três, ninguém sabia dos pais. E Carolina dos Anjos era a maior prova de que o povo aceitava tudo, era filho com um, filho com outro, Vadeco ali feito bobo segurando os guampos, cotovelo fincado na janela.

E todas ali na procissão, rezando, cantando, carregando vela, bando de fingideiras, como se rezar apagasse as coisas já sucedidas. Até Leila, a rapariga que Raimundo frequentava, pois até ela, de véu na cabeça, cara de santa – santa do pau oco, isso sim! E a desbandeirada da Isaura, que toda a gente sabia como vivia e o que fazia, essa até comungara no mês passado, falta de comedimento, então mulher daquelas podia comungar? Só mesmo dando com um gato morto na cara até o bicho miar.

Foi depois de ter visto as duas peladas na praia que Raimundo dera de sumir nos finais de semana. Dizia que fazia hora extra, mas o bairro inteiro sabia quais horas extras eram aquelas. E onde eram feitas. Sempre metido na casa da filha da mãe da Isaura, o cearense raparigueiro. Já tinha dito a ele que desconfiava da gravidez. Não respondera, baixara a cabeçorra, carrancudo – e era hora de carranca, aquela? – de uma coisa tinha certeza, mãe podia gritar, amaldiçoar, pai podia ameaçar, só que com Raimundo não casava. Que fizessem a maior grazinada, escarcéu! Mil vezes ser mãe solteira do que viver com homem que não a queria. Homem que me troca por uma descarada e que vai fazer porcaria em casa de mulher desbriada não me merece. Que ficasse com a escabeceada de Leila, que se afundasse de uma vez por todas na casa de Isaura, que fosse para a puta que o pariu. Ai, Senhor! Que me desculpe estar dizendo essas coisas em dia de procissão do Senhor Morto, não tivera intenção de ofender. Isso sim, era pecado, ficar pensando nome feio na procissão, mesmo que fosse xingo só no pensamento. Revolta muita, tristeza grande, tinha acreditado no cearense, bem que lhe diziam que ele já tinha emprenhado uma no Nordeste e fugira dos irmãos da moça.

Na curva do rio a procissão voltou e foi então que viu a lua cheia escorregando de trás do morro, redonda, grande, amarelada – isso queria dizer que amanhã ia fazer calor. Se descuidou com o vento e a cera da vela caiu na sua mão. Que era aquele sofrimentozinho de queimação de cera perto do que estava passando? Que Deus desculpasse a comparação, mas cada um tem sua cruz e ela também estava carregando a dela. Raimundo sumira nos cafundós de Judas depois que falara que desconfiava da prenhez. Agora estava ali adiante, parado, olhando a procissão passar, ia fingir que não o via, cearense engabelador, escamoso, ignorante, vontade de lhe enfiar um pau no fiofó, era o que merecia.

Um bêbado trombou com Teresa atravessando a procissão, vinha em sentido contrário, sentiu o bafo de onça, desviou, se desequilibrou e quase caiu. Era Zás Traz – apelido do mulato Moisés – que quando ficava embriagado fazia das suas, dormia dia e noite ou então caia na beira de estrada. A mulher de Zás Traz, Danúbia, criava os filhos – tinha quatro! – sozinha e com coragem.

Se Danúbia criava quatro com marido bêbado e ausente, que não dava tostão para a família, por qual motivo não criaria o seu? Recebia salário que dona Raquel pagava, era moça, tinha saúde, ia se virar sozinha. Por teus crimes pecador, por teus crimes pecador! As mulheres cantavam já entrando na igrejinha, os homens arriando o andor no chão de lajotas, o povo apagando as velas e fazendo fila para a beijação do Senhor Morto, Luíza organizando, deviam entrar pela direita e sair pela esquerda, Izaltina recomeçando o canto que ia durar até o último cristão beijar os pés do Senhor. E Teresa se aquietando num canto da igreja, fazendo força para não chorar, a música triste e lamentosa, as lágrimas começaram a cair, que mãe não visse, iria dar o que falar, ai Senhor, que bem podias me fazer o favor de minha menstruação aparecer e tudo isso não passar de um sonho ruim e desculpe de pensar em menstruação na igreja, mas não é por mal.

✡✡✡✡

Quando Tereza entrou, quase chorando, na saleta no alto da colina José Luiz já sabia do que se tratava. Jacurici era um lugar onde as notícias se espalhavam com rapidez. Novidade desse porte criava um quelelê danado, como diziam os ciçaras.

— Já fez o teste de gravidez?

Não tinha feito. Por enquanto era apenas suspeita, menstruação que não viera nos últimos dois meses. Recomendou que comprasse o teste na farmácia. Que não podia, Teresa disse. Já estavam comentando, murmurando, a única farmácia era na pracinha da vila, o dono era amigo de seu pai, se fosse comprar o teste o falatório ia aumentar, não queria que mãe soubesse a não ser por ela.

José Luiz concordou. Devia ter adivinhado.

— Fale com dona Raquel, peça para ela trazer o teste de São Paulo. Depois volte aqui.

Na semana seguinte, véspera de São João, Tereza voltou e agora não chorava.

— Positivo. Estou grávida.

Olhou nos olhos dele com firmeza, José Luiz não entendeu direito a determinação. Pensou positivo.

— Bom. O cearense diz que casa?

—. Não falei mais com ele.

Ficou um instante silenciosa e desatou em seguida a falar, apressada e destilando raiva - e ao mesmo tempo bom senso, pensou o médico.

— Quem agora não quer casar sou eu, doutor. Não vou casar com um descalibrado que tem causo com duas mulheres ao mesmo tempo, a deslambida da Leila e a destaramelada da

Isaura que o senhor conhece bem a bisca que é. Homem que faz safadagem não quero, já aprontou lá na terra dele, agora apronta aqui, o senhor acha que vou me passar para um sujeito raparigueiro e desbriado? Esse meu causo com o cearense já teve desfazimento no momento que contei da gravidez e ele tirou o corpo fora.

Tentou tranquilizá-la. Pelo que soubera Raimundo não estava mais frequentando a casa de Isaura, talvez fosse coisa de juventude.

— Qual juventude, o sujeito tem vinte e oito anos, acha que não sabe das coisas? Do descalabro que foi esse seu ajuntamento com as duas desatinadas? O que pode ter se sucedido é que cansou de patifaria.

Aconselhou calma, não fazer nada precipitado, por enquanto recomendava ir a São Sebastião começar um pré-natal, já era mais do que hora. Tereza respondeu que não aguentava a lonjura, a estrada cheia de curvas – estava enjoando muito e iria destripar o mico.

Então que fosse ao Guarujá, o caminho pelas praias era mais maneiro, estrada reta.

— Quanto que devo ao senhor? Perguntou, se despedindo.

— Deve nada. Não fiz nada. Mas se quiser conversar, se precisar de alguma coisa... venha.

Viu a moça descer pela estradinha de terra e desaparecer lá em baixo no meio do bambuzal.

— Menina corajosa, pensou.

Tereza desceu por um lado, por outro subiu Doquinhas, a neta de dona Quicas.

— E aí, doutor? Tereza veio perguntar o que vai fazer com a prenhez?

Disfarçou. Que gravidez? Veio pedir um remédio para dor de cabeça.

Doquinhas debochou.

— Não sabia que gravidez dava dor de cabeça. Pensei que dava dor na barriga.

José Luiz fechou a cara, não gostava desses falatórios sempre que acontecia algo no bairro, disse logo que se tinha vindo para se consultar, entrasse, se não estava doente, desse licença, tinha mais o que fazer.

Doquinhas achava o médico um pitéu, estava de olho nele desde que chegara ao bairro, respondeu que não se agastasse, não viera estrovar, desculpasse a invasão, subira para lembrá-lo, a festa de São João seria de noite, ia ter procissão e levantamento do mastro do padroeiro. Depois quermesse, com quentão, milho assado, cuscuz paulista, pipoca, José Luiz não podia perder essa festa grandiosa.

Respondeu que iria.

— Então a gente se vê de noite, disse Doquinhas, olhos dengosos, e desceu a colina rebolando os quadris bem feitos.

José Luiz acordara de madrugada com os foguetes em honra do santo anunciando a Alvorada e o início da festança. Na casa do festeiro, que ele via lá de cima, muitas pessoas se agitando, fazendo bandeirinhas para colocar na frente da igreja, outras enfeitando o mastro, convenientemente apoiado em duas forquilhas.

Na frente da igreja, que ele não via, adivinhava o ir e vir de gente montando uma imensa fogueira. Venâncio, na véspera, puxara com a combi do pai um enorme tronco, monte de homens ajudando a empurrar, deixando um rastro fundo na estrada.

Gostava dessas tradições caiçaras, desde a chegada não perdia festa no bairro, agora ia ver, pela primeira vez, a festa de São João. Fora à igreja num dos dias de novena, Izaltina puxando a reza na frente do altar, muitas mulheres e poucos homens. A homarada do bairro só aparecia quando tinha comilança e muita bebida. E esse dia chegara, era véspera de São João.

À noite se agasalhou e foi, a pé, até o larguinho da igreja. Um vento frio vinha do mar enregelando os ossos e a fogueira crepitava, fagulhas se espalhando para o alto e para os lados, não dava nem pra chegar perto. Ouviu o canto da procissão que vinha vindo, seguindo o mastro carregado pelos homens.

Dona Joana, grande barriga de grávida se aproximou explicando que não tinha ido na procissão de medo que a filha lhe nascesse durante a caminhada.

— A senhora está de quantos meses? perguntou.

— Acho que de sete...

— Então não teria perigo de nascer na procissão, o médico falou.

— Tem perigo sim, mulher de sete meses não pode se cansar, teimou Joana.

— Mas outro dia vi a senhora de enxada na mão indo pra roça, então não se cansa na roça?

— Bêde que roça não cansa ninguém, o que cansa mulher buchuda é andar na procissão, pode tropicar no escuro e cair, teimou Joana.

José Luiz riu e ficou pensando na teimosia caiçara. Sabiam de tudo, opinavam sobre tudo, uma gente simpática e afável, mas a teimosia era inigualável. Nunca tinham saído dali, muitos apenas sabiam escrever o nome, não conheciam nada do resto do mundo e na hora de uma discussão queriam sempre ter a última palavra, estavam sempre com a razão e nunca aceitavam o que deveria ser apenas lógico e sensato. Sofria, no consultório, com a teimosia arraigada.

— A senhora tem que ir a São Sebastião colher sangue para um exame, dizia. Suspeito que esteja com uma infecção...

— O quá, doutor! Estou é com barriga d'água. Já estou tomando chá de losna e pra sumana tem lua minguante, as águas vão sair na minha urina e eu desincho.

Vontade de perguntar por que, então, viera se consultar.

Zé Cabral, cantador de viola, seu amigo, esse, então, era teimoso demais da conta.

— Pare de comer pimenta, Zé. Desse jeito suas hemorroidas vão piorar.

E Zé Cabral, dando gargalhada:

— Eita, doutor José, o quá! Isso de comer pimenta é o que há de melhor para a garganta, dá muita clareza na voz pra quem é cantador como eu. Pimenta não faz mal nenhum lá para as extremidades das costas, que meu pai sofria do mesmo mal e comia pimenta que nem sabiá e nem num morreu das hemorroidas, morreu dos figos.

Mesmo Candinho, dono do bar, mais sabido que os outros – tinha feito até o ginásio – era empacador que só. Conseguira que fosse a São Sebastião fazer exame de sangue, o resultado era preocupante, colesterol altíssimo, recomendara dieta, nada de frutos do mar – camarão nem pensar! – menos ovos, pouca carne vermelha e Candinho não só não obedecia como arreliava o médico.

— Vosmecê quer me matar de fome! E o que faço com a minha tianhesa? Acha mesmo que vou parar de comer tudo isso? E eu acredito nessa história de clolestelol? Pode tirar seu cavalinho da chuva, doutor! Que é isso de clolestelol que nunca se vê o tal?

Explicou, argumentou, poderia até morrer de derrame cerebral, Candinho só ria.

— Vosmecê deixe de bestagens, doutor. Vou continuar o tianho de sempre!

Não tinha jeito. Proibia crianças com tosse de tomar banho de cachoeira no inverno e via as mães com seus filhos na água. Mandava que dessem banho de sol nos bebês às oito da manhã e as mães abanavam a cabeça, nessa hora está muito frio, doutor. Explicava os benefícios do sol da manhã para as crianças e se faziam de surdas. Proibiu uma mulher que tinha tido hepatite de tomar pílulas anticoncepcionais e ela saiu zangada, o doutor pensa que sou fábrica de fazer filho?

— Não se queixe se aparecer uma icterícia, alertou o médico. Ou algo mais grave, como um derrame...

— Qual tiriça, qual nada, doutor. E derrame, o quá! O que não quero é encher a casa de filharada.

O pior era o rapazinho de Benvindo, vinte anos apenas, diabético, que se drogava com cocaína e cuja perna gangrenou depois de um ferimento nas cracas da costeira. Teve que amputar a perna até o joelho. Cirurgia ainda sem cicatrização, o garoto injetava a droga direto no ferimento. Ficou zangado com Benvindo.

— Você não pode permitir isso, quem compra a droga para o rapaz se ele não pode andar?

E Benvindo, cínico: - Sou eu. Não quero ver ele gritar e tremer pedindo o que precisa.

— Você não pode fazer isso! Vai acabar matando o seu filho!

Benvindo dera de ombros.

— Não quero ouvir a grazinada dele.

E tudo continuou igual que antes, como diziam os caiçaras. Era difícil. Muito.

Mãe agoniada na praia - Mas que fada, fada o quá! É bruxa, isso sim. Botou foi feitiço no menino!

Luíza não se conformava com Venâncio grudado que nem ostra na moça loira que todos achavam linda. Leocádio, o marido, tirando os peixes da canoa – acabara de chegar do cerco – contou ter encontrado Venâncio dirigindo a lancha de Veridiana, passara por ele no parcel de cima, o filho acenara com a mão.

— Mulher, vou te contar! Lhai que é mesmo como ele diz, uma fada de beleza.

Foi o que motivara a raiva de Luíza, mas que fada, fada o quá!

Leocádio desenvencilhava os peixes da rede, jogava na areia, ainda vivos, se debatendo. Muita curuvina e uma dúzia de pernas-de-moça, dois bagres bigodudos, três pirajicas, meia dúzia de bicudas e quatro caçonetes.

— Deixe o rapaz, tá na flor da idade.

Davino se aproximou a tempo de ouvir o desacordo entre marido e mulher

— Queria eu que meu filho estivesse na posição do bosso, nunca vi menino mais fortunoso! Fisgar um peixe daqueles, aquilo é ouro de lei, e ir com ela pra riba e pra baixo, diz que até no Rio de Janeiro e em Saum Paulo já foram e tenho notado que anda numa estica grande, de roupas novas, que mais quereis para o bosso rapaz?

Luíza se abespinhou.

— Vosmecê não sabe o que diz! Então um menino mal saído dos cueiros como Venâncio pode ficar na bandalheira com uma mulher que servia até pra mãe dele? Sabeis bóis que idade tem a dita cuja e que idade tenho eu? Tem os mesmos anos que eu, achais que isso é de conformidade?

Leocádio agarrou uma curuvina embaraçada na rede e provocou a mulher.

— É que tu estás muito estragada. Quem ia dizer que sois da mesma idade, tu e Veridiana? Pois bêde que eu nem suspeitaba!

Foi o mesmo que pisar em arraia na areia do fundo do mar. Luíza soltou os ferrões no marido.

— Estou estragada de tanto cozinhar e labar e de fazer roça e quarar roupa na margem da fonte, de tanto escalar peixe que bóis trazeis para casa. Estou estragada de fazer salgadinhos para bender na praia todo final de sumana, estou estragada de tanto teçume de tapetes e de chapéus e de peneiras, estou estragada, sim, de tanto barrer terreiro, não fico passando pomadas na cara e não sou do feitio de gente que nem ela que não faz nada, só caçando os homens que lhe passam pela porta, biste? Estou estragada por isso, mas bóis não ficais atrás, ventrudo que estais, de cabelo ralo que já não se vê nada no cocuruto, bóis pensais o quê? Que sois belo e formoso, estais é bem como um jacu cambão.

— Arrelá! mulher, que estaba de brincadeira, desculpou-se Leocádio.

— Não bos dou ousadia para brincadeiras! Reclamou ela fechando a cara. E só bos digo que hoje ides comer peixe frito na casa da amante do bosso filho, que não bos faço nem um pão com ovo! Não pedistes também cará socado com milho torrado e banana? Pois ide comer paçoca na casa da loira, biste? Que paçoca feita por mim não ides ber!

Davino quis colocar panos quentes.

— Bêde comadre minha que as coisas não são para tanto. Venâncio sempre foi um moço de tino, reverenciador dos mais velhos, regulado. Nunca foi de farras ou de engambelos, se está com essa dona é de certo por gostar dela, quer mesmo se ajuntar com ela. Deixe ele, a gente cria os filhos é pra soltar no mundo.

— Para soltar no mundo, sim senhor, compadre. Dar filho a essa caninana é que não! Quero ter netos e ela bai poder mos dar, bai? O quá! Já debe de ter o útero seco!

Leocádio não abriu mais a boca e Davino não se deu por vencido.

— Deixe de bestagens! A moça é bonita e rica, podia buscar companheiro no meio dela, se está com Venâncio é por amar a ele. De repente se casa com Venâncio de papel passado e deixa bosso menino muito bem servido.

— Quero nem pensar numa desgraceira dessas! Terminou Luíza dando as costas e caminhando para casa.

Tinha vindo à praia para ajudar Leocádio a levar os peixes, foi embora sem prestar ajuda. Que o diacho se virasse sozinho com a canoa e com os peixes, com a rede e os balaios, arrelá!

CAPÍTULO 4

... personagens vão lotando o trem de Raquel.

Saiu de casa desatinada, atordoada. Nem não sabia se o que estava sentindo era raiva, tristeza, vergonha ou medo. Talvez fosse tudo isso e mais desespero. Se jogou para o lado da praia, as passadas largas, o avental sujo de ovo – que importava? – as tranças entortadas em volta da cabeça, as rugas da cara afundadas mais ainda na morenice da pele, os olhos sem enxergarem nada, ia no rumo do mar mais pelo costume, a cabeça rodando.

Desconfiada, já estava. Tereza dera de andar sorumbática, cabeça baixa, moleza maior do que antes, que muito expedita nunca fora. Dera o desconto achando que era por conta do cearense metido com Leila e com a desgovernada da Isaura. Vez ou outra vinha na cabeça aquilo: será que não está? Afastava o pensamento, era sua filha, tinha firmeza de educação, não haveria de cometer bobices.

Na sua frente a praia deserta, o marzão azul com aquele jeito sonso de fingir que não vê nada, mas sempre de tocaia, apreciando os sucedidos. Sabia de tudo, o mar. Ali mesmo, há algumas semanas, tinha vindo chorar, escondida, a saudade da mãe. Ali foram os passeios com Porfírio quando namorava, nunca permitindo confiança ou desatinos, se queria casar que esperasse a hora para denguices. Ali trouxera os netos para Nosso Senhor abençoar, regando a testinha dos meninos com água salgada. O mar protegia, batizava, curava. Ia curar, agora, aquela dor?

Uma onda espumando mansinha molhou seus pés. Sabia de tudo, o mar, adivinhava sofrimento, veio lhe fazer meiguices. Sabia das tristezas e das alegrias – tão poucas! – o mar sabia sempre, sabia das pessoas que gostava, das que não gostava. Não gostava de Maria José, a nora, isso não escondia. Nem adiantava esconder, o mar sabia. Maria José ainda ia fazer o marido de bobo, era ladinória, vaidosa, lambida, se empregara com Veridiana contra seus conselhos. Não gostava de dona Quicas, velha encrenqueira, faladeira da vida alheia, imagina o que não ia gozar, agora, aquela língua de trapo?

Andou pela água chutando as ondinhas, cabeça fervendo, mãos na cintura, pra lá e pra cá que nem bicho na jaula. Desprevenida tinha sido! A menina metida dentro de si mesma, sem comer e engordando e ela longe de suspeitar da desgraceira.

Tereza tinha chegado da fonte com a roupa lavada e torcida e estava dependurando as peças no varal quando se virou para a mãe e disse ter uma coisa para contar.

Nem desconfiou. Pensou que fosse algo que a filha vira na rua.

— Estou esperando um filho.
— O quê?

Perguntou por perguntar que a verdade tinha caído feito raio em cima do seu corpo.

— Sabeis bem o que estais dizendo?

Que sim, respondeu a filha. Que estava de quatro meses e que era melhor contar agora do que esperar a barriga aparecer.

Cambaleou debaixo do telheiro do tanque, não fosse o mourão de escora e cairia, redonda. Tonteira, zonzeira, o ouvido assobiou, o braço formigou e o coração veio na garganta querendo sair para fora. Que nunca tinha dito nome feio pra filho nenhum, mas a xingação veio na ponta da língua. Se segurou. E enquanto se recuperava Tereza dependurou a roupa e veio sentar na soleira da porta.

— Que que foi que bos ensinei a bida toda? Conseguiu falar, as palavras saindo devagar e dificultosas. Bos ensinei foi isso? Fazer coisa feia antes de casar?

E não é que a descarada tinha dito que não achava aquilo coisa feia?

Olhou o mar como que pedindo socorro.

Dá para esperar alguma coisa dessas moças de agora, com titica de galinha na cabeça em vez de miolo?

— E bai e se deita com o patife do cearense e pega bucho e aí bem me dizer a mim que não é feio fazer filho antes do casamento!

O pior da conversa ainda não tinha acontecido. Foi se recuperando e logo dizendo que Porfírio e os irmãos iam atrás do cearense e que o tranqueira ia casar na marra, ah! se ia! E Tereza, na maior cara de santa, pescoço empinado: que não queria!

Alguma bez já se biu doideira igual? Isso é que dava essa porcaria de televisom, de novela com beijo na boca, esse descomedimento adoidado que era o mundo de hoje!

Se no seu tempo alguma filha tinha coragem de chegar para a mãe e dizer não caso.

Olhou o mar como que pedindo resposta.

A resposta veio no seu pensamento, falar que não casava até podia. Descalabro maior, esse querer da latagona. Queria ber se não casava! Quando, de tardezinha, Porfírio chegasse, iam prosear os dois com a filha e iam chamar Luiz, o irmão mais velho e que Luiz fosse à cata do cearense. Ái dele se não quisesse reparar o mal!

Teimosia grande de moça tinhosa - A família na sala pequena, Izaltina com os cotovelos na mesa, cabeça escondida nas mãos, Luiz passeando da sala pra cozinha e da cozinha pra sala. Porfírio – que tinha acabado de esmurrar o batente da porta, tão grande o desespero – encostado na parede caiada. Maria José no sofá. E Tereza no meio da sala, pescoço reto, cabeça empinada, nariz para o alto.

— Não adianta ir atrás dele. Já disse que não caso.

— Tu o quê? O irmão falando. Te esbagaçaram e bai ficar por isso mesmo? Que nunca bi teimosia igual que a tua! E posso saber por que, agora, tu não quer casar?

— Não caso com homem que anda se deitando com outra. Com duas! Toda a praia sabe disso e bóis todos foram os primeiros a comentar. E ainda quereis que me case com um estrupício desses? Raimundo gosta de outra. De outras.

— Gosta de outras, o quá! Porfírio gritou. Homem quando é solteiro faz é muita safadagem, depois casa e aquieta, tem mulher em casa para o que quiser e pronto. Tu deixa de lado essas bobajadas.

Luiz parou de andar de lá pra cá e se aproximou da irmã.

— Tá todo mundo comentando que Raimundo não tem ido mais na casa de Isaura. E depois, bede, tu presta atenção, mana, o filho que tu tem na barriga é dele. Portanto o melhor é chamar Raimundo, falar por bem, que obrigar ninguém pode, tu já não é de menor. E vamos dar graças a Deus se ele concordar de casar.

— Ele pode concordar. Eu é que não. Não quero mais saber de Raimundo. Não gosto mais dele!

Izaltina levantou a cabeça e bateu com ambas as mãos na mesa. Um estrondo na sala, tal a força empregada.

— Bóis parece que ficastes lesa. Que é isso de gostar ou não? Estais de barriga! Isso é que dá ficar que nem concha de marisco grudada na televisom! Que dizer mais disparatado é esse? Não gosto dele! E antes, na hora do bem bão, tu gostaba? Pois agora, nesta casa, daqui pra diante tem nova regra, nas horas de novela essa televisom bai ficar desligada.

Maria José resolveu dar palpite e logo se arrependeria.

— Depois do ladrão entrar é que a senhora quer fechar a porta, minha sogra? Agora não adianta mais desligar a televisom.

— Fecha essa taramela se me faz favor, não bos perguntei nada! gritou Izaltina. Tenho ainda meus netos para salvar!

Tereza enfrentou a família.

— Bóis todos parece que estais vendo pela primeira vez uma ficar grávida sem se casar. E as outras que tem por aí? E tia Geralda, irmã de bó Joaquina, que já no tempo dela – e lá se vão muitos anos! – teve Candinho antes de casar? E dona Sinhá, que embuchou de Patrício sem papel nem nada?

— Bóis não fiqueis falando de coisas que aconteceram quando nem eras nascida...

— Mas é verdade, mãe. E no tempo deles nem televisão existia.

— Tens resposta na ponta da língua para tudo! reclamou Porfírio.

Izaltina se levantou e foi até a cozinha fazer café. Antes, decretou:

— Bóis não tendes querer! Eu e bosso pai decidimos e ides casar!

O nariz empinado, de novo.

— Só morta!

E acrescentou:

— Vou criar meu filho sozinha!

Izaltina largou o fogão e voltou para a sala, enfurecida.

— Criar filho sozinha é bonito de dizer. Lhai aí a bossa cunhada, sentadinha ali no sofá, que bai trabalhar na casa de Veridiana e entrega os filhos a mim para eu cuidar. Quereis também fazer isso? Trabalhar e jogar a cria aqui? Só que não estou disposta a tomar conta de filho sem pai!

Tereza estava aguentando firme a pressão da família, mas com a última fala de Izaltina desatou a chorar.

— Se mãe não me quer mais aqui eu saio. Vou pedir para dona Raquel me arrumar emprego em São Paulo ou vou ser caseira dela, me convidou por vezes. E não estou pedindo que ninguém me ajude, quero ter meu filho em paz e criar ele muito bem criado.

Porfírio se comoveu: - Ninguém está dizendo para tu sair daqui. A mãe não disse isso...

Izaltina era dura de molejo.

— Não disse, mas pensei. Não quero mulher buchuda perto de mim sem marido do lado. Bóis pensastes que ias me embergonhar? Não bais, quero andar neste bairro de cabeça erguida, como sempre andei. Ninguém vai me acusar de malocar dentro de casa filha prenha sem marido

Tereza, agora, soluçava.

— Me tratais a mim como se fosse lixo para ser jogada no cisqueiro. Tá bem, chega! Vou para o meu quarto arrumar minhas coisas.

Porfírio baixou a cabeça, sabia que quando a mulher dizia uma coisa estava dito.

Luiz decidiu intervir.

— Muito bem, mãe, a senhora não quer ela aqui, mas a gente não pode jogar na rua. Levo ela para minha casa.

A fúria de Izaltina cresceu.

— Melhor do que tudo! Aí fica uma desbergonhada com uma desbriada como a tua mulher.

Maria José se levantou, abespinhada e chorando, abriu a porta e saiu da casa da sogra. Luiz não se conformou.

=Mãe, por favor, não dá pra maneirar com a Zezé? O que a senhora tem contra ela? Até bater na Zezé a senhora já bateu, a Zezé me ajuda com o salário dela, a senhora podia parar de quizília com ela.

Porfírio ia indo para o quarto procurar Tereza, se apiedara da filha, antes que saísse se ouviu baterem na porta. Luiz abriu. Do lado de fora, parado quieto, ressabioso, mãos no bolso da jaqueta, o cearense Raimundo.

Se olharam todos a modos de se perguntarem se deixavam entrar ou não. Porfírio foi o primeiro a falar.

— Se achegue, Raimundo.

O moço entrou. E com ele o cheiro doce gostoso do pau-que-brota ao entardecer.

Izaltina virou as costas e voltou para a cozinha.

— Vim aqui pra falar com o senhor, não quero fugir da obrigação.

— Se sente, Raimundo, Porfírio convidou.

— Vim dizer... eu gosto, sim, gosto de Tereza e quero casar.

Porfírio suspirou de alivio, ia pedir a Izaltina que trouxesse uma cerveja, mas se arreceiou da arruaça que ela poderia fazer. Foi ele mesmo até a geladeira, pegou três copos, serviu a bebida.

— Apreceio muito o que tu tá dizendo, Raimundo.

Izaltina surgiu da cozinha, as mãos na cintura, olhos faiscando, a respiração com parecença de vento sudoeste.

— Ides fazer só a bossa obrigação. Nada mais que um deber determinado pelos comedimentos consoante os antigos, bóis emprenhastes Tereza, bai nascer uma criança, bóis tendes que resolver isso e passar o bosso nome a ele ou ela no dia a dia e no cartório.

— Se marca o casamento e não se fala mais no passado, amenizou Porfírio antes que a mulher continuasse o discurso.

Foi aí que Tereza apareceu na porta da sala.

— Podem tirar o cavalinho da chuva, não me caso com homem que se deita com duas mulheres. Homem que faz sociedade na cama não merece ser meu marido. Tenho nojo! Não me passo para gente dessa categoria.

Raimundo avermelhou até a raiz do cabelo, o suor começou a escorrer pelo pescoço, preferia ver o chão se abrindo e pudesse, ele, se enfiar no buraco.

— Tu some dessa casa e não me aparece mais pela proa. Não preciso de homem pra criar filho e muito menos de homem sem costumes. E se tu quer filho vai e faz um na Leila ou na pelancuda da Isaura.

A raiva – ou a dor? – era muita e o palavreado saiu como que cuspido. Virou-se nos calcanhares e voltou para o quarto, batendo a porta.

Izaltina disse que ia lá dentro partir a cara da filha, Luiz a segurou.

— Que esperassem uns dias, ela mudaria de ideia.

Como ninguém mais falasse Raimundo, olhando de esguelha, enfiado, tomou a iniciativa.

— Ela querendo, eu caso.

Ficou de pé sem ter onde colocar os olhos, as mãos. Pousou o copo ainda cheio de cerveja na mesa e saiu para a noite cheirosa.

Anotações de Raquel – (2) A sensação de estar perdendo tempo aumenta dia a dia. Já tenho os personagens e o cenário. Tenho os conflitos. E ainda não comecei a história. Talvez seja um pouco de preguiça. Ou falta de disciplina, falta de hábito, afinal, nunca escrevi livros.

Penso no que estaria acontecendo de errado. Ter tentado começar pelo nome? Continuo obcecada por isso. Praia da Alegria? Porto das Paixões? Vento Bravo? Tenho a impressão que começaria se encontrasse um nome. Como não encontro, fico apenas nas anotações e isso me aflige. Também não sei se é isso que acontece com os escritores de verdade, de que jeito começam? Pela história? Pelo nome? Traçam o perfil dos personagens antes?

 Eça de Queiroz disse numa carta a seu amigo Alberto de Oliveira que escrever "era um dom de Deus". Eu sei lá se tenho esse dom! Pode ser pretensão – e grande! – querer escrever um romance, uma novela, uma história. Mas quero e quero e quero tentar!

 Hoje sonhei que tinha perdido um trem, saí correndo de táxi atrás dele, com a intenção de apanhá-lo na estação seguinte, quando cheguei o trem estava, novamente, saindo. Mandei o taxista disparar para alcançá-lo e acordei angustiada, suando em bicas, no momento em que, finalmente, consegui embarcar num dos vagões.

 Junguianamente falando estou querendo empreender uma viagem e essa viagem pode ser o livro que desejo escrever. Perdi o trem seguidas vezes, mas esse trem existe, tem hora de partida, já comprei a passagem, falta apenas seguir em frente. Partir. O fato de, no sonho, ter conseguido embarcar pode significar que estou perto de iniciar a viagem. A história já existe dentro da minha cabeça, está dentro de mim, pronta para sair, apitando, fumegando, cheia de passageiros-personagens. Bastaria entrar, tomar o comando da locomotiva e puxar a composição.

 De dias pra cá tenho deixado meu jardim e feito anotações mais constantes e pesquisado mais a linguagem caiçara – é diferente de tudo e se alguém não registrar, acaba. Aliás, já está acabando. Os jovens já não falam como os velhos. Tenho conversado mais com os personagens que estão em torno de mim. Tereza, minha empregada, está realmente grávida de um peão da construtora. Não é a única. Outras moças da praia até já tiveram crianças e os pais voltaram para a sua terra e para suas mulheres deixando-as com os meninos no colo. A filha de Mané Carpinteiro também já ostenta uma barriguinha de alguns meses. O pai, garantem, é o alemãozinho filho de Kurt. O oceano, agora, os separa.

O caso de Tereza é diferente, quem não quer casar é ela, para escândalo e desespero da mãe e minha secreta admiração. As moças caiçaras, ao contrário de Tereza, vivem à espera de um príncipe encantado.

Um esclarecimento que não posso deixar de abordar na minha história: em Jacurici não é feio ser mãe solteira. Elas querem seus príncipes, sim, sonham em ter sua própria casa, cheia de coisas que o consumismo lhes botou na cabeça: liquidificador, fogão de várias bocas, geladeira, frizer, bicicleta, rádio, televisão, batedeira de bolo, cadeiras de praia, sofá estofado, almofadas, cortinas, biquínis, saias bonitas, maquiagem, protetor solar, esmaltes de unhas. Para ter isso tudo precisam, de preferência, casar, seus salários de caseiras ou faxineiras não dão para tudo. Mas se fazem amor e dão o azar de engravidar não se incomodam. Tocam a vida para a frente, com coragem, há sempre por perto mãe ou avó para ajudar. Ninguém pensa em aborto. Ou, pelo menos, são casos raros. Nunca, nestes tempos em que estou aqui, ouvi falar de alguém que tenha abortado. Se fazem isso é muito em segredo.

Geralmente, quando a mãe descobre a gravidez, faz um pequeno escândalo e as coisas logo se acomodam. Com Tereza foi diferente porque Izaltina é diferente das mulheres daqui. Não sei de que planeta caiu.

Numa anotação de dias atrás escrevi que a estrada era a culpada dos conflitos explodindo. E do consumismo. Acho que exagerei, me expressei errado ou estava equivocada. Não é a estrada, somos nós, veranistas, que chegamos bem antes da estrada. E trouxemos nossos biquínis, nosso óleo de bronzear, nossos uísques, nossas pranchas de surfe, nossos estrogonofes e maioneses, nossos iates, nossas piscinas e casas arquitetonicamente diferentes. A nova geração caiçara começa a desprezar a simplicidade de suas casas, seu pirão de peixe com banana verde, seus radiozinhos de pilha, seus velhos calções de banho, suas canoas a remo, sua farinha de mandioca, seus bolos de fubá e suas velhas danças. Claro que com a estrada virão outros – muitos! – de nós para consolidar a destruição cultural que já iniciamos.

E, se não viéssemos, cá estaria a televisão e dava no mesmo.

Não posso esquecer – e estou anotando isso para falar no meu livro – uma bobagem que tenho lido nos jornais incessantemente. Que os forasteiros chegaram ao litoral e compraram as terras dos caiçaras por três vinténs e que os coitados estão vivendo nos morros passando fome. Errado! Não se comprou terras por três vinténs – pelo menos aqui! – foram bem vendidas, por preços de ocasião e não tem nenhum caiçara passando fome. Não estão mais frente ao mar, mas há caiçaras donos de bares, de restaurantes, de imobiliárias, de barcos de passeio e de automóveis, de salões de festa que, aliás, tocam músicas de péssimo gosto. E de casas de aluguel. Os pobres, aqui, são os migrantes que vieram em busca de vida melhor. E que, por enquanto, ainda não encontraram. São eles que estão indo viver nos morros, em barracos miseráveis. Ou na beira de rios, com crianças brincando no esgoto. São eles que estão formando favelas. São eles, também, que ajudam a desaparecer a cultura caiçara. Mudam hábitos, trazem comidas diferentes, modificam costumes, dizeres, músicas. E chegam do nordeste, do sul, das Minas Gerais. De toda parte.

Voltando aos veranistas, como nós. Não deixamos os caiçaras desta região do litoral mais pobres. Se existe culpa de alguma coisa é da destruição da cultura. Essa sim, está acabando. A destruição é involuntária, mas é grande, permanente, impiedosa.

Esse é o conflito que tem de ser o pano de fundo do meu livro. Quanto à história, aos dramas particulares de cada um, há muita coisa: Tereza grávida, sem querer casar com o pai do seu filho. Carolina, a dos muitos filhos com diversos homens, vivendo às escondidas do marido com um primo, pai de sua última filha. Isaura, balzaquiana de fora, meio desesperada à procura de aventuras, convertendo Leila e outras ao seu mundo desordenado. Kurt, o alemão dono do hotel, que em breve será avô de um caiçarinha. (É possível que ele nem saiba disso) Veridiana, moça da cidade, artista, bom nível social, rica, apaixonada por um caiçara vinte anos mais jovem e que nem sequer terminou o ginásio. José Luiz, jovem médico, tentando sobreviver por aqui e sendo assediado não apenas por Isaura como por várias garotas. E uma descoberta interessante: Patrício, marido de Sinhá, é o culpado pelo roubo de calcinhas que vinha acontecendo há tempos. Como se não bastasse tenho dona Quicas, uma espécie de coro de tragédia grega comentando a ação.

Que mais eu quero e preciso?

Engenho e arte para contar tudo isso.

✧✧✧

Dona Quicas sorveu devagarinho o café que Raquel lhe ofereceu, doidinha pra começar a arengação sobre os últimos fatos.

— O acontecido com a filha de Izaltina, a moça que trabalha em bossa casa é munto bem feito para a mãe que sempre teve o nariz lá em cima, cheirando bento, sempre muito censurosa e critiqueira de quando alguma ficava prenha. Muito rezadeira, essa Izaltina, toma conta da chave da porta da igreja, batedora no peito, puxa saco do padre, pois vai a filha e lhe faz essa figura. Que sempre comentava comigo que eu tomasse conta de minhas netas que de uma horinha pra outra eu podia birar bisabó antes do tempo certo. Arreliava sempre a mim, essa Izaltina. E bêde, agora, o que lhe sucedeu com a filha, que a rapariga já está com a barriga na boca, a semente quando entra, cresce e por algum lugar bai ter de sair, menos pela boca. Bede minha senhora, podeis crer que não desejo mal nenhum à moça, que a pobre já tebe de sair de casa expulsa pela mãe, eu nunca seria capaz de tal judiêra, de botar filha pra fora de casa por causa de barriga, mas Izaltina não sei de que barro foi feita, é dura como panela de argila cozida. Pois a moça está acoitada na casa do irmão e da cunhada Maria José, que até teve bom coraçom de abrigar Tereza. De quem não gosta é da sogra, que um dia lhe deu tapa na cara por ter ido a Sáantos sem dar sastisfaçom ao marido. Malemá a pobre desceu do ômbus e Izaltina a agarrou pelo braço e sacudiu a ela que nem se sacode árvore pro fruto maduro cair e em seguida lhe bateu na cara, bóis achais de conformidade uma coisa desse porte? Pois Izaltina fez tal papel como bos falo. E Maria José não é de todo ruim, que até já acompanhou Tereza no hospital para começar os exames que as moças fazem hoje e que o nome disso é pré-natal. No meu tempo, minha senhora, bóis podeis crer que não tinha nada disso, uma ficava prenha e passava os meses todos trabalhando na escalação de peixe, lidando na roça, tecendo tapete, forneando farinha, chegava naquela hora chamava pela Rosa curadeira, parteira e dona de sapiência com plantas e o menino nascia e então entraba na quarentena, não podia comer peixe de couro, não podia comer nada de marisco, só podia galinha que não fosse preta e isso durante trinta dias. Dona Rosa era pessoa munto atilada que tínhamos aqui, minha senhora, sabereta que só, mulher que paria com ela estava posta em sossego, dona Rosa era dada aos conhecimentos. Um dia aparou um menino e ele veio laçado pelo cordão umbilical, Rosa salvou a ele, mas ficou munto triste, disse que menino que nasce enforcado pelo cordão morre afogado. Sabeis que sou testemunha do que se sucedeu, esse menino cresceu e quando tinha dezoito para dezenove anos foi um dia pescar, o mar birou em banzeiro e o pobre morreu. Rosa sabia das coisas. Hoje não existe mais dona Rosa, temos posto de saúde, bulância para levar cristão embora para Santa Casa de Saum Sebastiom, mas com todas essas modernidades morre menino do mesmo jeito, que antes não morria tanto.

Por um lado sabeis bóis que admiro Tereza? Moça de fortitude, contrariou a famiagem, bateu o pé, disse que não casava. Só tem uma coisa que estranho e que ninguém explicou a mim, o pai debia de pegar a tinhosa pelo braço e obrigar a ela a aceitar o cearense, donde se biu deixar a moça fazer o que lhe dá a ela na telha? Mas Porfírio é um acomodado no sossego, cheio de poltronices, deixou sempre que a mulher lhe comandasse a ele. Agora é tarde para reagir. Izaltina, adonada de tudo, é quem manda na casa, nos filhos tudo, na nora, nos netos. Menos na filha.

Dotes de Venâncio proclamados no bar - O sudoeste batia forte e o vozerio dentro do bar de Candinho causava tanto bulício quanto o vento. Patrício – que agora só era chamado pelo apelido de Lubi, jogava dominó com Davino. Leocádio, dono do maior barco a motor do lugar e Mané Carpinteiro bebiam cerveja no balcão conversando de política. O cearense Raimundo e mais dois companheiros comiam linguiça frita numa mesa dos fundos. Pataco tomava caipirinha com o médico José Luiz. Dois engenheiros da construtora entraram e pediram peixe frito e cervejas geladas. Candinho e o filho serviam no balcão e nas mesas, tudo correndo bem no sábado sem sol, quando o carro vermelho de Veridiana parou na frente do bar e Venâncio desceu.

Chegou até o balcão, antes cumprimentou o pai e se dirigiu a Candinho:

— Tu tem cerveja gelada? Se tu tiver quero três dúzias.

— Tenho, respondeu. A geladeira de Veridiana pifou?

— Não, mas estamos esperando visita e esquecemos de gelar a bebida.

O filho de Candinho providenciou as cervejas, Venâncio colocou tudo no porta-malas e foi-se embora.

Mané Carpinteiro foi o primeiro a comentar, falou alto para Leocádio:

— Teu filho tirou bilhete premiado, Leocádio! Filho de pescador pra subir na bida só mesmo arranjando mulher rica!

Riram, quase todos. Davino completou:

— A ligação dele com Veridiana está forte, bêde só o que ele disse (e imitou Venâncio) "estamos esperando visitas e esquecemos de gelar as bebidas". "Esquecemos". Ele não disse "ela esqueceu", ou "eu esqueci". Falou que nem casal casado, "estamos esperando visitas". A casa já é de bosso filho, biste Leocádio? esse curumim se fez!

Leocádio sorriu, vaidoso.

— É isso! Tem gente debochando desse amancebamento, mas o falatório é pura inveja!

— Mas tua mulher é contra...

— É contra por não aceitar a realidade.. Luíza reclama que a moça tem mais idade que Venâncio. E daí? Se eles se gostam, que mal tem?

— Quando é novo é do pão e do ovo. Quando é velho catinga de corvo! Sentenciou Mané Carpinteiro e o bar inteiro caiu na gargalhada num reboliço de alegria.

— Também não acho que idade atrapalhe, palpitou Candinho, o que percisa tomar cuidado é que essa Veridiana teve desfazimento de várias alianças, pode, de repente, dar um chute no trazeiro de Venâncio.

Leocádio sorriu.

— E dá? Dá chute, não. Mulher como aquela sabe escolher. E, de berdade, uma belezura como ela não terá o direito de querer o melhor? Se botou o dedo no meu menino e ficou com ele é por que o garoto é de boa serbentia. Que Venâncio – a praia inteira sabe! – fiz ele no capricho, o menino tem o maior instrumento de toda a redondeza.

Só o médico não riu, pareceu até encabulado com a franqueza de Leocádio. Que continuou, entusiasmado com as risadas e os gritos.

— Tava mesmo arrebatado naquele dia e hora, saiu um macho com grandeza, instrumento de mais de trinta centímetros.

— Ô loco! Gritou Lubi.

Os engenheiros da construtora olharam um para o outro e apenas sorriram. O resto dos homens arrebentou em gargalhadas.

— Mas tu é mesmo muito do combencido, do exagerado, do escamoso! Gritou Mané Carpinteiro.

— Engambelos pra cima da gente, Leocádio?

Leocádio tomou mais um gole da cerveja e reagiu, no entusiasmo.

— Não tem engambelo nenhum! Quem já tomou banho de cachoeira com Venâncio sabe do que estou falando. Quem já jogou bola com ele também sabe que pro negócio não sair fora do calção Venâncio tem de amarrar!

As risadas aumentaram tanto que foi difícil ouvir o que o filho mais novo de Mané Carpinteiro gritou, abrindo a porta, sudoeste brabo entrando com ele.

— Corre, gente, binde ber, um barco grandão adernado na praia!

Falou e saiu de novo, escalabreado.

Era uma traineira enorme, dessas que saem do Rio de Janeiro, de Santa Catarina ou do Rio Grande do Sul e arrastam redes no litoral de São Paulo. Nunca obedeciam a legislação que manda pescar de uma a cinco milhas da costa, dependendo do tamanho do barco. Estava lá, emborcada, com o casco à mostra, carga de camarões escorregando para a areia e sendo disputada por um magote de cerca de quarenta pessoas munidas de balaios, baldes, panelas. A tripulação, molhada e desacorçoada, só assistia. Eram cinco homens.

— Deus tarda, mas não falha! Gritou Leocádio assobiando estridentemente e jogando o boné para o alto. É muito bem feito, esses bandidos debiam de estar arrastando pertico, o bento tocou eles pra praia e olha aí a beleza!

Não havia pescador em Jacurici que não tivesse raiva dos arrastões que invadiam a região.

Um dos engenheiros da estrada, ignorante do assunto, queria saber a razão de tanta revolta.

— Essa gente dos arrastões é tudo malfeitor, doutor, tão mais é arregaçando com o nosso pescado. Antigamente era fácil biber do peixe, se comia e se bendia. Era peixe a rodo! E agora? Agora se bota a rede e num lanço vem meia dúzia de curuvina. É por causa deles, barrem o fundo do mar aqui bem perto e matam peixe pequeno, filhotes, toda a espécie que bibe na areia do fundo. E a lei, doutor, a lei manda que pesquem lá fora, bem longe da praia.

O moço não se conformou.

— E a Marinha? A Polícia Florestal? E as leis?

— Lei? O quá, doutor, o quá! Marinha num tá nem aí, tá lá em Saum Sebastiom no bem bão e só saem de lá pra ir bombardear Alcatrazes, onde fizeram um alvo pintado na pedra e treinam tiro. Pobre dos carapirás, atobás e dos trinta-réis que lá bibem. E Polícia Florestal? Tá longe, doutor, aparece aqui mês sim, mês não, muito mais mês não do que mês sim. E nem barco têm, essa inutilidade de Florestal. Quando chegam é pra fiscalizar a nós que estamos em terra, ber se num temos rede de malha fina, essas coisas. O arregaço que fazem os atuneiros eles não querem ber.

— E agora tão aí, piratas da modernidade, a traineira de estogamo birado pra cima, barrigada à mostra, disse Lubi.

Chegaram perto dos tripulantes.

— Que que foi? Perguntou Candinho, seco, a um dos homens.

— Motor parou e o vento empurrou a gente para a praia...

— Bóis debieis de estar arrastando aqui pertico, criticou Leocádio.

— Não, senhor, estávamos para mais de milha e meia...

— Eu sei, conheço a bossa milha e meia. Ainda na sumana passada bi daqui da praia a bóis e arrastabam tão perto que cheguei a ber a bossa matrícula. A mesma que está marcada ali no casco do bosso barco. Não bindes dizer a mim que estábeis longe que não boto fé. Conheço a bóis todos, de longa data.

Candinho completou:

— Sendo berdade o que dizeis então bosso capitão debe de ser muito desatilado pra acabar assim, emborcado...

Leocádio se virou para ir embora, não sem antes se fazer ouvir.

—Agora ides esperar um par de dias até bir uma maré de lua para sairdes da areia.

Um dos homens foi atrás dele.

— Espere um pouco, senhor. Nós não tivemos culpa, foi o motor e depois o vento. Não dá para juntar uns homens e nos ajudar?

Era alto, queimado de sol, corpulento, olhos azuis, um pouco calvo, restos de cabelo no maior desleixo, aloirados.

Leocádio se virou e seus olhares se cruzaram, os olhinhos negros apertados de Leocádio e os frios olhos azuis do outro.

— Não boto confiança que pescadores desta praia queiram ajudar gente de traineira arrastadora, vosmecês arrastam sempre pra cá do parcel do meio!

Falou devagar, virando as costas novamente e caminhando para o jundu, onde se sentou e acendeu seu fumo.

O homem, então, abordou José Luiz.

— Aqui tem telefone, senhor?

— Não tem, respondeu o médico.

— Estamos a que distância de São Sebastião?

— Mais ou menos sessenta quilômetros.

— Tem ônibus?

— Tem. Um pela manhã e outro à tarde.

O homem suspirou e sem agradecer as informações foi conversar com os demais.

Eles bem sabiam não haver nada a fazer. Um barco daqueles não seria empurrado de volta ao mar nem por mais de uma centena de braços. A maré estava baixando, o que agravava a situação. O jeito seria se desfazer da carga de camarões – que até já estava sendo saqueada – dormir nos colchões que retirariam do barco e, pela manhã, partir para São Sebastião ou Bertioga onde telefonariam pedindo socorro. Formaram um grupinho, confabulando. Os homens de Jacurici, amontoados no jundu, espiando.

— Com trator é capaz de sair, lembrou Raimundo.

— Que trator, cearense? Tu não entende nada de mar e muito menos de barco. Tu empurra pra onde? Pra drento da praia? Aí é que não sai nunca mais. E pra dentro do mar é que o trator não empurra, que não bai entrar na água. Então? Qual trator nem meio trator, disse Jerônimo.

Leocádio lembrou que o único jeito era os homens chamarem outra traineira e esperar maré de lua para puxar o barcão, assim mesmo sendo ajudado por um grande grupo de pessoas no seco.

— A livrança deles vai ser só essa.

— E donde que tem gente com vontade de desatolar traineira desse tamanho? Ironizou Leocádio, puxando sua fumacinha, deliciado. Com a fumaça e com a situação.

Lubi deu seu palpite.

— Debia de encalhar uma dessas por sumana, bem feito pra eles e bom pra nós que bamos comer camarão por muntos dias.

Leocádio foi para casa. No caminho, a fisionomia do homem que falara com ele não saia de sua cabeça. De onde conhecia aquela cara?

De noite, sentado no terreiro, matutava.

— Donde conheço aquele homem?

Luíza quis saber se ele estava falando com ela.

— Estou pensando alto, mulher. Tem um sujeito da traineira, aquela. Sei que já bi a cara dele. Também já escutei aquela fala, tem um certo jeito de português de Portugal. Só não consigo me alembrar de donde...

✩✩✩✩

Maria José estava na casa de Veridiana ajudando no almoço –chegariam hóspedes – e ambas viram, lá de cima, a traineira encalhada na praia. Venâncio já colocara as cervejas na geladeira e limpava os peixes que iam servir para fazer o "azul-marinho".

— Tu nunca comeu? Pois a Zezé vai fazer, aprendeu com a sogra, o azul-marinho de tia Izaltina é o melhor que tem por estas bandas. É peixe cozido com pirão de banana verde.

Maria José o corrigiu:

— Não é berde, é berdolenga. Quer dizer, quase amadurecendo. E lembrou que ensiná-la a fazer esse prato foi a única coisa que a implicante da sogra tinha lhe feito de bom.

— A mulher é ruim que nem cobra!

— Não é, contrariou Venâncio. É dona de cabelinho na venta, geniosa, mas é trabalhadeira, boa mãe, cuida dos netos, só não gosta de coisas mal feitas...

— E que é de malfeito que faço para ela me tratar com casca e tudo como trata a mim? Perguntou Maria José. Agora pagou a língua, bibia botando defeito em tudo, falando das que ficavam de barriga e agora a filha tá lá em casa, de barrigona. Mereceu!

Veridiana, de biquíni na beira da piscina pediu que Venâncio lhe passasse bronzeador nas costas e suspirou.

— Nunca vi lugar pra ter tanta briga como em Jacurici. É briga de pai com filho, de mulher com marido, de irmã com irmão, de vizinho com vizinho. Eu que não entro na de vocês! Quero o meu uísque, a minha caipirinha, o meu peixinho frito e, se gostar, esse tal de azul-marinho.

E deu uma gargalhada.

— Vamos lá, Venâncio, pega uma cesta bem grande e vamos catar camarão que está dando sopa na areia. Também quero o meu!

Saiu com Venâncio no carrinho vermelho e Maria José aproveitou para matar a curiosidade. Correu para o quarto que Veridiana chamava de atelier e descobriu a estátua de Venâncio pelado que a moça estava fazendo. Não acabava nunca o trabalho, quando chegava a estátua estava sempre coberta por panos molhados, ela queria ver se era verdade o que falavam a respeito dos muito centímetros do bilau de Venâncio. Nunca tinha tido coragem. Desta vez foi lá, descobriu e viu.

— Se ela souber que vi Venâncio pelado acho que me despede...

E mais baixo, sussurrando:

— E num é que é berdade?

CAPÍTULO 5

"... tempo amarelo dos ipês em flor".

QUASE UM ANO morando em Jacurici e José Luiz nem se lembrava da existência de São Paulo. Ia de vez em quando ver a mãe, mulher ainda jovem, casada pela segunda vez. O pai tinha morrido há muitos anos. Mãe e padrasto também foram visitá-lo algumas vezes, Maria Júlia achava a casa do filho desconfortável e Jacurici muito longe.

— Você tinha de escolher um lugar que nem estrada tem?

Contava para as amigas o horror da viagem a Jacurici, necessário pegar dois ferry-boats, um de Santos ao Guarujá e outro do Guarujá para Bertioga, esperar em filas despropositais, depois seguir pelas praias, viagem desagradável e perigosa, havia rios sem pontes, atravessar aquilo era terrível, principalmente se a maré estivesse alta, nessas ocasiões a areia molhada engolia carros e até ônibus.

José Luiz ria, tinha aprendido a atravessar os rios mesmo com maré alta, se aproximando bem do mar e passando quando as ondas recuavam. Para ele o grande charme de Jacurici era esse: não ter estradas. Verdade que algumas vezes passara maus momentos, fazia parte da aventura, não trocaria Jacurici por nada, o cheiro adocicado do lírio do brejo, o céu muito escuro e estrelado – dá até para ver satélites! – as noites de lua, as pescarias, as festas religiosas, a praia boa de banho, o mar transparente, o povo simpático, os amigos que fizera.

De uns tempos para cá Jacurici, para ele, tinha outra atração: Tereza. Logo no início aprendera a ver nela apenas a moça corajosa que desprezara casamento certo por não aceitar o comportamento do namorado. Tereza tinha enfrentado mãe e pai e todas as fofocas do lugar. Estava levando a gravidez de forma natural e digna.

Aconselhara a moça a fazer o pré-natal e estava também cuidando dela, media a pressão, sugeria alimentos e caminhadas e ele mesmo, às vezes, andava com ela na praia. Aos poucos as outras qualidades da moça foram aparecendo, não fora alem do quarto ano do ginásio, mas era inteligente e captava, com facilidade, qualquer ensinamento. Tinha bom coração, era amorosa, a briga com a mãe a atormentava. Habilidosa, trabalhava para Raquel – veranista que descia todos os finais de semana – cozinhava razoavelmente, só não gostava de expor os cabelos aos vapores da cozinha. Ao contrário das outras moças de Jacurici, não se aborrecia em usar avental, não se envergonhava de ser empregada doméstica. Além de tudo era bonita, muito bonita, morena com um tantinho de sardas no nariz.

Não demorou a perceber que se interessava por Tereza mais do que deveria. Apaixonado? Não sabia. Mas sentia falta dela quando não a via, gostava de caminhar com ela pela praia, ficava feliz quando a moça ia ao consultório. Chegou ao ponto de não ter nenhuma vontade de passar um dia sem vê-la.

Restava uma barreira que ainda percebia em si, a de casar – sim, pensava em casar! – com uma jovem grávida de antigo namorado. Seria preconceito? Ciúmes? Macheza? Não sabia, estava confuso, precisava desabafar, se aconselhar.

Foi a São Paulo à procura da mãe.

A reação de Maria Júlia foi a pior possível.

— Eu sabia! Sabia que isso de morar numa praia quase deserta e cheia de gente ignorante não ia dar em boa coisa. Largou o ótimo emprego na clinica de cirurgia plástica, foi ser mediquinho de aldeia e o que recebeu em troca foi demissão. E agora me aparece apaixonado por uma moça grávida de outro, caiçarinha sem instrução, empregada doméstica, sem eira nem beira, o que deu em você? Médico, de família boa, sempre sonhei ver você casado com uma jovem que tenha feito faculdade e com família respeitável! O que essa coitada dessa mocinha sabe de bons modos para dar educação aos filhos que você vai ter? Além do mais pretende assumir o filho de um peão de obras, um qualquer, sabe-se lá o que esse sujeito pode querer fazer, se vingar, até matar você por ciúmes, raiva, sei lá!

Não havia jeito de calar Maria Júlia, parecia um vulcão despejando labaredas e cinzas, o padrasto tentou ajudar e sobrou para ele, então José Luiz resolveu sair, dar uma volta, espairecer, esperar que a fúria de Maria Júlia acalmasse.

Adiantou? Nada! Voltou da rua duas horas depois e ainda encontrou Maria Júlia em franca ebulição. Pior, agora chorava.

— Seu pai fez tanto esforço para formar você, gastamos tanto dinheiro, sonhamos para você um futuro brilhante e você foi se enfurnar no fim do mundo, num lugar perdido no mapa, agora quer se casar com uma mulher insignificante, sem instrução, sem educação, sem modos.

— Mãe, como pode dizer isso se nem conhece a Tereza?

— Eu já estive lá e bem vi o jeito dessas caiçarinhas sem graça, empinando a bunda em shortinhos curtíssimos, usando biquínis minúsculos, imitando as turistas, então não conheço o gênero? Umas cafajestezinhas que nem imitar as outras sabem. Ficam parecendo caricaturas. E essa Tereza, falei com ela, sim, conheci essa moça, ela nem sabe se expressar direito, você quer casar com uma sujeitinha que fala perdigulho em vez de pedregulho? Que diz Saum Paulo em vez de São Paulo? Que diz que não é "critiqueira"? Que solta de vez em quando um tal de "arrelá"?

No dia seguinte, no café da manhã, a mãe surgiu de olhos inchados, olheiras – segundo ela, não tinha pregado o olho – e mal falou com José Luiz. Que se despediu com um beijo, entrou no carro e voltou para o lugar perdido no fim do mundo, o lugar mágico pelo qual também se apaixonara.

Lembrança distante de volta – Quatro dias desde o encalhe da traineira. Ainda estava lá, mais adernada, um dos homens tinha ido a Bertioga telefonar e os quatro que ficaram montaram guarda ao barco, esperando pelo resgate. Já se sabia que seriam necessárias duas traineiras e muitas cordas, iriam laçar o barco, as traineiras puxariam. Combinaram com um dos engenheiros da construtora da estrada, ele mandaria homens na hora do desencalhe. Os caiçaras continuavam de braços cruzados. E tudo seguia nos conformes quando Leocádio se lembrou.

— Mulher, o homem da traineira, aquele, o que eu não me recordaba quem era, pois agora lembrei!

Luíza estranhou a aflição do marido.

— Então fale, homem! E que olho mais arregalado é esse? Credo!

— Pois lembrei! É o tal Galego, o que dizem ter matado Chiclé, tu te lembra?

Luíza se arrepiou.

O crime tinha sido há muitos anos e não tinha sido resolvido. Chiclé era negro, bebia muito, a mulher largara dele e se juntara com o tal Galego, um português que viera da Bahia e surgira, um dia, trabalhando de caseiro em praia vizinha. Chiclé, assim apelidado por grudar nas pessoas contando suas histórias e não havia jeito de se desgrudar, abandonou a casa, mas de vez em quando voltava, esquecia que estava separado, criava um mal estar danado, a mulher gritava, o português xingava, as crianças choravam e, finalmente, Chiclé acabava expulso da casa que agora não lhe pertencia. Dias depois estava de volta, esquecido, novamente, de que a mulher não era mais dele. Nova briga, novos gritos, nova aporrinhação.

Um dia, Chiclé desapareceu.

Nem procuraram, acontecia isso sempre, sumia por algum tempo, ia curtir sua ressaca em cabanas abandonadas, dormia debaixo de pontes. Dez dias se passaram e apareceu na areia, trazido pelo mar, um tronco de homem, sem cabeça e sem pernas. Reconheceram pelo cinto vermelho: Chiclé.

A polícia veio com tudo, delegados, soldados, investigadores, o pessoal do IML. Estavam recolhendo o corpo, quer dizer, o tronco, quando apareceu uma perna e um pé, um horror! Ninguém acreditava no que viam. Levadas as partes do corpo para o IML ficou constatado nos exames periciais que o corpo tinha sido serrado.

A comoção não tinha ainda passado quando encontraram a cabeça. Braços e a outra perna nunca foram achados.

O caso foi comentado, dissecado, aumentado – como se alguém pudesse aumentar ainda mais tanta desgraça – e entre os diversos dizeres e contares, Galego, o amante da viúva, surgiu como único suspeito. Quem estaria interessado em fazer mal a Chiclé, o pobre não bulia com ninguém, não tinha inimigos, não incomodava as gentes a não ser o novo marido da ex-mulher. O delegado chamou muitos para depor: ninguém viu, ninguém sabia de nada, ninguém abria a boca para dizer a ou b.

Resultado: inquérito arquivado.

Dona Quicas comentando o passado – Andando com seus passinhos miúdos, a saia longa atrapalhando de vez em quando o andar apressado, o birote de cabelinhos brancos bem arranjado, dona Quicas bateu no portão de Raquel, sentou-se no terraço, aceitou café e sem tomar folego despejou as novidades, sabia que Raquel se interessava por todos os causos que contava e começou logo, que bóis debeis de saber do acontecido, da traineira que emborcou na praia, ficou enterrada na areia pior que arraia, porém do que certamente não sabeis, pois estais sempre enfurnada nos esconsos de bosso jardim é que Leocádio, o marido de Luíza, desconfia que um dos que estabam a bordo da traineira seria um tal de Galego, que dizem ter matado o pobre do Chiclé, um senhor preto, munto boa pessoa, mas bebia, o pobre, tava quaji sempre cercando frango, cambão, mas quando tava são até ajudava os pescadores a arrastar picaré. Esse Chiclé foi encontrado cortado de serrote, o mar trouxe os pedaços dele – faço o sinal da cruz sempre que me alembro disso, uma tristeza, vosmecê nem sabe o quanto! Uma desconformidade fazer o que fizeram com o pobre. Na altura do crime se desconfiou de que esse Galego fosse o criminoso, mas a pulícia não conseguiu probar do sucedido, teve até um senhor por nome Pequeno e que tinha esse nome por ser de estatura miúda, lidaba com construção esse Pequeno, e garantia ter falado com um homem que biu Galego botando Chiclé num carro, munto sapecado, lebando ele para a costeira. E na costeira tinha outro senhor e este estaba mariscando e se escondeu atrás de umas pedras quando os homens chegaram com Chiclé e biu a eles serrando o pobre. A pulícia intimou Pequeno, que apresentasse os dois homens, mas ambos se sumiram no mundo, escafederam-se, ninguém conseguiu ponhar os olhos neles. E assim esse Galego ficou solto e libre e se bandearam daqui, ele e a mulher que agora era dele e nunca mais se falou de nenhum dos dois. Agora, bêde, aparece esse barco adernado na areia e quem que surge sem que ninguém esperasse, o tal de Galego, que Leocádio jura que é ele. Não apreceio nada esse homem ter bindo cá, que se bá embora o mais ligeero que Deus possa mandar, a única coisa boa nisso tudo, minha senhora, é o barco ter uma imundícia de camarão, fui lá com uma panela e arrebanhei munto camarão, comi camarão cinco dias, fiz camarão com ovo, camarão com farinha, camarão com taioba, camarão de tudo quanto foi maneira, até ficar empazinada. Nunca tive tanta fortura de camarão em casa como nesses dias. Agora, minha senhora, os homens daqui de Jacurici tá tudo reboltado com a aparição desse Galego, uns pensam que é só parecença e que à vera não é o tal. Eu que penso? Penso que é o homem reaparecido, sim, só espero que vá simbóra, o mar o trouxe, o mar o acompanhe na volta, aqui não temos percisão de gente que corta os outros com serrote. Já temos aqui os nossos que não são flor que se cheire, pra que bamos querer ruindades de fora? A espurcícia que temos por aqui, minha senhora, já é de bom tamanho, como essa Carolina de muntos filhos de tantos homens e que é da comissão de construção da igreja, isso é coisa que sirva, me diga vosmecê, me diga. Se mulher como ela merece estar incluída na construção de uma casa de Deus? Bóis que me dizeis? Bêde também Mané Carpinteiro, esse homem tem filhos com esta e aquela e diz querer ser festeiro de São João, um festeiro tem de ser gente de calibre, não debe de ser qualquer um, tem de ser algum que se guie por leis de moralidade, bóis não achais? Com tanta gente ruim bibendo nesta praia há de chegar outro pior? Se os daqui são ruins esse Galego é belzebu em pessoa, não percisamos de mais ruindade por estas bandas.

✡✡✡

Candinho achava que o homem da traineira não podia ser Galego.
— Tu não lembra que ele perguntou quanta estrada tinha para chegar na cidade? Se fosse ele não tinha percisão da pergunta, morou aqui, debia de saber.

— Perguntou para disfarçar, respondeu Leocádio.

Porfírio afirmava ser ele, sim, o matador de Chiclé.

— Num pode haber parecença tão grande! É ele! Tem o cabelo cortado de outro jeito, raspou o bigode e tem mais enrugamento na cara do que antes. Mas é ele.

Zé Cabral era da mesma opinião.

— Cara de um, focinho do outro. E a fala é igual. Tem de ser o mesmo.

Sendo ou não sendo, não havia nada a fazer, Galego não tinha sido acusado de nada, não havia provas, o inquérito tinha sido arquivado, lembrou Jerônimo.

O aborrecimento e o desconforto de todos era saber que o assassino – poucos tinham dúvidas de que fosse ele o matador – estava ali, convivendo novamente com todos, bebendo e comendo no bar de Candinho, sentando no jundu como qualquer um, indo no posto de saúde pra pedir remédio, andando pelas ruas com aquele ar assoberbado.

— É o mesmo escamoso que já de então pensava que era melhor do que todos e continua a mesma figura. Um berdamerda!

— Aquele olho azul de gente ruim, ressabioso, aquele olho num dá para se esquecer. É ele!

— Bós ides lá e perguntai se é ele ou não, sugeriu Carolina.

E como todos tirassem o corpo, receiosos, não se fez de rogada.

— Pois bou eu, homarada sem grandeza que bóis todos sois.

Em menos de dois minutos estava rente ao tal e lascou, de surpresa.

— Binde cá! Bós não sois o Galego, que se juntou com Vitorina, a viúva de Chiclé?

Os olhos azuis se cravaram nela de tal forma seteiros e ferozes que Carolina confessou para Vadeco ter sentido até um friozinho no final da espinha.

— Sei não do que está falando, dona.

— É que bóis sois demais de assemelhado com esse Galego, insistiu Carolina. Debeis, entom, de ser irmão gêmeo do que se chama Galego, que a parecença é munto grande...

— Tenho irmão gêmeo, não, dona.

Mas Carolina não se deu por vencida.

— Então qual é o nome que deram a bóis no batismo?

— Me chamo Aristides, dona. E virou as costas para ela e se pôs a andar na direção do barco encalhado.

De volta ao magote masculino aboletado no jundu a conversa variou muito. Que estava mentindo. Que podia ser verdade. Matara ou não matara Chiclé? Se a polícia tinha sido realmente eficiente ou se, de verdade, não encontrara provas. Ou se deixara como estava pra ver como ficaria. Se valia a pena avisar o delegado em São Sebastião. Se falariam sobre o homem com o inspetor de quarteirão. Que o matador poderia se vingar de alguém que o reconhecera, Carolina, em especial, tomasse cuidado.

José Luiz aconselhara a desistirem de qualquer coisa. Denunciar como, se não havia nada contra ele, a polícia sequer o indiciara?

O pior momento era à noite, quando todos se reuniam no bar de Candinho e ficavam comentando sobre Galego e, de repente, chegava o próprio, com os companheiros.

Paravam a conversa, ficava um silêncio pesado, acabavam esvaziando o local. Candinho já começara a reclamar dos prejuízos, os tripulantes da traineira bebiam e comiam, mas os locais se esgueiravam para suas casas e não consumiam como de costume.

As traineiras que vieram para o resgate já estavam ali há mais de uma semana, mas nada de maré de lua para desatolar o barco. Até que chegou o dia de uma marezona, amarraram cordas grossas em torno do barco, os homens da construtora apareceram com enxadas, cavaram a areia em volta,, empurraram, tornaram a cavar, as traineiras ligaram os motores e puxaram, houve um novo trabalho de enxada, mais de cinquenta homens empurrando, as cordas arrebentaram, amarraram novamente, puxaram, motores das traineiras a todo vapor, arrebentaram as cordas novamente, puxaram mais, os homens num alarido danado. E os caiçaras, no jundu, só olhando.

— Que se vão de bez e que Deus os proteja, disse Izaltina, e que não apareçam nunca mais por aqui para nos atormentar com lembranças.

Depois de mais de duas horas de trabalho de puxa, escava, amarra, arrebenta, escava, empurra e puxa, finalmente a traineira se moveu e flutuou. Os que trabalharam ficaram aos gritos, os caiçaras quietos, assuntando.

Então o homem que dissera se chamar Aristides chamou um dos filhos de Candinho, moleque de seus quinze anos que estava mais próximo do mar e mandou o recado.

— Fala praqueles filhos de uma égua sarnenta que meu nome é Aristides, por apelido Galego e que se alguém dessa praia dos infernos der a matricula do meu barco para os homens da Marinha eu volto aqui pra serrar uns dois ou três, que ainda tenho força nos braços para tanto.

O menino, mais branco do que as nuvens que enfeitavam o céu disparou para o jundu dar o recado enquanto Galego fazia um largo cumprimento com os braços e em seguida se atirou no mar e foi nadando, rapidamente, até a traineira, esta, já alem da arrebentação.

A raiva foi tanta que ninguém disse uma palavra.

Só Leocádio falou, baixo e indignado:

— Eu bem disse que era o tal. Assassino, filho da puta!

A traineira, agora, navegava livre, junto das outras duas.

O céu se confundia com o mar no horizonte. Nuvens altas, distantes, carapirás fazendo vôo tranquilo no acompanhamento dos barcos que partiam. O sol mergulhava no mar tingindo tudo de vermelho e ia pintando de rosado uns fiapos de nuvens.

Jacurici entrou, novamente, em calmaria.

Anotações de Raquel –(3) Nasceu o filho de Tereza. O médico está feliz demais, até se poderia dizer que o filho é dele. Não vi mais o cearense Raimundo, mas dona Quicas – meu jornal diário – contou que o peão quer ver o filho e Tereza não deixa. Aconselhei Tereza a não brigar, José Luiz fala em adotar o garoto, sabe-se lá o que o pai verdadeiro pode fazer. Ou querer. Verdade que, por enquanto, ele não vai ter como provar a paternidade. Existe um exame – Tereza me pediu que pesquisasse isso – chamado HLA, mas a eficiência não é grande e os testes de paternidade feitos por esse sistema são sempre contestados na Justiça. Os processos têm durado anos! O exame de DNA, muito mais preciso, ainda não é feito no Brasil.

De qualquer forma Tereza e José Luiz correm sério risco se registrarem o menino como filho do médico. Se, mais tarde – quando o exame de DNA começar a ser feito no Brasil – o cearense provar que a criança é filha dele, José Luiz poderá ser processado por fraude no registro. Alertei os dois sobre isso, até por que Tereza me convidou para madrinha (padrinho será o médico) e quero exercer competentemente meu papel de comadre. Botaram no menino um nome bonito: Danilo. Era o nome do pai de José Luiz.

Nem me perguntem sobre Izaltina. Não quis ver o neto. A família inteira foi, todos se derramaram pela criança, ela não. Continua de pescoço empinado, diz ter sido traída e envergonhada – "embergonhada", como ela diz – pela filha, fui tentar aplacar-lhe a teimosia, mas não tive êxito.

— Vosmecê pode ter munto boas intenções, mas não posso perdoar o que filha minha fez nas minhas costas, desvergonhice não é comigo, sempre fui de firme retidão em tudo o que faço, tenho uma caminhada que todo mundo conhece, como posso aceitar um malfeito?

Ninguém está dando mais a mínima bola para Tereza ser mãe solteira, já há outras histórias para serem comentadas e Izaltina, empacada. Tenho pra mim que está sofrendo, tem saudades da filha, quer conhecer o neto – é muito amorosa com todos os outros – mas não quer dar o braço a torcer.

Dona Quicas continua falando mal de todos e outro dia me disse que não gosta dos jacuricianos, que "esse povo não presta, é da raça ruim da tal Leonarda, que mandou matar o marido" e quando lhe perguntei se ela também não era daqui negou, mordendo com as gengivas uma empada que lhe ofereci.

— Não senhora, que não nasci nestas terras, sou do sopé da serra de Maresias, um lugar que bóis debeis de conhecer, pois é donde se passa para ir a Saum Sebastiom. Noivei e casei com gente daqui, o falecido era Angelino, filho de Terêncio, da família do primeiro marido de Mãe Leonarda, o desinfeliz que a belha mandou matar. Pois, Angelino era parente de Mané Carpinteiro, de Patrício, que o povo chama de Lubisomem. E de Felício – pai de Carolina, a desbandeirada que cada dia bota guampos maiores no marido.

Não consigo guardar na memória todos os parentescos, para mim basta saber que quase todos são parentes e que uns não se dão com outros e que dona Quicas não se dá com quase ninguém. Finge que se dá, quando se encontram é muitos bons dias para cá, salve bóis para lá, como ides passando e fica nisso. Na ausência, dona Quicas desce a lenha nos parentes. Que jura não serem parentes, era gente só do falecido.

Também soube por dona Quicas da desfeita de Luíza para Veridiana, o filho foi buscá-la para conhecer a artista e Luíza se recusou, que não entrava em casa de mulher vadia.

Meu Deus, é bem irmã de Izaltina, dura na queda. Venâncio ficou furioso, Veridiana estava esperando pela sogra – aliás não sei se posso chamar Luíza de sogra, apesar do romance deles estar bem estável.

— E bóis achais que Luíza ia pisar naquela casa que ela diz que é atulhada de pecados? comentou dona Quicas. A artista está mais é aproveitando do frescor de Venâncio, acho uma desconformidade essa pegação do filho de Luíza com Veridiana, a mãe dele até falou outro dia ser caso de dar parte na pulícia, que Venâncio era de menor quando começou esse amancebamento com a artista.

    Continuo anotando os causos, mas escrever o livro, que é bom, não há meios. Acho que só conseguirei quando vier morar aqui de uma vez. Estou muito decidida. Acho minha casa gostosa, confortável, gosto da maioria das pessoas, o clima é maravilhoso, a praia é linda e logo vou me aposentar. Venho, com armas e bagagens.

    Enquanto isso, toca a tomar nota das coisas. Da linguagem também. Bromélia, para eles, é manacaru. Aquele caranguejinho branco que corre na praia é guaroçá – alguns falam garoçá. (Izaltina me contou que garoçá torrado é bom pra curar bronquite.) Corruíra, passarinho minúsculo, marrom, uns chamam de rouxinol e outros de mariquita. Fiquei sabendo que há dois tipos de sabiá, o sabia-gute e o sabiá-galinha, que é escuro. Cardume de peixes eles tratam por curdume. Os relâmpagos, esses fuzilam no céu. Escalar o peixe é fazer cortes nele – cutinhar – e salgar bem esses talhos, depois colocar no varal para secar ao sol. Ou no teendal, como dizem. Consertar peixe é tirar as escamas e limpar, deixar pronto para preparar. E ontem aprendi que manacá é jacatirão.

    Os mais velhos trocam o **v** pelo **b** e usam quase sempre a terceira pessoa do plural. Misturam muito o tu e o vós e de vez em quando usam o vosmecê, os mais novos quase que na brincadeira. Utilizam algumas palavras inexistentes, acho que criam algumas, usam outras muito antigas, mas - é curioso! – quase não erram no português. Quando se ouve um velho caiçara falando – a rapidez na fala é enorme! – a impressão é que se está em Portugal. Outro dia dona Quicas falou que eu estava "nos esconsos do meu jardim", fui procurar no dicionário e a palavra existe.

Há coisas intraduzíveis. Quicas, comentando sobre o barco que encalhou aqui na praia, falou em "imundícia" de camarão. Queria dizer uma quantidade muito grande de camarão. "Teçume" é o ato de tecer esteiras, chapéus, balaios. "Livrança" é se livrar de alguma coisa. "Jundu" é a parte mais alteada, entre a praia e a terra, com vegetação típica, grossas folhas verdes com florzinhas azuis. Eles dizem que o desaparecimento do jundu pode criar catástrofes, o mar avançando terra a dentro. Já vi acontecer isso, numa maré muito alta o mar entrou nos jardins de casas cujos proprietários eliminaram o jundu. E se manteve longe das que o mantiveram.

O falar caiçara é rico e interessante, há um ritmo diferente, quase um canto. Às vezes levo um tempo a entender. Mas estou me acostumando. Gosto muito de ouvi-los. Gosto muito de Jacurici.

Olhei pela janela agora mesmo e vi a mata toda manchada de amarelo. São os ipês em flor. É agosto, as clarinadas amarelas no mato verde anunciam a primavera. E anoto, aqui, que Danilo, o filho de Tereza, nasceu pelo tempo dos ipês. Queria que ele fosse feliz, esse meu afilhado. Vai ser, acredito na força dos nomes. Fui procurar num dicionario de nomes e verifiquei que Danilo vem de Daniel, nome hebraico que significa "Deus é meu juiz". Pela numerologia os "Danilos", em geral, não se preocupam muito com a opinião dos outros, são alegres e interessados em estudos. Têm êxito em tudo o que fazem. São independentes e cheios de iniciativa.

Tomara que essas informações sejam verdadeiras.

Maria José no barro esculpida - Maria José estava encantada com o bebê de Tereza. Seus filhos já estavam crescidos, oito, dez e onze anos e ter um bebezinho em casa era um prazer. Sabia que a cunhada ia se juntar com o médico, em breve estaria de mudança para a casa dele. Não reclamava, mas iria sentir falta.

Nem muita vontade de ir à casa de dona Veridiana tinha mais. Gostava de trabalhar para a artista, a casa era bonita, cheia de quadros modernistas, mobília de vime branco, plantas em vasos enormes, antúrios de uma beleza que nunca vira igual. Veridiana, loira e bonita, era que nem uma visão, queria ser que nem ela, pele dourada, sovacos limpinhos e perfumados, olhos brilhantes, cabelos longos que dançavam com o vento, roupas bonitas. Os amigos dela enchiam a casa e também eram bonitos, queimados de sol, contavam piadas, falavam coisas diferentes, sabiam de tudo, davam gargalhadas, o mundo ali era diverso de tudo o que conhecia. Gostava demais de trabalhar para a artista. A sogra a perturbava – Izaltina, osso duro de roer – dizia que ela trabalhava para uma depravada, mas Luiz não fazia questão, podia trabalhar onde quisesse.

Veridiana tinha acabado de fazer a estátua de Venâncio e trouxera de São Paulo mais barro para iniciar outra. Como era inteligente! pensava Maria José, admiradora da patroa. Como sabia fazer as estátuas com tudo bem descritinho, o rosto saia bonito, perfeito, igual o modelo, só faltavam falar!

Nesse dia, quando Maria José deixou a cunhada e o bebezinho para ir à casa de Veridiana, foi entrar e a moça a chamar.

— Vem cá, Maria José, tira a roupa, vou fazer você no barro.

Ah! Não, isso não! Tirar a roupa não tirava, nem para dona Veridiana.

— Mas não tem ninguém aqui a não ser você e eu, criatura!

— Não senhora. Tirar a roupa, não tiro.

— Deixa de ser caipira! Estou acostumada a ver minhas modelos nuas.

— Mas, eu não, dona Veridiana. Eu não estou acostumada com isso não...

— Maria José, vou fazer você no barro, vai ficar lindo!

— Vai ficar não, dona Veridiana. Sou muito desajeitada.

Acabou cedendo, morta de vergonha, pelada e sentada num banquinho, como a artista mandara. E se Venâncio chegasse? Nada! Venâncio tinha ido a São Sebastião pagar um imposto atrasado, só estaria de volta de tardezinha.

Veridiana trabalhando no barro e olhando para ela. O corpo doía, doía o pescoço, doíam os braços, ficar imóvel cansava e aquilo nunca acabava. No primeiro dia foi olhar e a estátua era só um bloco com cabeça e corpo disformes, só percebeu o banquinho feito no barro. No segundo dia o corpo ficou meio pronto, espiou, ela seria assim? No terceiro dia dava para ver o rosto e se achou horrível.

— Sou assim... desfeada desse jeito? Essa é minha feição?

— Claro que é. E não é feia, você é uma mulher bonita.

Maria José não se convenceu.

— Esse nariz comprido é meu? Esse queixo esquisito... Essa testa que parece que levou um soco? Isso sou eu?

— Ainda não está pronto, criatura, essa escultura vai ficar igualzinha a você, riu Veridiana, colocando os panos molhados em cima do trabalho.

— Pelo amor de Deus não deixe meu primo Venâncio me ver pelada no barro, vai contar para a mãe dele, a mãe conta pra minha sogra e são capazes de me expulsar de casa...

Enquanto preparava o uísque que Veridiana tomava todas as tardes Maria José quis saber o que ela ia fazer com a estátua dela, pelada.

— Não é estátua que se fala, é escultura. Vou levar para São Paulo, vou expor. Vai ficar num salão, para as pessoas verem.

Maria José se horrorizou: ela, nua em pelo, as pessoas olhando?

— E vão saber o meu nome?

— Depende de você. Se você quiser ponho o seu nome em baixo... Maria José quase chorou.

— Pelo amor de Deus, meu nome não! Imagina se alguém tira retrato ou sai na televisão e Luiz ou a mãe ficam sabendo? Me matam!

Veridiana deu uma gargalhada e sossegou os medos dela.

— Fica descansada. Nem ponho o seu nome e nem deixo tirarem foto da sua escultura.

Chuva chovendo forte – Mais de trinta dias e a chuva não passava. Nem com promessa para Santa Clara. Caia uma aguarada despropositada, o mar embrabecia, a neblina descia dos morros para a praia, a maré subia, o céu fuzilava de dar medo e em seguida era o barulhão da trevoada. São Pedro está arrastando móveis para lavar o ceu, diziam.

De quando em vez aparecia um solzinho amarelo, o mormaço gerava mais neblina e logo em seguida vinha chuva forte, novamente.

Ninguém saia para pescar. Mané Carpinteiro e Jerônimo tinham perdido as redes no mar grosso. Davino tentara sair, calculou errado o tempo do jazigo e o barco virara logo na segunda onda. Pescar na costeira era arriscado, as ondas batiam, furiosas. Estoque de peixe? O quá! Acabando. Não se conseguia peixe também nas praias vizinhas.

Pior foi que as obras da Rio-Santos pararam. Uns diziam que por causa da chuva, outros que o governo estava sem dinheiro. Uma coisa ou outra, a desgraça era grande. A empreiteira dispensou a maioria dos peões e abandonou tudo: aterros pela metade e cortes de morro que se desmanchavam com a água. Buraqueira medonha.

Um dia, quando a população acordou, viu o mar avermelhado pelo barro que descia de uma encosta cortada pela futura estrada. Desceram pedras, árvores, patacões, o mar ficou como se tivesse havido, por ali, batalha sangrenta. Indignação geral. Leocádio sentenciava: pelos próximos dez anos o mar jogaria na areia fina da praia as pedras que desceram do morro. Um colosso de peixinhos mortos forrou a praia.

A ligação de Jacurici com outros lugares já não existia. Os ônibus não venciam a serra, o povo desmontava e subia e descia a pé, escorregando no barro. Aulas suspensas, professoras nem sempre conseguiam chegar. Algumas pegavam carona em caminhões para vencer o barro. Sem ter como voltar acabavam dormindo nas casas de alunos.

O caminhão de leite não passava, há dias. Abastecimento dos postos de gasolina? Nenhum! Fornecedores de cigarros não se arriscavam. Candinho tinha se aventurado para buscar mercadoria em Santos e, sorridente, cobrava do povo o que queria. Abusava. E abusava sorrindo.

Irritado, Vadeco gritou, um dia, que ele merecia cadeia.

E Candinho, feliz, comentou com os fregueses que galhudo não deveria ter direito a reclamação.

O mar, assanhado e grosso, lambia o jundu e se jogava contra os muros das casas. Às vezes a chuva parava e uma garoa fina cobria a praia, difícil perceber onde terminava a areia e começava o mar. Alguns dias nem se via a copa das palmeiras. Muito menos o topo dos morros. Turistas sumiram e pássaros, entanguidos, voavam de galho em galho, entristecidos.

Dentro de casa a umidade escorria pelas paredes, lambrecava o chão, punha mofo dentro dos armários e na alma de cada um. Para completar, pontes caíram, dos dois lados da praia. Jacurici ficou ilhada do mundo. O hoteleiro Kurt conseguiu comunicação com uma televisão e jornalistas chegaram, alguns de helicóptero, outros enfrentando a lama. O carro de um jornal ficou atolado num trecho da Rio-Santos até a altura das portas. Saíram reportagens mostrando as professoras na boleia de caminhões, as pontes caídas, o povo fazendo fila para atravessar os rios de canoa, que a maré era alta e os rios estavam grossos. Foram publicados editoriais contra o governo, contra a empreiteira que abandonara as obras, saiu foto do prefeito nos jornais, Mané Carpinteiro deu entrevista dizendo que o povo estava cansado de sofrimento e de roubalheira e Leocádio apareceu na televisão falando não acreditar em mais ninguém, aquela situação era intolerável, o bairro em vez de melhorar, piorava.

Carolina dos Anjos gritou para um repórter: - Ninguém tem pena do povo. Nem o presidente, nem o governador, e nem Deus!

Foi a deixa para dona Quicas murmurar para as netas que Carolina podia de ser castigada, entom Deus tem alguma coisa a ber com a empresa fazer obra mal feita, arregaçar com os morros e ainda por cima abandonar tudo? Bêde que um dia essa latagona ainda recebe castigo, que Deus Nosso Senhor é Pai e não tem culpa das safadagens dos homens do goberno e fica essa desatinada desrreverenciando Nosso Senhor Jesus Cristo, arrelá!

Depois de dias fazendo reportagens os jornalistas se foram e tudo continuou igual, uma calmaria só. Sem turistas, sem caminhões chegando com mercadorias, sem ônibus, aulas suspensas. Todos os dias tinha alguém colocando ovos em galhos de árvore para Santa Clara trazer o sol. Izaltina afiançava que melhor simpatia era jogar sabão em cima do telhado.

— Por que, Izaltina?

— Dos porquês não sei, mas bêde, eram os antigos que faziam isso e foi minha abó a me ensinar.

Nem todos se aborreciam com a chuvarada e o vento e o mar furioso e os raios e trovões.

O médico José Luiz não conseguia sair de sua casa. A ladeirinha era ver escorregador de parque infantil. Então, lia.

Raquel, ilhada, sem poder voltar para São Paulo, escrevia. Anotava frases e dizeres: "Grazinada, palavra engraçada que eles falam muito. O significado é barulheira. Fui verificar e existe no dicionário. Fulana está prenha, é português castiço. Desfazimento é desfazer alguma coisa, também tem no dicionário. Indiferentista é palavra criada, não existe. Uma greta é uma fenda. Desbrio, desbridamento palavras muito usadas por dona Quicas falando de Carolina e de Isaura. Fiofó quer dizer anus. Engambelo é o que Carolina faz com Vadeco. Mofineza é pão-durismo, português corretíssimo. Relampejar é fuzilar. Trovoada vira trevoada. Às vezes treboada. Gente de calibre é gente direita. Quando alguém quer mostrar alguma coisa diz: a lá, ó. Olhai vira lhai. Sofrenza é sofrimento. Escamoso é uma pessoa difícil. Tem no dicionário. Guaçaba é surra, não achei no dicionário. A última palavra que aprendi foi desfear, a frase foi de Izaltina: 'Eu em moça era ajeitada, desfeada fiquei depois de embelhecer".

Raquel terminava: "Adoro ouvir essa gente falar. É pena que os mais novos não usem mais essas expressões, já há meninas, aqui, falando como as atrizes das novelas da Globo. Nada contra as novelas, mas a língua caiçara vai acabar. Não dura mais que alguns poucos anos.

Na casa de janelas verdes Veridiana e Venâncio olhavam indiferentes a água cair. Nem tinham percebido o mar avermelhado de lama. Frízer cheio de peixes e de carne, bom estoque de bebidas, passavam o dia nas redes e nos sofás. Ele adorava alisar os cabelos loiros da amada, passar as mãos rudes pelo macio da pele, estender seu corpo sobre o de Veridiana e penetrá-la, amando-a como um duende, um fauno, um deus. Ela aceitava as carícias como a terra aceita o arado e o recebia sorrindo, entregando-se, abrindo-se, bendizendo o silêncio, quebrado apenas pelo mar raivoso e pela chuva que caia. E pelo fuzilar da trevoada.

Anos 80

CAPÍTULO 6

... quando hortênsias e avencas foram parar na lama.

Veridiana foi a Paris expor suas esculturas e ganhou um prêmio. A notícia saiu nos telejornais onde ela apareceu muito elegante num vestido azul marinho e colar de perolas, linda e sorridente. Levantou o braço, mostrando o troféu e disse em francês: "Merci bien, monsiers et madames. Je suis trés heurese de recevoir ce prix, c'est un honneur pour moi et je dedie ce prix a une plage bresilienne qui s'apelle Jacurici." Em seguida, em português e quase gritando: "Obrigada, Jacurici! Volto amanhã!"

Foi uma sensação! Ninguém entendeu o francês, mas o "obrigada, Jacurici" todos entenderam. Menos dona Quicas, já meio surda e que dormitava frente à tevê no momento emocionante. Acordou com os gritos e com o falatório de todos na sala.

Na casa de Luíza e Leocádio, Venâncio deu um berro e um salto, sua alegria foi tanta que nem Luíza teve coragem de ironizar, como sempre fazia com tudo o que se referia à namorada do filho. Secretamente até admirou a moça, pois vai uma brasileira para a Europa, ganha um prêmio por lá e ainda por cima dedica esse prêmio a um lugar onde fez todas aqueles retratos no barro? Bom, era para botar respeito.

Dois dias depois Veridiana chegou a São Paulo, mal desfez as malas, pegou o poodle Maçarico e se mandou na sua Mercedes marinho para Jacurici. (O carrinho vermelho fora substituído)

Tardezinha. Abriu o vidro do carro e respirou o ar perfumado, adocicado. Subiu pela passagem estreita até a casa, olhando, deliciada, as palmeiras jerivás pejadas de coquinhos, um bando de maritacas se banqueteando. Viu o pé de grumixama perto da garagem carregado de fruta, os lírios brancos abertos, os antúrios vermelhos despencando seu peso fora dos vasos. Abriu as portas da sala e estendeu os braços, maravilhada. Não tinha Paris, não tinha Roma, não tinha Caribe, nada se comparava a Jacurici à tardezinha, o sol transformado em bola de fogo se deitando na água acobreada. Lembrou discussão com uma amiga em Portugal: "Vocês não têm essa beleza que é sol poente no mar", a moça disse. "Claro que temos. Em Jacurici o sol se deita no mar". Os olhos arregalados da outra, como seria possível, o sol se põe no oeste, logo, no Brasil, só poderia se por nas montanhas, em busca do Pacífico. Tentou explicar, a curvatura de algumas baías, os recortes do litoral, em Jacurici, por exemplo, tem poente no mar. De nada adiantaram os argumentos, a lógica da outra era simples e baseada no mapa-mundi. Passou por mentirosa.

Riu ao lembrar o episódio. Riu ao olhar novamente para o sol poente. Riu de felicidade por estar em Jacurici. Lugar perfeito, amorável, lindo, Jacurici era o seu paraíso.

E aí Venâncio entrou. Saudades. Muita saudades do seu caiçara de estimação. O paraíso ficou completo.

Visitas na varanda do médico - José Luiz tomava cerveja na varanda com o alemão Kurt. Entristecido Kurt. O filho, vinte e três anos, tinha morrido em acidente de moto na Alemanha.

Olhava Danilo brincando no jardim e sofria.

— Devia ter mandado pro Alemanha só o Helga, devia ter deixado menino aqui.

José Luiz também olhou Danilo, o filho postiço, sua alegria, seu encantamento. O garoto já estava na escola, tinha boas notas, era bonito, inteligente. Adivinhando o olhar do médico sobre ele Danilo correu para a varanda, abraçou o médico e beijou as duas bochechas do pai.

Sentimental, Kurt deixou escapar um soluço e lágrimas.

— Não dá pra não chorrarr vendo você com sua menino.

E encheu mais um copo de cerveja, antes de perguntar:

— E o pai verdadeirro? Non cria caso com vocês?

No começo, sim, José Luiz disse. Queria ver o menino todos os dias, insistia para o garoto chamá-lo de pai, ia vê-lo na saída da escola. Depois se juntou com uma moça, agora já tinha dois outros filhos, a mulher era ciumenta e não gostava da aproximação com Danilo. Aí, se aquietou.

— Nem vemos mais o Raimundo.

Na estradinha que levava à casa da colina enxergaram dona Quicas, agora mais trôpega, mais cega, tateando o terreno com a bengala nova que José Luiz lhe dera.

— Essa mulher parece eterna, ninguém mais sabe a idade dela, comentou o médico antes que dona Quicas se postasse frente à varanda, ofegante, cansadérrima, pronta para os comentários em que era exímia.

— Muito boas tardes, senhor doutor e companhia.

O médico a ajudou a subir os três degraus da varanda e a colocou sentada na cadeira de balanço.

— Descanse, dona Quicas. Descanse, subir ladeiras não é coisa para sua idade. Já não lhe falei para não fazer isso? Ralhou José Luiz.

— E quem disse a bóis que estou cansada? Uma ladeirica de nada, essa que traz à bossa casa, entom um subimento desses vai me fazer deitar os bofes para fora? Perguntou, ofegante.

Riram, o doutor e o alemão. José Luiz foi lhe buscar um copo d'água e aproveitou para trazer torradinhas e queijo para ele e Kurt. Torradas ele sabia que as gengivas de dona Quicas não suportavam, então lhe trouxe uma fatia de bolo. Que ela comeu aos pedacinhos enquanto despegava o falatório de sempre.

— Bede, doutor, debeis de estar preparado para costurar cabeça de algum que a desbandeirada da Isaura acertou agorica uma panela na cabeça de uma empregada lá dela, ia passando e escutei a grazinada que faziam naquela casa, onde um dia sim, outro também acontece alguma coisa de prodígio, uma hora é briga de amores, outro é bebedeira de convidado sapecado, outra é safadagens da dona da casa, uma situação que pessoa de bem nem pode imaginar, só podemos mesmo é ficar indiferentistas, que se um bai esmiuçar bem esmiuçado o que se passa naquela mansão o melhor é chamar a pulícia ou uma benzedeira para reza forte. Aqui em Jacurici tinha uma, munto boa, se mudou-se e nunca mais bi a ela. Curava espinhela caída, dordolhos, brotoeja, fastio, panarício, curava tudo, a danada, era munto atilada. Antes de que biestes cá só tínhamos mesmo essa mulher, por nome Santa, que não era alcunha, não senhor, era mesmo nome de batismo, santa nas coisas que fazia e santa no batismo, talvez coisa de Deus Nosso Senhor Jesus Cristo. Tínhamos essa por nome Santa e tínhamos Rosa, que aparava criança, benzia também, sabia rezas fortes, uma bez tinha aqui um homem que bebia munto, estaba sempre sapecado e dona Rosa ou Santa, já nem me lembro qual – foi uma das duas – pois uma delas mandou que se pegasse terra do túmulo de um que tivesse morrido de tanto beber, misturasse com três baratas torradas e socadas e uma garrafa de cachaça, sacudisse tudo muito bem, entom disse que se coasse e desse para o rapaz sem ele saber da garrafada e bede que o moço nunca mais botou a boca num copo de bebida.

E como Kurt fizesse uma cara de nojo, dona Quicas continuou.

— Que bóis não fiqueis ansiados do estogamo nem escalabriados destas coisas que conto a bóis, que sei que bóis bebeis também e munto, mas também sei que sois gente de siso, não precisais dessas garrafadas e nem sapecados ficais, é fato que essas coisas existiram e ainda existem e fazem efeito. Agora temos aqui posto médico e temos a bóis, um doutor de medicina de muitos saberes e também temos dentista, mas antes dessas modernidades só tínhamos mesmo benzedeiras e curadeiras e eram elas a acudir o povo, pois éramos aqui uma gente munto desatendida. Para ir a Saantos se fosse perciso ir no médico se remava de canoa de voga de manhãzinha até de tardezinha, um queixume só de tanto remar e para ir a Saum Sebastiom se saia de madrugada para chegar com o sol alto e era uma desconfortitude, às bezes mar balanceoso, às bezes calmo, mas se calhaba do mar birar tinha-se de ficar por lá, quem não contava com parente naquelas plagas acabava dormindo na canoa, no sereno e na friage da noite, era um tempo munto dificultoso.

E como Kurt quis sabet o que era canoa de voga, dona Quicas não demorou a explicar.

— Canoas munto graandes, com seis ou até oito remadores, de metro e meio a dois de boca. Era o nosso transporte para Sáantos ou Saum Sebastiom. Agora a estrada está para ficar pronta, mais um pouco e fica completa, na asfaltagem e tudo, quero que Deus Nosso Senhor me dê mais anos de bida, quando o asfalto ficar completo e liso minha filha Perpediana disse que me leba em Saum Paulo para ber os prédios, que só conheço de ber na televisom.

E depois de contar mais uns causos e de mais fatias de bolo, da forma como tinha chegado dona Quicas se despediu e foi-se embora, sem dizer a que tinha ido.

Escândalo explodindo com fogos - Noite de São João em Jacurici era data de festa grande. O festeiro, escolhido no ano anterior, era Mané Carpinteiro, o mastro com a bandeira do santo estava sendo enfeitado na casa dele, enquanto as mulheres, na igreja, terminavam a novena. Fogueira enorme tinha sido acesa no largo da igreja. Patrício/Lubi e Sinhá eram os responsáveis pela barraquinha de quentão, Izaltina contribuíra com empadas e bolinhos de peixe, Carolina enchia sacos de pipoca e amendoim, havia uma barraca de doces de coco e de abóbora, mais pés-de-moleque, tudo vendido com renda para a igreja que precisava de pintura urgente e de concerto no telhado, as goteiras tinham pintado de manchas as paredes brancas.

O bairro todo já circulava no largo quando estouraram os rojões do lado da casa de Mané, sinal de que os homens estavam saindo com o mastro.

— Esqueceram de fazer o buraco! O buraco do mastro! Era a voz de Carolina, aos berros.

Izaltina se zangou.

— Este Mané festeiro não bale mesmo um tostão furado, bêde que o mastro vai chegar, as meninas que carregam a bandeira já estão entrando no largo e cadê o buraco do santo? Descalabro é o que é!

Foi preciso correr em busca de uma cavadeira e as próprias mulheres começaram a cavar, os homens todos vinham com o mastro. Cava de cá, cava de lá, o mastro chegando e as rezadeiras cantando, as meninas esperando com a bandeira do santo, então isso era coisa que festeiro esquecesse, de cavar o buraco para o mastro?

— Mas bêde que esculhambaçom, é a primeira bez que isso acontece!

A mulher do festeiro o defendeu.

— Mané encarregou Zás Trás de fazer o buraco, onde está o danado desse cachaceiro?

— E entom encarregou um pilequento para um serviço de seriedade e quereis agora que o buraco estibesse pronto? disse Carolina, irônica. Não sabia ele, nascido e crescido aqui, que fincação de mastro é coisa séria, de providências primeiras?

José Luiz assumiu a cavadeira para que o serviço ficasse pronto mais rapidamente e enquanto isso se ouvia o vozerio das mulheres reclamando do festeiro, foguetes espoucando e as vozes estridentes das que cantavam sem parar. Mastro, finalmente, adentrando o larguinho e sendo fincado, a bandeira do santo tremulando no alto e os rojões retumbando com maior intensidade.

A fogueira fagulhava alheia à pendenga.

Entraram, todos, para o terço.

Benvindo chegou atrasado, tinha levado mais tempo se arrumando e se perfumando, não via Carolina há uma semana, na terça-feira ela tinha ido a Itapema com Vadeco para comprar cama nova de casal, que a deles estava velha e capenga, na quinta fora a São Sebastião falar com um advogado, que Vadeco queria vender um terreno, herança ainda de vó Leonarda, na sexta fora ele a não estar em Jacurici, tinha levado o filho ao médico no Guarujá. Saudade doída, apertada. Hoje, no final da festa, quando todos já tivessem bem comido e bebido, levaria Carolina para um canto escuro e amassaria aqueles peitos e beijaria a boca que estaria sedenta da sua.

Ficou com os homens no beiral da porta da igreja, chapéu na mão, enquanto lá dentro se rezava.

Carolina largou a reza com o pretexto de encher mais saquinhos de pipoca e amendoim e ao passar por Benvindo relou seu ombro no dele, derreteu o olhar e empurrou os lábios num feitio de beijo. Sem se conter, Benvindo colheu a bunda da amante com uma das mãos e segurou, firme. Ela gostou, sorriu, se esfregou nele na frente de todos e dona Quicas, cega embora, percebeu a manobra dos amantes e cochichou para a neta Doquinhas que aqueles dois, agora, nem esperavam o povo sair e a noite escurecer para se agarrarem na desbergonhice.

— Par de desbriados! Gente sem calibre!

Leila, filha de Carolina, ia passando com Isaura, ouviu e calou.

Festa noite adentro, crianças querendo pular fogueira, comilança correndo solta, mais rojões, alguém querendo soltar um balão e sendo impedido por José Luiz – vocês querem pegar fogo na mata, como no ano passado? – e o quentão de Sinhá sendo muito consumido e elogiado, tudo nos conformes, menos com Benvindo e Carolina que, de repente, se pegaram no muro da igreja, nem estava tão escuro para que as pessoas não vissem, mas a urgência do desejo era grande para que esperassem a festa acabar e as luzes se apagarem.

O escândalo explodiu.

Leila avançou para o casal aos gritos de "Chega, mãe! Agora, basta!" Perguntou se não tinha vergonha, Carolina respondeu que bergonha é roubar e não poder carregar, Leila levantou o braço que Isaura, ali perto, segurou, Benvindo quis bater em Leila e foi contido por Porfírio e Mané Carpinteiro. Um quelelê danado que José Luiz não entendeu bem, se Leila sabia da mãe com Benvindo, aliás, como todo o bairro, por que tanta indignação, agora?

Dona Quicas, ao lado do médico, parece ter lhe adivinhado o pensamento.

— O que os olhos não enxergam coraçom não sente. Uma coisa é saber pelo que os outros contam e falam, meu senhor. Outra é ber, como foi bisto, com olhos que a terra há de comer.

Leila saiu correndo em direção à sua casa, aos gritos.

— Quero que me furem os olhos se Leila não vai desassossegar o pai e soprar tudo a ele! Murmurou Quicas, aconselhando, ligeiro:

— Binde para este canto mais afastado que não demora nadica e o pau vai comer!

Anotações de Raquel – (4) Ontem o bairro escreveu outro capítulo do meu futuro livro. Carolina e o amante-primo, ou o primo-amante não se contiveram e explicitaram sua paixão em público, tendo sido flagrados pela filha dela, Leila, aquela mesma que em matéria de escândalo não fica nada a dever, é a que se deita com homens junto com Isaura, numa "camona", como contou, há alguns anos, o cearense Raimundo.

Leila, primeiro, avançou na mãe, em seguida Benvindo avançou em Leila, ambos sendo contidos. A moça correu e despejou tudo para o pai. Vadeco, que deixara a festa e estava em casa vendo tevê, saiu como bala para o largo da igreja, foice na mão e aí as coisas esquentaram de vez. Irado, antes que dois policiais chamados às pressas o desarmassem, Vadeco acertou uma foiçada no ombro de Benvindo. Por um triz não pegou no pescoço. Foi um talho grande.

Dona Quicas, excitada com a briga, comentou comigo que isso é que dá falta de "religiom" e de seguimento de costumes, que essas modernidades de "televisom" estavam levando todo mundo a desbriagens como essa. Criticou a festa toda, se queixou de Mané Carpinteiro que tinha esquecido de fazer o buraco do mastro, imprecou contra Isaura que se fazia de beata e que fora rezar junto com as demais aparentando ser mulher honesta, acrescentou alguns nomes à Leila – escarafunchar os mal feitos da mãe quando ela mesma era cheia de pecados é uma desnaturalidade! – e acrescentou que tinha pena de Vadeco, o pobre desmentira, naquela noite, o dizer de Carolina, da sua poltronice. Agora queria ver o que faria e como as coisas aconteceriam. Concluiu dizendo que dor de corno deve de ser diferente de outras dores, talvez por isso Vadeco se mostrasse valente só agora.

Levaram Benvindo ao pronto-socorro para costurar o ombro, Carolina desmaiou umas três vezes, Vadeco gritava que ela não entraria mais em sua casa, não passasse nem na porta!

Os policiais não prenderam Vadeco por que a delegacia não tinha cadeia, mas ele teria de comparecer a São Sebastião no dia seguinte para ser ouvido pelo delegado. Carolina chamava a filha de Judas, Sinhá ofereceu pernoite a Carolina, e Lubi – ou estarei enganada? – sorriu de felicidade, pensando, certamente, na calcinha da hóspede que estaria dependurada no varal.

Ô noite movimentada!

E o dia seguinte não foi menos.

Assassinato de flores na manhã - Carolina não aceitou o oferecimento de Sinhá e foi dormir na casa de Benvindo, o pobre tinha um corte de vinte centímetros no ombro, a foice atingiu o osso, tinha dores, embora no pronto-socorro lhe tivessem dado injeção contra tétano e um analgésico.

— O brutamontes de Vadeco, berdamerda escamoso que nunca lebantara a mão pra ninguém e agora se fizera de balentão para Benvindo, mais fraco que ele, menor na altura, quê que dera no corno, não suportara os guampos?

Era Carolina, esbravejando, já de manhãzinha.

Estava feliz de ter se separado, tão feliz que tomou café com ovas secas de tainha, que fazia tempo não provava, ô delícia! E pensou em ir buscar suas coisas na casa de Vadeco, coragem ela tinha, aproveitava e dicascava Leila, traidora, judas, pensava era o quê, a empalamada?

Atravessou o riacho e de passo apertado se mandou para a casa da qual tinha sido expulsa.

— Bim buscar meus tarecos! Falou da porta e entrou.

Vadeco se levantou da rede, escabreado, rosto vermelho como um galo e, espaçoso, avançou na mulher e quase a pega pelo pescoço, não fossem os filhos o segurarem.

— Quê que tu veio fazer aqui badia dos infernos? Companheira do tinhoso!

— Bim buscar minhas roupas, minhas coisas! Tu pensa o quê? Munto do que está aqui drento é meu, que ajudei a comprar e a fazer, biste? Esta casa também é minha pela metade, fumos casados no papel e sei bem das leis e elas me dão razom!

— Tu não tem direito de nada, badia, filha da puta, tiguera! Pega teus trapos e some das minhas bistas antes que te pegue pelo gasganete e te mate! Tu ainda me fez antonte comprar cama nova, cadela sarnenta, ainda bem que quando a cama chegar tu não bai estar mais aqui pra se deitar nela, bai te esparramar com o sujo fedido do teu primo numa tarimba de bambu!

Carolina se espevitou na brabeza que tinha.

— Corno e fedido é tu, que não me bejo mais dormindo com tu, de quem tenho nojo, sempre tive, tu pensa que me deitaba com tu por gosto, deitaba é por obrigaçom, quem me satisfaz é Benvindo, o pai berdadeiro de Lurdinha, que tu até registrou como filha, corno desinfiliz e burro!

Vadeco avançou novamente na mulher, Lurdinha abraçou a mãe, chorando, os outros filhos seguraram Vadeco, enquanto Leila, no canto da sala, mandou, aos berros, que Carolina se escafedesse de uma vez por todas e deixasse a família em paz.

— Traidora de uma figa! Tu quer cobrar de mim moralidade, logo tu? Pensa que não sei dos desmandos que tu comete na casa da louca da Isaura? Falsa fingida é o que tu és, biste?

Zilda falou com bons modos que Carolina fosse embora, viesse buscar as coisas quando tudo estivesse mais calmo, nem foi ouvida, Carolina entrou para o quarto ainda aos gritos e começou a ajeitar suas coisas numa caixa de supermercado e berrou que também ia levar os perfumes, as panelas que ela mesma comprara e suas plantas, as avencas, as samambaias, as hortênsias, os antúrios.

Vadeco berrou da sala, os perfumes levasse, sim, não queria nunca mais sentir aquela catinga, mistura de melado e azedo que ela usava, catinga que sufocava e se misturava com cheiro de sovaco.

— Leba todos esses bidros de veneno azedo, sim! Plantas, não! Nem as hortências que ajudei a plantar!

Carolina berrava do quarto – que levava! – Lurdinha chorava, Zilda aconselhava calma, José, o filho do meio, vigiava o pai para que não agredisse a mãe e Leila, num canto, ria.

— Bai logo! Arruma essa trouxa depressa que ninguém mais te quer ber aqui! Tu não é mãe, é madrasta!

— Só bou embora com minhas roupas e minhas plantas!

Foi então que Vadeco correu para o terreiro – parecia possuído por algum demônio! – pegou os vasos de antúrio e arrebentou todos com o pé, flores e torrões de terra espalhados pelo terraço, arrancou as samambaias da parede jogando-as longe – a força que, de repente, ele parecia ter! comentou uma das filhas, mais tarde – e como se não bastasse pegou uma enxada e começou a cavar em volta de hortênsias e azaleias, cavava e pegava as flores pelo talo e jogava na rua, petalazinhas azuis se espalhavam na poeira e Vadeco, como demente, insultava a mulher, então a vagabunda pensava que ia lebar as plantas, lebaba é uma pinoia, olha o que fazia com as plantas dela, o mesmo ia fazer com ela, pegar pelos cabelos e jogar na rua como se joga um traste belho, fosse biber com Benvindo no barraco dele, largasse a casa confortável com sala, quartos, cozinha, varanda e banheiro. Fosse cagar no mato como Benvindo fazia! Uma lata grande de avencas luxuriosas foi parar no meio da rua e ia passando o caminhão de lixo, avencas atropeladas, assassinadas.

A fúria era tanta que sanhaços pousados no muro bateram asas para longe e Carolina, finalmente, se assustou, olhou da janela e virou o rosto para não ver a morte de suas avencas de mais de dez anos de cultivo, agora ensanguentadas de viscosidade verde, suas avencas que as amigas invejavam e as azaleias prensadas e misturadas a um pouco de lixo que o caminhão derrubara, hortênsias azuis estraçalhadas, uma dália amarela despetalada e amassada, aquilo era pior do que tudo, pior do que os xingos e a foiçada no ombro de Benvindo. Pior do que a morte era o que o alucinado de Vadeco fazia com suas plantas. Juntou suas roupas e as de Lurdinha, pegou a filha pela mão e partiu chorando pelas plantas e pelas flores destruídas.

Da esquina ainda gritou, rosto molhado de suor.

— Corno! Jogar minhas plantas fora e matar minhas avencas não vai apagar teus guampos, biste? Tu bais ser sempre corno! Corno uma bez, corno pra sempre. É condição que não te larga mais!

Vadeco continuou jogando plantas na rua, perseguindo os antúrios, arrancando a cabeleira das samambaias, esmigalhando com as mãos as avencas dos muitos vasos, pisando os lírios brancos, matando de uma enxadada só o pezinho de verbena e, descabelado, suando, camisa pra fora da calça, gritando, gritando, gritando.

Vizinhos saíram de casa para ver o estrago, Sinhá ainda conseguiu pegar uns torrões de sacrificadas hortênsias para replantar. Foi o pouco que sobrou da fúria de Vadeco.

Dona Quicas não ia perder o espetáculo por nada desse mundo. Estava perto, por acaso, quando Carolina chegou para pegar suas coisas e perto ficou enquanto durou o espetáculo.

O médico, mais tarde, recebeu seu minucioso relato.

— Pois, doutor, a tragédia se deu nesta manhã e o que era de se esperar aconteceu, a traíra de Carolina colheu o que tinha plantado, o que binha semeando há mais de binte anos, que o engambelo de Vadeco se iniciou-se nesse tempo. Só as duas meninas de primeiro nascidas são filhas dele, dizem. O que duvido, Zilda não tem a feiçom de Vadeco. O restante – e são sete os restantes – é tudo de pais deferentes, tem pai de todo o feitio, tem pai que é motorista de ômbus, tem pai que é índio, tem pai que é pescador e a última é filha desse um que lebou a foiçada. O que não sabia, meu senhor, era que Vadeco tivesse tanta fortitude nos braços para girar aquela foice como girou. O enraibecimento de marido foi por demais de grande, mas Leila também foi muito desprevenida de ir contar tudo para o pai, podia ter saído morte e dizem que ninguém contou antes com receio disso mesmo. Alguns falam que foi tudo representaçom de teatro, Vadeco tinha conhecimento de todos os descompromissos de Carolina e preferia não saber para não ter de tomar atitude. Vosmecê acha que Vadeco sabia ou vosmecê acha que ele só soube mesmo onte?

José Luiz achou melhor não responder nem sim nem não, nem muito pelo contrário. Para calar a velhinha ofereceu-lhe refresco de maracujá.

Normalidade da mais berdadeira – Mané Carpinteiro entrou na casa de Raquel às oito da manhã com sua caixa de ferramentas, seu bom humor e sua vontade de trabalhar. Era considerado o melhor marceneiro do bairro, mas na demora da entrega era também superlativo: não cumpria prazos. Mas gostava de Raquel e atendeu-a logo. Reparar a porta cujas dobradiças tinham caído? Era com ele mesmo, dobradiça neste litoral, minha senhora, tem de ser de aço, é mais cara, a outra o salitre ferruja, aí o barato sai caro, é só zinabre. Essas que bóis trouxestes agora são de primeira, num átimo bossa porta fica firme de novo, podeis crer. Sim, minha senhora, minha neta, filha de Janete, vai muito bem, pegou altura e peso, é galega que nem o pai, que bóis debeis de saber que o esbagaçador de minha filha foi o alemãozinho filho da alemoa que seo Kurt mandou de volta pra terra dela. É berdade, mas nem nunca quis ir falar com o alemão a causa de quê o filho está longe, minha filha tinha bem mais anos, o alemão pode até tirar o corpo dizendo que o alemãozinho era de menor, bóis sabeis bem como são essas coisas de tubarão que o seo Kurt é, tem o hotel aqui e restaurante no Guarujá e sabe-se lá quanto dinheiro nos bancos. Não gosto de me meter com gente poderosa, bou deixando passar, a galeguinha é munto linda e não sou de pirracear por que filha minha teve criança sem ser casada, como fez Izaltina, que nunca mais quis falar com Tereza. Acho que o mundo é assim mesmo, mundão belho de guerra, não se pode arregaçar com tudo só por que a moça ficou prenha e não tem marido. Um dia, quem sabe, Janete pode até pedir alguma coisa para a pequeninazinha, por enquanto estou eu no comando da famiagem, não vou querer quizília com o alemão. Todos temos os nossos calcanhares entortados, bóis débeis de saber que eu mesmo não sou santo, tenho três filhos fora de casa, aconteceu e não me aperreio, minha mulher até sabe de tudo – finge que não e não fala no assunto, mas sabe – e assim bamos remando, que o mar é grande e largo. Mas bêde bem, nem sou o único daqui destas paragens, tem outros que fazem bem pior. Tem Sapato – bóis conheceis Sapato, que trabalha nos barcos do Iate? E que até vem a ser meu primo? – pois Sapato bibe com duas, cada uma na sua casa e tem família com as duas. Com a mulher berdadeira tem dois filhos e duas filhas, com a segunda tem uma filha já graande. E Ascenso, conheceis Ascenso? É um que foi vereador em Saum Sebastiom, e foi de tal descompetência que nunca mais conseguiu se reeleger. Pois Ascenso é filho de Arduino Ascenso dos Santos, um homem de muntas terras aqui na beira do mar e que bibia com duas mulheres na mesma casa, as duas eram irmãs e uma não se importaba com a presença da outra, Arduino teve doze filhos com uma das manas e mais quinze com a segunda, o que deu binte e sete, todos se criaram, menos um que morreu pequeninozinho. Pois bêde, minha senhora, achais que alguém se ocupava de falar disso nesta nossa Jacurici de Deus? O quá! Tudo munto na normalidade, não era estrovo nenhum, Arduino era tratado na palma da mão e até, quando morreu, birou nome de rua. Não critico, cada um sabe de si. Não foi Jesus Cristo, o próprio, a dizer para o povo que queria apedrejar Maria Madalena que se algum estibesse livre de pecado atirasse a primeira pedra? Agora sou eu que vou jogar pedra em Arduino ou em Sapato? Nem atiro pedra em Carolina, que se deitou com muitos homens e tem filhos com bários deles. Vadeco esbrabejou e teve sua razom, mas eu não atiro pedra em ninguém, não senhora, portanto não quero que atirem em mim por ter filhos fora de casa, bóis me compreendeis?

Nem quero que arregacem com minha filha por não ter marido. Quero é ter meu feijom com arroz na mesa, meu peixe escardado, meu pirão com banana berde, mandiocazinha da minha roça, uma boa cerveja e se toca tudo pra frente, minha senhora. Isso que acontece aqui é mesmo a normalidade mais berdadeira, é a nossa cultura, minha senhora. Nós somos mesmo desse feitio.

— E pronto, que a porta de bosso armário já está nova outra bez e quando percisar é só me chamar que corro para atender vosmecê.

✧✧✧

No dia em que as hortênsias de Carolina dos Anjos foram parar na lama aconteceu outro fato importante no bairro. Nem todos se deram conta de que aquilo era significativo. Para o médico José Luiz foi um alerta. Ocupados em comentar o bololê na casa de Carolina e Vadeco ninguém ligou para a bandeira vermelha que a Cetesb – que verificava a qualidade das águas do mar no litoral do Estado – fincou na praia. Pela primeira vez na história de Jacurici as águas do mar se mostravam poluídas.

No bar de Candinho, antes do jantar, José Luiz resolveu comentar o assunto. Foi mal recebido.

— Teve bandeira vermelha da Cetesb hoje, vocês viram?

— Agitaram a bandeira bermelha para Vadeco? E ele furou a ela com os guampos?

Não houve quem não gargalhasse com a fala de Candinho. José Luiz retrucou, era coisa séria, bandeira vermelha na praia significava mar poluído com esgotos domésticos.

— Não vai demorar e precisamos providenciar rede de coleta e tratamento de esgotos...

— Aqui? Espantou-se Candinho.

— Sim, aqui.

— Doutor, não binde com essa, agora!

— São as fossas, Candinho.

— Jacurici sempre teve fossas, doutor. E nunca tivemos percisão de rede de esgoto, nosso mar é o mais limpo que se pode querer...

José Luiz voltou à carga.

— Por enquanto, Candinho. Antigamente eram fossas de uma centena de casas. Agora já há mais de quinhentas. Isso faz diferença. Daí a bandeira vermelha.

Mané Carpinteiro, do alto de sua sapiência garantiu que as fossas seguram a merda toda nos buracos, elas ficam lá, presas, como é que vão poluir?

— Pelo lençol freático, Mané. Poucas fossas não chegam a contaminar o lençol, muitas fossas contaminam. O lençol freático se comunica com os rios e daí a poluição vai para o mar.

Davino e Leocádio jogavam truco sob as vistas de Venâncio e berraram violentamente num dos lances.

—Truco!

Ninguém mais ouviu o final da explicação do médico.

Mané Carpinteiro voltou à carga e com o ar entendido que apresentava quando fazia seu trabalho de portas e janelas ou quando raparava o telhado de alguma casa.

— Doutor, nós sempre tivemos fossas aqui e nunca tivemos poluição. E que história de lençol frenético é esse que nunca se ouviu falar? Pra mim lençol se poe na cama, é o que é.

— Já expliquei, poucas fossas é uma coisa, muitas fossas é outra. E lençol freático é a camada de água que fica por baixo da terra, não se vê. Se não estivesse acontecendo nada a Cetesb não colocaria bandeira vermelha na praia.

Jerônimo, emburrado numa mesa de canto, tomando cerveja quase quente por estar resfriado, resolveu dar palpite.

— Sabe quem mandou ponhar essa bandeira, doutor? São os turistas que fizeram casa aqui e não querem que benham outros turistas para gozar da praia. São eles, os tubarões. Pode até ser essa dona Raquel que bibe escrevinhando sobre Jacurici.

Candinho apoiou.

— Pode ser! Não querem o progresso! Bom, para eles, é estrada escangalhada, ônibus só lá na pista e pouca gente na praia. Diz que tem até uma turista que vai lá na pista roubar placas que o DER põe indicando nossa entrada. Não quer que benha mais gente. Aposta que errem a entrada, passem direto.

— Mas que absurdo vocês estão dizendo? Nunca ouviram falar na Cetesb?

— Debe de ser comandada por alguém que construiu mansão por aqui, debe de ser isso, só pode. Era novamente o pescador Jerônimo, com voz abafada e rouca do resfriado. E continuou o discurso.

— Se não fosse esse diflusso danado que me pegou eu tinha munta coisa pra falar. Esses turistas quer o mal para Jacurici.

A teimosia insana dos caiçaras – já conhecida de José Luiz – quase o fez desistir de argumentar. Mas continuou.

— Já disse a vocês que está na hora de pensar numa rede de coleta e tratamento de esgotos. Falo isso como médico. Vocês precisam começar a ver os noticiários dos telejornais, ver quantas praias por aí já estão poluídas. Viram Santos?

— Sáantos é por causa daqueles canais, disse Candinho.

— Exato, por causa dos canais. E sabem quantos canos de esgoto clandestino desembocam nos canais?

— Mas bêde que lá é munta casa, munto prédio...

— E aqui , o que vocês pensam? Não vai ter muita casa também?

— Se Deus quiser vai ter, comentou Candinho e até prédios. Quero construir um baita prédio aqui no meu lugar pra ber o mar por cima das mansões dos turistas. Os espias de curdune até poderão ficar de guarda no meu terraço.

— Meu Deus, Candinho, prédios aqui será uma desgraça, tentou o médico.

— O quá, doutor! Desgraceira é não ter prédio.

— E o esgoto desses prédios? ainda tentou o médico

— Cada prédio deverá ter uma fossona bem grande e pronto, está resolvido, tornou Candinho.

O médico deu por encerrada a sua tentativa de aceitação a um sistema de esgotamento sanitário.

— Põe minha cerveja na conta, Candinho. Pra mim, chega!

Foi só José Luiz sair que Candinho opinou alto, pra todos ouvirem.

— Esse doutor tem ajudado munto a nós, mas é munto ingnorante do nosso lugar. Sabe nada de fossa! Ele que cuide da merda dele e nós cuidamos da nossa.

Veridiana fazendo cinquenta - Festa grande na casa da escultora. Veridiana comemorava não apenas seu aniversário, mas a inauguração da estrada – asfaltada e tudo! – que levava do Cubatão a Jacurici. Os quatro quartos da casa das janelas verdes estavam preparados para os hóspedes. Quem não coubesse na casa ficaria no hotel de Kurt.

Venâncio tinha encomendado a Leocádio e Jerônimo uma dúzia de anchovas – das grandes – e quantas bicudas e cavalas viessem no lanço. O braseiro já estava acesso e a mesa coberta de folhas de bananeira. Na véspera Patrício puxara picaré e tinha vendido a Venâncio quantidade grande de camarão sete-barbas que Maria José levara mais de três horas limpando. Pães e diversos patês completariam os tira-gostos.

A Sinhá tinham encomendado cinco dúzias de empadinhas e um balaio cheio de pés-de-moleque de farinha de mandioca.

Veridiana prometia supervisionar o pirão que acompanharia o peixe na brasa. E fora, ela mesma, convidar Luíza e Leocádio, os pais de Venâncio. Leocádio bem que teve vontade de ir, mas Luísa fechou a cara, agradeceu e pelas costas falou que não ia em casa de mulher que corrompia menino de menor.

Mais de cinquenta pessoas na festa, todo mundo feliz, apreciando a vista maravilhosa, o mar calmo, azulíssimo, um bando de carapirás voando alto, preguiçosos, sem bater as asas.

Foi no meio do almoço que um dos hóspedes abordou Maria José.

— Estou te conhecendo...

A moça abaixou a cabeça, encabulada.

— Não senhor, nunca saí daqui.

O paulistano insistiu na abordagem.

— Você não saiu daqui, mas a escultura que Veridiana fez de você saiu. Fui eu que comprei. Conheci você na mesma hora em que botei os olhos no seu rosto.

O chão faltou para Maria José. Vermelhidão, coração batendo, ai, que bergonha! Baixou a cabeça e respondeu quase sem voz:

— Nem sei do que o doutor tá falando...

— Sabe sim. Estou falando da sua escultura. Beleza de mulher! Comprei você e coloquei no hall de entrada da minha casa. Não tem quem chegue e não se encante. Veridiana tinha razão quando me disse que o modelo era ainda mais bonito...

Os olhos do homem cravados nela, copo de caipirinha numa das mãos e a outra pegando no seu braço.

Depois da encabulação aquela moleza no corpo e nas pernas que tremiam, medo e tristeza, se Luiz descobrisse separava dela, já o via jogando seus vasos de plantas na rua como Vadeco fizera com as hortênsias de Carolina. Por fim os olhos se encheram d'água o que fez o homem perguntar se ela estava chorando.

— Não senhor, foi um arguero que entrou no olho...

Escorregou para a cozinha, vermelha como um tomate, as mãos tremendo e os pés sem sentir o chão, desabou numa cadeira, o coração aos pulos e uma revolta surda contra Veridiana, a artista tinha prometido não mostrar sua estátua para ninguém, só restava pedir demissão e nunca mais entrar naquela casa. Izaltina tinha razão, Veridiana era falsa! Luíza tinha razão em reclamar da sedução em cima de Venâncio. Tinhosa, mentirosa, desatinada. Maldita a hora em que concedera posar para ela. E nem entraria mais na sala para servir, não aguentava de bergonha, o homem dissera que tinha comprado a ela. Se ela, Maria José, era mercadoria que se pudesse comprar ou vender, só mesmo na cabeça de dona Veridiana fazer aquilo, traição, bergonheira, ouvia o burburinho dos convidados na sala e no terraço e a vontade era de ir embora correndo! Aperreada, que só! Não queria mais ver o moço trelente, desaforento, "comprei você", ele dissera, de cara lavada, chavasquice tamanha, aquilo podia? E contara que a estatua estava lá na entrada da casa dele, todos viam a ela, nua em pelo!

Tirou o avental – bergonha e medo tamanhos nunca sentira – pegou a mochila e se mandou ladeira abaixo, lágrimas escorrendo. Cruzou com Benedito e Zé Cabral, viola e rabeca nos ombros, subindo para tocar na festa.

— Acabou a festança Maria José? Perguntou Cabral.

Nem respondeu. Agora soluçava. De dor e medo.

Desacorçoando com tanto fuá – Dona Quicas chegou à casa do médico um pouco arfante, apoiada, agora, numa bengala que Raquel tinha comprado para ela e tinha quatro pontas que assentavam no solo. Contou que aposentara a bengala comum, esta dava firmeza, berdade que tinha que andar mais no vagar, mas era munto boa, dona Raquel é senhora cheia de bondades, me comprou esta modernidade para impedir de eu me esborrachar no chão e bêde que tinha rezom, dona Raquel é atilada. E bóis de certo ides perguntar que bim fazer em bossa casa, pois bim buscar as amostras grátis de remédio que bóis me receitastes mês passado que me fizeram munto bem, ainda tendes da mesma medicina que me destes?

Enquanto o médico procurava o remédio para bronquite desandou a contar dos acontecidos, que Carolina dos Anjos tinha entrado com processo contra Vadeco pedindo metade de tudo quanto ele tinha e ainda pensom para a filha Lurdinha, que embora engendrada por outro tinha sido registrada por ele, entom, danou-se e adeus! Dicumento de cartório é coisa séria e estava lá o nome dele, registrado em letra de máquina, o advogado de Carolina tinha dito que eram favas contadas e cozidas e bos conto isso, pois quem me cortou o umbigo não me cortou a língua e se é para falar a berdade, aqui está minha língua que não me deixa mentir, que bos digo de certeza, o quelelê entre os dois está munto aceso, um grita de cá, outro responde de lá, parece batalha de berdade, só faltam os tiros de canhom. E é mesmo guerra lá deles, que num passo na porta nem de um nem de outro, um dia destes Vadeco atirou um tijolo em Carolina, se pegasse ela passava desta para melhor. E aí, meu senhor, com munta réiva, Carolina se mandou para uma praia aqui perto e foi na mãe de santo que tem lá - essas coisas de religiom de escrabos nós aqui num temos, mas lá tem uma, sim senhor - e diz que fez um trabalho maligno para Vadeco morrer. Essa Carolina não sai de igreja de católicos e reza as abe-marias e se benze, mas também frequenta religions de terreiro, faz tempo que eu sabia, diz que o olhar dela – é ela mesma que anuncia – que o olhar dela é de secar pimenteira e agora diz ter mandado amarrar o nome de Vadeco na boca de um sapo e que foi numa encruzilhada e fez roda de sete belas bermelhas e quem biu contou que tinha tumém uma galinha preta num pano prateado e que colheu terra de cemitério e botou no meio da roda. Não apreceio nada essas artimanhas de macumba e até tenho munta pena de Vadeco, lebou galhos a bida toda e agora ainda tem de repartir sua fortuna com ela e dar pensom para a meninazinha que nem é dele, o pobre. E ainda por cima de tudo pode morrer de trabalho de bruxaria. Bóis achais isso de conformidade? Um rebertério desses nunca imaginei, Jacurici está ficando a cada dia mais ruacenta, esse raibecimento todo por causa de desfazimento de casamento nunca se biu. Parece que alguém matou urubu, consoante o que dizem os antigos isso dá cem anos de atraso. Chego, meu senhor, a desacorçoar com tanto fuá.

Antes de ir embora, dona Quicas resolveu também falar do padre que vinha uma vez por mês a Jacurici rezar missa, fique vosmecê sabendo que o padre lebou para ele a pia de batismo que uma turista havia presenteado a igreja, era uma pia de um cimento cinzento, se assentaba, essa pia, num anjo munto bonito, gostaba de ir na igreja e ficar olhando a cara do anjinho parecendo abençoar os bibentes que rezabam, pois o padre disse que a pia não era de serbentia para batismo e colocou no lugar uma baciazinha de alumínio munto da ordinária e lebou para a casa paroquial a pia que agora está no jardim lá dele. E a gente ficamos munto desacorçoados com isto, não bastasse Carolina e Vadeco que nem galos de briga e bem o padre aumentar a fama de lugar sem comedimento e nem fica só nisso, uma bez outra turista tinha dado uma Via Sacra de um artista lá de cima do nordeste do Brasil e as pessoas que tomam conta da igreja inbentaram de jogar os quadros no cisqueiro e compraram outra, pintadinha de muntas cores, berdade que a da turista tinha uns traços munto afeados, toda riscada de preto e branco, achei mesmo que isso foi uma porvidência melhor, a igreja ficou mais enfeitada, desnudada daquela Via Sacra afeada, mas o que me atazana o juízo é que os turistas podem pensar que sumos todos ladrões e ingnorantes das artes. Veridiana, que é artista, propagou na rizadaria que a outra Via Sacra era de um balor grande, gargalhou munto olhando aquelas que as mulheres da igreja compraram e, meu senhor, pra falar a berdade num sei o que é certo e o que é errado nesse campo de decoração de igreja, só sei que gosto de ir lá para rezar e bos falo com o coraçom que sinto falta do anjo da pia que me olhaba com um olho bom. E queria munto saber por donde anda ele, isso me regalaria, gostaba dele, sim senhor, do anjo que era o pé da pia.

Anos 90

CAPÍTULO 7

...o horror invadindo a beleza "a las cinco de la tarde"!

FOI NO FINAL DOS ANOS 80 que saiu a maior briga entre Isaura, a mulher alcunhada desbandeirada pelos caiçaras e Neca Preto, seu vizinho. A primeira procurou o segundo na casa dele disposta a esfregar no nariz do homem a escritura que agitava na mão afirmando que o terreno disputado por ambos era dela e intimando Neca a deixar a casa. A pendenga vinha de muitos anos e cada vez se acirrava mais

Neca não permitiu a esfregação da papelada no nariz, segurou o braço dela com força e disse que fosse à Justiça, da casa não sairia, o terreno era dele, tinha recebido do sogro e estávamos conversados.

Meu, teu, Justiça, papel, documento – que Zeca chamava de "dicumento" – gritos de ambos os lados, ameaças de morte, de surra, de processo, o que é meu ninguém tira, quero ver se não tiro. Apartados, foram cada um para seu lado, pálidos, ofegantes, as duas meninas de Neca Preto chorando, a mulher dele, aflita.

Isaura, na casa dela, furiosa, fera enjaulada.

— Negro filho de uma puta! gritava, no seu quarto, jogando vidros de perfume ao chão, estraçalhando travesseiros, dando pontapés em portas, estilhaçando bibelôs nas paredes.

Desse dia em diante um procurava não passar perto do outro.

A raiva fervilhava, surda, de lado a lado.

— Se um dia se cruzam no meio da rua não vai sair coisa boa, comentou Porfírio.

Izaltina concordava.

— Um dia bi a ele saindo de casa e bi a ela deixando o bar de Candinho e entrei pra drento correndo, não fosse começar a guerra ali mesmo, estando eu na linha de fogo.

Na verdade muita gente torcia para o encontro acontecer, afinal, Jacuricy era terra de divertimentos poucos.

Dona Quicas, essa tinha medo dos dois. Não passava perto da casa de Neca e nem da casa de Isaura.

— Se resolbem brigar de tiro ou de faca e estou passando com este meu andar sem firmeza, posso morrer sem ter culpa de nada e até sem conhecer que estou indo desta para melhor e isso não quero para mim, quero morrer sabendo que bou morrer, de rosário na mão e até com bela acesa, se tiver um cristão que me ponha uma nas mãos e me faça essa caridade. Debe de ser ruim demais a gente se ir no susto, sem saber de nada, uma aporrinhação danada, um cristom chega na outra banda e até se admira de não estar mais na terra, santo Deus Cristo, que não quero saber disso, entom me resguardo não passando perto da casa dos querelentes, às bezes ando mais tempo, dou boltas e reviraboltas, botar meus pés por terreno pantanoso, isso não faço, arrelá! Garoçá sabereta conhece seu caminho. Entra no buraquinho dele ao sinal de perigo.

Meses depois, em plenas férias de janeiro, num belo dia – aliás num triste dia – cadê as duas meninas de Neca, uma de sete e outra de cinco anos? Tinham ido tomar banho na cachoeira e não apareceram mais.

Procura de cá, procura de lá, polícia avisada, investigações, o delegado em pessoa chefiando as batidas e nada. Decorridos dois dias sem que as meninas fossem encontradas chegou de São Paulo uma tropa com cães farejadores e foi montada uma grande operação policial. Os cães percorreram mangues, beiras de rio e riachos, cachoeira, mata em torno da cachoeira, terrenos baldios, estradas, trilhas. E nada. Chegou-se à hipótese que as duas garotas teriam sido raptadas.

Isaura, para surpresa do bairro, procurou Neca Preto e se solidarizou.

— Numa hora como esta, Neca, desaparecem as rixas. Conte comigo pra tudo que precisar.

E se abraçaram, ela condoída, ele chorando.

Quarto e quinto dia de procura. Nem sombra das meninas. No final do sexto dia o batalhão enviado de São Paulo deu por encerradas as buscas. Não havia mais onde procurar.

Estavam indo embora, jipes transportando os cães, quando um dos homens, num trecho da estrada para Bertioga, viu urubus voando em círculo sobre uma capoeira.

A tropa parou.

O capitão resolveu ir ver o que era. Um cheiro de podre aumentava enquanto se aproximavam. Numa clareira entre o mato baixo de restinga, lá estavam elas, as duas filhas de Neca, mortas, os corpos já deteriorados.

A mata em volta dos corpos era linda, restinga tem árvores baixas e muita flor, pássaros cantavam, entorno bonito para cena trágica. Urubus que já queriam começar sua tarefa terrível foram afastados pelos latidos dos cães.

— Uma tristeza como nunca presenciei, disse um dos policiais engolindo o choro.

Exames posteriores verificaram que as meninas antes de serem mortas tinham sido estupradas.

Jacurici foi parar, outra vez – a primeira foi por ocasião das chuvas dos anos 80 – nas manchetes de jornais.

Anotações de Raquel – (5) O horror invadiu nosso lugar. O céu estava azul, eram cinco da tarde, como Lorca marcou no seu poema – "A las cinco de la tarde" – havia uma brisa suave, fazia calor, um sabiá cantava, um casal de sanhaços bicava o mamão que eu tinha colocado em cima do muro e crianças brincavam na rua quando alguém me telefonou: tinham encontrado, as meninas estavam mortas.

Impossível deixar de lembrar os versos de Lorca. Esta gente e este lugar me lembram, novamente, Garcia Lorca. "Las heridas queimaban como soles/ A las cinco de la tarde/y el gentio rompia las ventanas/a las cinco de la tarde./ Ay què terribles cinco de la tarde!/ Eran las cinco em punto de la tarde/Lo demás era muerte y solo muerte/ a las cinco de la tarde/Ay que terrribles cinco de la tarde."

Tristeza e dor. Horror gigantesco. Um dos policiais que encontrara os corpos chorava. Tereza arregalou os olhos ao me procurar: "Meu Deus, dona Raquel! Viver está muito difícil". Sem saber ela repetiu Riobaldo falando para Diadorim que "viver é um negócio muito perigoso".

Todos os policiais de São Sebastião baixaram em Jacurici. O pai e a mãe, desesperados. O bairro, em polvorosa. Dona Quicas passou por mim sem me ver e pela primeira vez – acho – não quis comentar o assunto. Ia zonza, bambeando as pernas, sem conseguir se manter em linha reta, murmurando alguma coisa que só ela sabia.

O delegado desconfiou que o autor do crime teria sido Neca. Disse a ele não acreditar, não podia ser, era horror demasiado! Mas, por qual motivo alguma coisa excitava o seu faro experimentado? Puxou a ficha de Neca com o nome certo - Nivaldo Antônio Pereira – e aí a surpresa: Neco estava condenado, à revelia, a vinte anos de prisão por ter matado um homem com requintes de crueldade. Tinha brigado com um cidadão na Bertioga, passara por cima dele com o caminhão que dirigia, olhara para trás e percebera que o homem não tinha morrido. Dera marcha à ré e acabara de matar o infeliz. Era fugitivo da Justiça e morava em Jacurici, há muitos anos, sem que nunca o tivessem encontrado. Se é que o procuraram.

Neca foi preso.

Mesmo assim me recusei a acreditar que tivesse sido o autor do crime. Era pai amoroso, carinhoso, vi-o muitas vezes ao lado das filhas, paparicando muito as meninas. Por que mataria as filhas? A troco de quê? Matar um homem? Terrível, mas matar as próprias filhas era demais, quase impossível. Além disso havia os estupros. O delegado balançou a cabeça.

— A senhora nem imagina o que nós, da polícia, vemos por aí.

Eu continuava recusando-me a acreditar.

Passaram-se duas semanas, o bairro ainda não absorvera a tragédia, grupinhos se reuniam nas esquinas, nem os bêbados contumazes se aventuravam no bar de Candinho, Izaltina nunca mais cantara lavando roupa no riacho, Veridiana se refugiara em casa e não saia com a lancha, Tereza e José Luiz não deixavam Danilo brincar sozinho na rua, dona Quicas passava por minha casa falando sozinha, parecia atordoada se equilibrando, com dificuldade, na bengala. Só Carolina continuava provocando Vadeco. Passava em frente à sua antiga casa, gritava "corno" e ia embora. Ele saia furioso e berrava "puta", vermelho como um peru e desesperado. Izaltina comentou comigo que deveriam se calar os dois, que significava uma briga de casal comparado ao horror da morte das meninas?

"A las cinco de la tarde. Ay què terribles cinco de la tarde!"

Ninguém se acostumara ou esquecera a desgraça quando o delegado prendeu um moleque dos seus dezessete anos por porte de droga e o rapaz confessou, rapidamente: matara as meninas, ajudado por outro menor e antes da morte elas tinham, sim, sido estupradas,.

— Alguém tinha mandado? Perguntou o delegado.

— Foi Isaura, o moleque respondeu.

A mulher que os caiçaras chamavam de desbandeirada foi presa.

Que não tinha mandado matar, afiançou. Imagine se ia fazer isso, sou cristã, acredito em Deus, sou incapaz de fazer maldades com qualquer pessoa, ainda mais com crianças. Vou na igreja, comungo, assisto missa. Contratara os rapazes, apenas, para dar um susto em Neca Preto. Eles não o acharam, viram as meninas e resolveram se vingar nas crianças. Mas ela jamais tinha ordenado isso, certamente estavam drogados, fizeram, mesmo, por querer, eram bandidos, cometeram o crime por maldade pura.

Crível? A polícia não achou. O Ministério Público também não. Isaura foi indiciada e vai responder ao processo em liberdade.

Lembrei da cena que presenciara, Isaura abraçando Neca Preto e se dizendo solidária na dor dele. Do que é capaz o ser humano!

O bairro continuou horrorizado, os parentes de Neca prometeram surrar a mulher até a morte quando ela aparecesse – se aparecesse – mas Isaura sumiu de Jacurici. Pagara fiança e fora solta, estava em São Paulo aguardando o julgamento.

Estamos, todos, passados, abatidos, indignados.

Não sorrio mais quando ouço os sabiás cantando no meu jardim. Não acho graça nos tiês riscando o ar de vermelho, não faço mais questão de perceber as orquídeas se abrindo, não sinto falta do canto de Izaltina no riacho, não tenho mais ido ver os pescadores chegarem do cerco, não quero mais conversar com dona Quicas sobre as amenidades e as intrigas do bairro, não vou mais ao jundu ver o mar nas suas idas e vindas, não reparo nos carapirás evoluindo no céu azul, não me apraz, mais, ver os beija-flores voando em torno do vidrinho de água com açúcar, não suspiro mais de prazer com o cheiro doce gostoso do pau que brota quando fica em flor.

Estou de luto.

Não posso esquecer aquele dia, a las cinco de la tarde.

Ay què terribles cinco de la tarde.

Sem ouvidos para desbriados – Carolina dos Anjos estava morando na casa de Benvindo, uma quase tapera. Pé direito baixo – portanto muito calorenta – chão de cimento, banheiro separado da casa, a privada era um buraco na terra, fedorento e cheio de moscas. Vadeco tinha dito que ela iria cagar no mato, mas não era verdade. Privada precária, mas existia. Para limpar peixe – a linguagem local falava em "consertar" peixe – ela preferia o riacho. O tanque era pequeno e sem encanamento, a água suja escorria pelo terreiro.

Numa manhã meio fria os dois levaram para o riacho um jacá cheio de peixes, duas facas afiadas e uma bacia. Quatro tainhas grandes, três anchovas de bom tamanho, quatro guaiviras e meia dúzia de sororocas. Ele escamava os peixes, ela abria e retirava as entranhas, jogando tudo no rio, como de costume.

Dois urubus apareceram e foram bicar as tripas que desciam com as águas.

Ninguém mais lavava roupa no riacho – ou na fonte, como diziam – e muito menos limpava os peixes ali. Havia água canalizada em todas as casas. Mas Carolina achava que jogar a barrigada na água era mais cômodo, não sujava o tanque, não havia necessidade, depois, de limpar nada. Sujeira no rio? A corrente\za levava.

— Esses turistas de merda – ela disse para Benvindo – ficam botando reparo, dizendo que não se debe fazer isso, que suja o rio. Fizemos isso a bida toda antes de eles chegarem e agora querem passar ordens a nós que somos caiçaras! Tu sabe do que tenho ânsia? De dar com um peixe morto na cara de cada um!

Benvindo escarrou na água e riu.

— É isso e mais a história de esgoto que esse doutor de cidade quer. Muito imbentivo, ele! Nós aqui nunca percisamos de canos de esgoto que temos cada um a nossa fossa e lá bem ele, agora, com novidade de cidade grande. Em cidade grande é que se tem percisão disso, bamos ber agora o que é que o prefeito decide, se cai na onda desses turistas berdamerdas ou se bai concordar que não percisamos de canos e de estação de tratamento e de toda essa farolagem.

— E tu não adivinha, entom, que coisa vai decidir o prefeito? Vai dar razom a eles, ides ber. Não temos mais decisom aqui no nosso lugar, quem decide são os turistas que – eles sim! - sujam a nossa praia e botam os canos das fossas para o rio. Este rio que antes era cristalino, lhai agora, as águas turvas, um cheiro nojento, que nem deberiamos de estar aqui consertando peixe, mas faço isso para dar réiva neles, que não sou de obedecer ordens de quem não é do lugar, biste?

Mais três urubus apareceram e brigaram entre si por uma cabeça de peixe e um pedaço de tripa. Duas garrafas de plástico boiavam na água, no fundo do rio se via uma roda velha de bicicleta e, mais além, um pneu.

— Gente porca que jogam as coisas no rio! Falou Benvindo.

— São esses migrantes filhos de uma égua, nordestinos e mineiros, bieram para cá a fim de estragar o nosso lugar. Eles e os turistas. Agora o que não tem mais é emprego decente pra caiçaras, eles pegam de nós os empregos de caseiros, lotam o Posto de Saúde, roubam empregos na prefeitura, cambada de desbergonhados mortos de fome.

— Debiam de ter ficado na terra deles, mas lá não tem água, não tem emprego, não tem escola e nem médico, não tem nada que preste, entom tomam o ômbus e desembarcam aqui pra encher o nosso saco. E ocupar nosso lugar.

Carolina comentou que Vadeco tinha se associado com um baiano, iam abrir um bar pra fazer concorrência a Candinho. Caiçara ali nascido e se aliando a estrangeiros, disse.

— Quero ber esse negócio deles ir para frente com o trabalho que mandei fazer para o corno filho de uma égua sarnenta. Bai embirrar, o tal de bar que ele quer abrir. A bida dele tumém não bai durar munto, que o demônio bem buscar ele logo, ides ber. Tenho fé na ladinice da mulher que fui procurar, garantiu a mim que bota Vadeco no inferno num relance.

Benvindo riu, esfregou as mãos, que Satanaz já estava fazendo festa à espera dele, espevitando o fagaréu.

— Só espero o belhusco fedido não bater com as dez antes que o juiz mande a ele dar a pensom para Lurdinha. Minha pensom sei que não tenho dereito, ele até já lebou testemunhas que me biram contar tu seres o pai. Mas a da menina tá garantida. Não registrou dicumento dando ela como filha? Quem manda ser abestalhado? Dicumento é dicumento! O galhudo é ingnorante, não entende de dicumentaçom.

Izaltina passou pela ponte e viu os dois. Não parou, não cumprimentou, fingiu que não viu. Não gostava de Carolina e muito menos depois do escândalo com Vadeco.

Tinhosa, a mulher gritou, do rio:

— Bóis não comprimentais os cristons, Izaltina? Sois melhor do que todos? Pois não diziam que eu tinha coisa com Benvindo? É isso, botei na cabeça de dar razom a bos outros, agora bibo com ele, sabeis? E estou muito bem, podeis contar a todos e todas que nunca estive tão benturosa!

E como Izaltina continuasse sua marcha sem responder, Carolina dos Anjos gritou, mais alto.

— Estais surda, mulher?

Izaltina não parou para responder, mas inflava como um baiacu se a provocavam. Vermelha, sufocada de raiva, bufando, gritou de volta.

— Mulher honesta não tem ouvidos para o falar de desbriados!

✧✧✧✧

Assim que desembarcou do carro do genro – Perpediana tinha prometido e cumpriu, levou a mãe a São Paulo – dona Quicas subiu a ladeirinha da casa do médico, esforço grande, bengala ajudando, louca para contar as novidades, pois meu senhor, estou mesmo chegando de Saum Paulo, passei lá dois dias que foi um regalo, minha neta tem apartamento lá e sabeis que até viajei nessa coisa de elevador que muntas bezes divisei a ele na televisom? Não acreditaba que era tão pequeninozinho, mas lebou a mim, a Perpediana e a meu genro com confortitude e não quero mentir que não me deu, assim, um pouco de frio no estôgamo quando parou, mas desembarcamos e fomos por um corredor até a porta da casa de minha neta Doquinhas, que está casada e trabalha num escritório de construçom. Munto pequeninozinho o apartamento de Doquinhas, a berdade é que coubemos todos, eu num quarto com cama munto boa, de cobertas munto alvas e almofada macia e Perpediana e o marido na sala e no dia seguinte, adivinhai só o que fizeram, me lebaram num parque grande com lago e árbores, muntas estátuas dessas que a artista Veridiana faz e depois fomos ber a tal da avenida Paulista, que tem os prédios graandes que bóis debeis de conhecer. Eu não sabia como eram, tive até medo de olhar para riba e ber até onde iam as paredes lá deles, um despropósito de altura. Comemos num restaurante perto da casa de minha neta, não era restaurante como este de Candinho, que não tem coberta de mesa, o de lá tinha toalha munto branca, uns copos de bidro leve, pratos munto decorados que fiquei até embergonhada de não saber me situar num lugar como aquele de elegância graande e perfeita. Atocharam a mim munta comida que nem num conhecia, fiquei empanzinada, era um de comer bom e bem feito, apreciei tudo. Do que não gostei, meu senhor, foi da friage que fazia de noite, uma friage como nunca tinha sentido. Também não gostei do tamanhozinho da casa de minha neta, a coitada não tem nem lugar para quarar roupa, perguntei como fazia, disse que ponhava a roupa na máquina, aqui também já tem uns que compraram máquina de labar, muito escandalosa de tanto barulho que faz, mas lá não há lugar para quarar e nem para uma bacia com sabão. Assim mesmo, meu senhor, gostei foi munto de ber os prédios, os carros andando ligeirozinhos, uma quantidade munto grande de ombus de cores coloridas e Perpediana quis me dar um susto e me lebou para andar no tal de metrô, enfiou a mim por uma escada que anda, munto perigosa e traiçoeira essa escada, descemos fundo num buraco como se fossemos tatus e em seguida embarcamos num trem cheio de gente, não gostei dessa parte e aí desmontamos e subimos de novo como tatus deixando a toca por outra escada rodante e saímos frente a uma igreja que achei a coisa mais formosa, nossa capela nem aparecia se fosse colocada junto da outra, o nome esqueci como se chama, uma igrejona de grande suntuosidade, com muntos altares de santos importantes, fiz questão de rezar para cada um deles e tinha uns que eu nem conhecia ou sabia o nome que lhes deram, assim mesmo rezei. Do que mais gostei foi de oubir a musga que estabam tocando drento da igreja, coisa de elebar o pensamento para Deus, de deleitar os oubidos, bóis já entrastes naquela igreja? Entom débeis de saber do que estou falando. Eu, por mim, não me bandeaba para Saum Paulo, apreceio munto o lugar onde casei e onde bou morrer um dia, mas que achei bonito tudo aquilo, isso achei, sim senhor, que não gosto de mentiras. Agora já bi Saum Paulo, era o que eu mais queria, agora posso morrer em paz. E bóis me desculpeis que agora bou descansar, bim aqui só bos contar do sucedido e bou para casa que fiquei meio ansiada da biagem de carro, munto longa. Um que biaja munto não sei como suporta idas e bindas, coisa de estafar por demais até alguém sacudido e de saúde completa, maginai eu, que estou com mais de noventa!

Na descida da casa do médico, e apesar da bengala, dona Quicas deu um escorregão e foi de traseiro no chão, não conseguia mais se levantar. José Luiz tinha acompanhado a velha até a porta e entrara, portanto não vira o tombo. Quicas ficou por lá, caída, lutava para se erguer, como tartaruga virada de casco pra baixo. Só depois de vinte minutos é que Tereza a viu e gritou para o marido.

Quicas, branca de susto e de dor, gemia.

— Que não posso me lebantar, será que quebrei os ossos das ancas?

Foi preciso que o médico a tomasse no colo e a levasse até o consultório, dona Quicas reclamando muito de dor. Tereza fez com que ela tomasse um soro caseiro, logo depois a velhinha começou a falar coisas desconexas, chamava pelo pai, chamava pelo marido, ambos falecidos e em seguida dizia que não entrassem com ela no elevador que era muito pequeninozinho e dava sufoco e que estava na hora de ir esperar Jerônimo chegar do cerco, ele lhe prometera uma anchova das grandes para fazer assada. Ou, se tivesse sorte, uma tainha ovada.

José Luiz chamou uma ambulância e ficou conversando com ela.

— Não é tempo de tainha, dona Quicas, tainha é maio ou junho.

— E não estamos, pois, em maio, meu senhor? Por Nosso Senhor Jesus Cristo que maio já chegou.

— Estamos em dezembro, dona Quicas, Tereza falou.

— Tendes certeza, Perpediana? Bóis achais que eu ia deixar passar maio e não perceber, logo eu que sou tão apreciadora de tainha?

Confundia Tereza com Perpediana e chamou José Luiz de Jerônimo, bóis trouxeste a anchova que me prometestes? perguntou.

Logo Perpediana chegou, acompanhada do marido.

— Minha mãe, que foi que bos disse? Que não saísse de casa assim cansada da biagem, bóis não escutais o que se fala a bóis!

— Não me falastes nada, Izaltina – ela disse, sem reconhecer a filha – que faz tempo que não bos vejo, agora bindes ralhar comigo como se fosse eu menina de escola? Bóis ides ralhar com bosso marido e com bossa filha, que sois muito ralhadeira mesmo, isto é que é.

O médico pediu que não discutissem com ela, a ambulância já chegaria e mais tarde se veria se ela recuperava o juízo.

Dona Quicas foi levada ao hospital onde ficou uma semana internada, tomando soro e analgésicos, tinha quebrado a bacia, seria preciso voltar para Jacurici e ficar imóvel na cama por muito tempo.

Quanto tempo?

— Talvez para sempre, concluiu José Luiz. Uma idosa como ela quebrar a bacia é muito difícil de sarar. Os ossos não soldam mais.

Ele ia vê-la dia sim, dia não. Tinha dias que dona Quicas o reconhecia, conversava com ele normalmente, em outros o chamava de Antônio Bento e lhe pedia a bênção. Antônio Bento fora seu pai.

✧✧✧

A vida seguia em Jacuricy sem dona Quicas para comentá-la. A velha repórter da vila nem ficou sabendo o suscedido com Zás Trás.

Zás Trás, apelido de Moisés, marido de Danúbia, nascera pescador, filho e neto de pescadores e deixara a lida no mar pela lida na construção, se empregara na construtora da estrada e como bebia muito acabou sendo despedido.

E agora, fazer o quê?

— Volte para o mar, disse Danúbia, pelo menos vamos ter o que comer. Ela trabalhava para uma família de veranistas, com salário insuficiente para sustentar marido e seis crianças.

Zás Trás obedeceu - isso acontecera há muitos anos - e, quando não estava bêbado, pegava a canoa e ia jogar uma rede ou pescar de linha, voltava sempre com peixe para a família. Nos dias de sorte até vendia alguns.

Tinha uma boa canoa, feita de guapuruvu por mestre Tibúrcio, canoeiro dos bons que agora estava velho e desacorçoado do trabalho.

— A Florestal não deixa derrubar pau na mata. Acabou-se meu ofício.

Comprou um carrinho e foi vender caipirinha, cerveja e milho na praia. Virou ambulante.

Uma de suas últimas canoas foi a que fez para Zás Trás, era forte, de quina bem desenhada, boca de quase um metro, pintada de vermelho e azul, batizada de Mar Vermelho.

Zás Trás fazia uma confusão grande com a Bíblia que seu pai recitava para ele – o nome Moisés tinha vindo da religiosidade paterna – e apelidou a canoa de Mar Vermelho por causa, como ele explicava, da passagem da Bíblia quando

Moisés mandou que o mar se abrisse para o exército passar. Isso dizia ele, sem saber que não era exercito nenhum, era o povo judeu fugindo do Egito, mas Moisés confundia os fatos da Bíblia que nunca lera, só conhecia de ouvir o pai falar. E, assim, batizou sua canoa Mar Vermelho

Numa tarde de verãozão Zás Trás tirou sua canoa do abrigo e se preparou para sair.

— Bóis não deveis de sair agora, bêde um capelo de nuvens lá fora, o mar bai birar, disse Leocádio, sentado no jundu picando seu fumo de corda.

— Danúbia não tem peixe nem para hoje, respondeu. Vou ali fora e já volto, jogo a rede num átimo e em meia hora estou de volta.

Não se passaram dez minutos e entrou noroeste. O mar virou e ondas grandes começaram a surgir, do nada.

Leocádio apertou os olhos pra ver se via a Mar Vermelho, mas a vista já não lhe garantia boa visão. Levantou-se e, no bar do Candinho, avisou que Zás Trás tinha saído pouco antes do vento.

Muitos correram para a praia ver se a canoa voltava.

— Tava sapecado? Perguntou Patrício.

— Não sei. Acho que não. Botou a canoa no mar com firmeza.

Escureceu e nada de Zás Trás voltar. Noite fechada, um breu. O vento amainou e os pescadores resolveram chamar Venâncio para botar no mar a lancha de Veridiana, mais rápida e mais segura. Paravam o motor de tempos em tempos e gritavam pelo nome do pescador. Passaram a noite assim.

No dia seguinte a chuva anunciada pelo noroeste veio forte, grande, o mar, agora, aquietado. E nada de Zás Trás. Procuraram nas ilhas por perto, nem sinal dele ou da canoa.

Tibúrcio garantiu que Mar Vermelho era forte, bem feita, larga de boca, não ia virar com noroeste. E fez a pergunta que todos fizeram:

— Tava são, ele?

Avisaram a Polícia Militar, que veio com os bombeiros e uma lancha rápida. Um helicóptero da PM também ajudou na procura. Uma semana depois desistiram da busca.

Zás Trás sumira no mar.

Nem ele e nem a canoa foram mais vistos.

Tibúrcio não entendia.

— Canoa daquela não derrete da vista da gente, canoa daquela não bira, e, se bira, fica de boca pra baixo, mas alguém acha. Que será que aconteceu?

Só uma coisa era certa, Zás Trás não tinha sido o primeiro e certamente não seria o último.

Raquel anotou: "O mar é largo, é grande, misterioso. E Caymmi não estava certo quando cantou que é doce morrer no mar. Não é. Morrer no mar é amargo e triste. Trágico e doloroso."

Cada vez que via um pescador sair para o mar naquelas canoinhas de nada Raquel se admirava. Fosse com mar calmo, até, a imensidão do azul a assustava. Não gostava de ver o mar encapelado, não apreciava nem sequer ver filme que mostrasse borrascas, barcos e navios se arrebentando em ondas enormes. Às vezes se perguntava como gostava tanto de Jacurici, um lugar à beira mar. Tinha medo do mar.

Respeito. Susto. À noite, quando, de sua casa, ouvia o estrondo das ondas, acordava com uma sensação horrível. Ficava virando na cama e não retomava o sono.

Nas noites subsequentes ao desaparecimento de Zás Trás não conseguia dormir bem. Acabou indo para São Paulo.

Também não gostava do barulho da cidade grande, mas lá, pelo menos, o mar não chegava.

Bobagem sua? Certamente.

Bobagem da qual não conseguia se livrar.

✧✧✧✧

Veridiana ficara dois meses em São Paulo sem aparecer em Jacurici e telefonando apenas uma vez ou outra. Dizia que estava ocupada, uma exposição de esculturas, uma viagem rápida à Bahia para visitar um novo museu e, depois, uma semana doente. Venâncio telefonava e ela falava pouco, apenas algumas palavras.

Numa de suas muitas conversas com José Luiz, o alemão Kurt contara ao médico que um de seus hóspedes chegara com a notícia de que Veridiana tinha sido internada nunca clínica para alcoólatras. O assunto tinha sido abafado pela família, nenhum jornal publicara nada, esse hóspede tinha ligações com alguém da clínica onde ela fora internada.

Quando Veridiana avisou que viria Venâncio, ignorante de tudo, aprontou a casa para recebê-la, colocou flores nos vasos, botou as orquídeas floridas à vista, pediu a Maria José que fizesse o peixe assado do jeito que ela gostava, encheu o baldinho de gelo, sabia que ela pediria uísque com três pedrinhas assim que chegasse. E quando o carro da amada subiu a ladeira abriu o sorriso mais largo que tinha na boca.

— Saudades, Veridiana!

A moça lhe deu um beijo rápido e entrou logo, indo – como ele previra – direta ao baldinho de gelo. Serviu-se de uísque, foi para o terraço e nem reparou nas orquídeas em flor.

— Novidades? Ela perguntou.

Venâncio contou de dona Quicas, entrevada numa cama e variando, da briga de Carolina dos Anjos com Vadeco que estava na justiça - ela tinha perdido a pensão da filha, uma vez que o juiz aceitara alegação de Vadeco de que registrara a menina como filha enganado pela mulher. E contou do sumiço de Zás Trás, engolido pelo mar.

— Até tive que tirar a lancha para procurar ele de noite...

Veridiana se levantou da rede transformada em fúria e colocou o copo de uísque na mesa de forma tão violenta que o cristal se espatifou.

— Você fez o quê? Botou minha lancha no mar à noite para procurar um bêbado à toa?

— Ninguém sabe se ele estava bêbado, pai achou que não...

— Quero que esse seu pai se foda! Como não estava bêbado se vivia bêbado? E você fazendo gentileza com o chapéu alheio, se fosse pra botar minha lancha no mar tinha que me ligar pedindo licença, ouviu bem? Uma lancha desse preço, você pensa que eu ganho dinheiro fácil, você pensa que pode arriscar de espatifar minha lancha numa pedra saindo para o mar de noite e com noroeste? E para procurar um bêbado que já devia ter sumido do mundo há muito tempo? Quem você pensa que é, seu caiçara ignorante e metido?

Furiosa, os cabelos lisos voando pelo rosto nos passos nervosos que dava pela sala, os olhos fuzilando, as palavras cuspidas. Venâncio parara, assustado com a tempestade repentina.

— Desculpe, eu só estava querendo ajudar...

— Ajudar esse povo vagabundo e bêbado? Ajudar esse monte de preguiçosos que quando pesca meia dúzia de guaiviras fica um mês sem fazer nada? Ajudar esses exploradores de veranistas? Ajudar arriscando meu patrimônio que você não ajudou a ganhar?

Ela respirou fundo, enxugou lágrimas de ódio que rolavam pelo rosto e ameaçou.

— Nunca mais pegue a minha lancha sem licença! Eu processo você se acontecer isso novamente!

Pela primeira vez Venâncio se irritou.

— Tu o quê? Tu me processa? Eu é que posso fazer isso, trabalho pra tu como um escravo e recebo uma droga de salário, lavo tua lancha, sou piloto quando tu quer sair, cuido do jardim, faço compras, pesco, limpo peixe, sou churrasqueiro quando vem gente na tua casa, guio o teu carro, tomo conta da tua casa e faço tudo o que tu quer e agora tu diz que quer me processar? Quero ver tu fazer isso, quero ver!

Verônica avançou numa estátua semi pronta que tinha deixado há dois meses e que Venâncio se encarregava de cobrir com panos molhados quase todos os dias e a destruiu com pontapés e socos.

—Tu tá louca? Gritou ele, de olhos arregalados.

— Estou louca, sim! Não quero ver mais essa tua cara! Some da minha vista, mas some já, antes que eu te pregue umas bofetadas.

Bofetadas? Queria ver se ela seria capaz, pensou Venâncio, irritadíssimo. Abriu a porta, fechou-a com estrondo e desceu pela alameda de pedrisco se odiando e odiando Veridiana.

Antes do portão a moça o alcançou e o tomou nos braços pedindo perdão.

— Desculpa, Venâncio, desculpa, meu amor! Estou cansada, estou estressada, perdão, perdão, perdão! Fiquei internada numa clínica por causa dos porres, foi horrível, difícil suportar uma coisa dessas! Perdão!

Venâncio se desenvencilhou do abraço e tentou continuar andando, ela se colocou à sua frente, tomou seu rosto, beijou-o na boca, chorando, fungando, soluçando. Não foi difícil vencê-lo. Subiram a estradinha abraçados, aos beijos, caíram no tapete da sala ainda enlaçados e se amaram como sempre.

Veridiana ficou estendida no chão, ele colocou uma almofada sob sua cabeça e foi varrer os cacos de cristal do copo despedaçado.

CAPÍTULO 8

... "e o povo todo se alegrou pra ver a banda passar"

Anotações de Raquel – (6) Não falei aqui, ainda, que a rede e a estação de tratamento de esgotos de Jacurici foi iniciada já há muito tempo. Não tive vontade de escrever sobre isso, tais os aborrecimentos, os atrasos, a burocracia que tivemos de suportar. Mas a inauguração foi um sucesso. Prefeito presente e mais representante do governador, diretores da Sabesp – a estatal responsável pelo abastecimento de água e saneamento do município – diretores da associação de amigos do bairro, crianças da escola com bandeirinhas, a banda de música da cidade e o povo: caiçaras, veranistas, turistas, gente das praias vizinhas.

Sucesso, sim. Com pouca sinceridade e muita demagogia.

Um palanque foi erguido na avenida principal do bairro e não faltaram discursos enfatizando o compromisso das autoridades com a boa qualidade de vida da população e com o turismo da região, sem dúvida a galinha dos ovos de ouro do município. Deputados e vereadores que nunca, antes, tinham estado em Jacuricy, também discursaram, cada qual puxando mais brasa para a sua sardinha: a praia de Jacurici estava salva, nunca mais esgotos poluiriam o mar, a saúde estava preservada, os turistas adorariam cada vez mais o lugar, tinha sido cumprido o dever das autoridades estaduais para com o povo caiçara. O representante do governador lembrou ser na região que toda a população do Estado vinha se reabastecer de energias durante férias e finais de semana, portanto era dever do Estado prover aquela praia de tratamento de esgoto para salvá-la da poluição desordenada.

Quando será que descobriram isso tudo? Esse tinha sido nosso discurso durante anos. Nunca o deles, que se lixavam para nossos argumentos. Agora tinham tomado nosso discursocomo se fosse o deles.

A banda de música tocou. Chope para todo mundo. Exclamações de júbilo, risos, frases feitas para impressionar. Agradecimentos. Abraços. Vivas. A banda, em seguida, desfilou pelas imediações, crianças correndo atrás.

Essa parte, a da banda, talvez tenha sido a única realmente sincera naquele dia. Vitória da associação de amigos do bairro? Sem dúvida. Mas faço questão de anotar quanto tempo levou para isso acontecer: dezoito anos! Aliás, meia vitória, já que a rede de esgotos não está funcionando bem.

Anoto essas coisas sem saber se vou colocá-las no meu romance. Afinal de contas ele – o romance – está sendo pensado para registrar uma cultura específica, a do caiçara, com seus falares, seus usos e costumes, seu folclore, suas figuras. Não quero cansar o leitor com registros de burocracia e vagares governamentais.

De qualquer forma, bom não esquecer essa história. Na década de 80 o médico José Luiz falou, pela primeira vez, na necessidade da rede de esgoto. Daí em diante a associação de bairro teve que convencer caiçaras e até turistas de que o sistema de esgoto deveria ser implantado. A Cetesb, empresa de tecnologia sanitária do governo paulista, instada pela sociedade de amigos do bairro, escolheu um determinado tratamento, gastou-se dinheiro, fizemos o projeto, logo apresentado à Sabesp, empresa que deveria executar a obra. Surpresa: o sistema escolhido pela Cetesb não foi aceito pela Sabesp. E as duas empresas são do mesmo governo de Estado. Foi feito um segundo projeto, bancado, como o primeiro, pela sociedade de amigos do bairro. Ficou nisso? Nada! A localização da área para a estação de tratamento foi novo drama, autoridades da estatal escolheram um terreno, depois outro, anos depois um terceiro, as pessoas desanimando. Eram alguns passos para a frente e em seguida muitos para trás. O tempo correndo, os anos passando.

Um belo dia as obras foram iniciadas. Com festa, claro. Animação geral! Logo depois o serviço era interrompido, disseram que o governo estava sen recursos Ruas com entranhas à mostra, lama e poeira, segundo os dias fossem de chuva ou de sol. Tudo parado. As pessoas reclamando do estado do bairro.

A nós faltava paciência e sobrava desespero.

Finalmente as obras recomeçaram e a inauguração aconteceu, com discursos demagógicos e gongóricos, até parecia que todo o esforço tinha sido feito pelos governantes presentes, que o bairro não gastara nada, que não estávamos pedindo isso há dezoito anos!

Como é que eu sei disso tudo? Estive presente às reivindicações desde o primeiro instante, poucos anos depois de ter construído minha casa.

Ainda não registrei tudo: a rede de esgoto está funcionando mal, basta uma chuvinha para os PVs – apelido carinhoso dado aos Poços de Visita – extravasarem e jogarem todo o esgoto nas ruas, dali para os rios e, consequentemente, para o mar. Bonito, não? Ecológico, não? Por que gastamos tanto dinheiro e tanta energia? Anoto: estamos recebendo da Sabesp contas de água e esgoto altíssimas.

O terreno onde está a estação de tratamento foi doado à Sabesp pelo bairro e a prefeitura doou as áreas das estações elevatórias. Resumo da ópera, a empresa aumentou seu patrimônio com as áreas doadas, levou todas as glórias por ter construído um sistema de esgoto numa praia – a primeira da região – e nós pagamos a conta, antes, durante e depois. Não é simpático?

É por isso que digo que a banda de música foi a parte melhor e a mais sincera da inauguração. Sim, Chico Buarque adivinhou: a moça triste sorriu, a feia se debruçou na janela para ver a banda passar, o velho fraco até dançou, a meninada se alegrou, toda a gente sorriu e para meu desencanto o que era doce acabou, a banda passou, a rede de esgoto funciona mal e a gente que se dane!

Minha amiga Isaltina achara seu dever participar da inauguração. Aos primeiros discursos foi se embora, zangada.

— Uns homens que nunca divisei suas feições por esta praia falando do seu amor pelos caiçaras e cada qual com um falar mais espantoso se dizendo preocupados com a saúde de nósotros. Tanta coisa fora de regras acontecendo em nosso lugar e agora aparecem eles dando progresso como se esmola fosse, esquecediços de tudo o mais que nos falta a nós, calungagem danada dessa gente! Sabem do que nos falta? Conhecem nada de nossa bida nem do que temos percisão, cambada de desbriados, descalabro assim nunca bi por estas bandas e por isso me retiro para os esconsos de minha casa para não oubir mais arengação despropositada! Meus oubidos não são pinico, é o que bos digo! Mais bale ir barrer meu terreiro que oubir esses político mandrião. Arrelá!

Dona Quicas sonhando na praia - Dona Quicas, na cama, ficou ainda mais pequeninazinha, mais frágil, mais magra. Comia mal – nem queria mais as anchovas de que tanto gostava – e continuava falando, relembrando o passado e contando as coisas de forma às vezes coerente, às vezes embaralhadas, confundindo, fazendo do passado o presente e do presente o passado, lembrando pessoas, acontecimentos, tristezas e alegrias. Num dos raros dias de lucidez pediu que a levassem à praia, queria ver o mar. Perpediana colocou-a na cadeira de rodas e lá se foram pelo caminho perdigulhento e a cada perdigulho maior era uma dor nas ancas e dona Quicas gemia e queria saber se estava munto longe, ainda, o mar, o marzão, que já estou lhe sentindo o rumor, mas quedêlhe, essa água grande de que me lembro sempre, eu correndo na praia catando tatuís com meus irmãos e indo no riacho caçar camarõezinhos para meu pai Antônio Bento fazer de iscas e ir lá fora buscar o sustento nosso de cada dia.

Olhou o mar com os olhos embaçados de lágrimas e de velhice, fungou, se mexeu na cadeira de rodas, gemeu de dor e levantou o braço magro e enrugado, seco como talo de milho sem chuva e apontou o mar azulado e quieto. A voz rouca se fez ouvir e sabia tudo do passado e então riu dizendo que nos tempos antigos binha na rede tanto peixe que era uma coisa munto imensa, mãe reclamava e dizia a meu pai bóis não ides pescar amanhã nem depois que nem tempo tenho de escalar tudo que bóis trouxestes hoje e Antônio Bento se ria, que mãe ponhasse a nós para trabalhar na escalagem, eu a mais esperta, abríamos as barrigas, soltávamos as tripas na praia e os urubus binham bicar bem perto, num tinham medo de gente, os urubus daquele tempo. Entom mãe fazia riscos com a faca nas costas lá deles, dos peixes, cutinhaba muito bem cutinhado, botava sal grosso muito bem botado para que nenhuma mosca fosse pousar nos peixes e depois dependuraba a eles limpos e salgados no varal, ficabam ali três dias de sol forte, depois se guardaba a eles num barril e tínhamos sustento pra mais de mês se a gente quisesse e se pai não fosse lá fora outra bez pra matar mais. Quando pai chegaba da pescaria binha peixe de munta qualidade, binha curuvina e betara, binha bicuda e guaivira, carapau binha muntos, e gudião, bacoara, e tumém peixe espada, às bezes binha até robalões de trinta quilos e baiacus que a gente pegava pra fazer calungagens, nós se ríamos munto quando mexíamos nele com um pau e o bicho estufaba que nem se tivesse um fole dentro dele e eu pedia a meu pai que me lebasse junto na canoa quando fosse lá fora, queria ber o mar largo quando não se abistasse mais terra e os carapirás aboassem em cima da canoa, pai dizia sempre que não, entom eu pedia que me lebasse pelo menos pra pescar de linha em cima da costeira, queria ber as pedras craquinchentas brotando fora do mar e a água espumando nos rochedos que só apareciam na baixa da maré, Antônio Bento dizia sempre que não, lugar de menina mulher é em casa, ajudando a escalar, lugar de menino homem é na canoa com o pai e num tinha força que modificasse as ideias lá dele, era munto sistemático esse Antônio Bento que penso, se estou bem lembrada, de esse ser meu pai. Ninguém conseguia birar o pensamento dele, mas também eu era tinhosa e sempre pedia e repedia que me lebasse. Nunca me deu esse contentamento. De noite, quando binhamos na praia arrastar picaré, entom deixaba que as meninas mulher o ajudassem. Um dia eu estaba olhando pro céu escuro e contando as estrelas me deu tabefe na mão, que não conte estrelas, abestalhada, que nascem berrugas, falou zangado, e quando eu quis me casar com Amâncio de Toninha embrabeceu, que eu não casaba com varapau empalamado como Amâncio, homem que não rapava a barba e não se lababa, ele dizia, e só me deixou casar quando escolheu marido ele mesmo, que foi Angelino. Eu achava Angelino munto afeado, mas, o quá! moça naqueles tempos não tinha querer ou não querer, casei foi mesmo com quem pai escolheu, até achei bom, que Angelino era mais asseado e cheio de seriedades, nada rapariagueiro, gostei de meu marido a bida inteira, mas agora só quero saber de pai, quedêlhe Antônio Bento? Chame a ele para mim, quero ir de canoa no parcel ali adiante. Diga que estou bendo um curdume volumoso perseguindo o comedio, ide, ide depressa, chamai Antônio Bento e dai a ele meu recado antes que o curdume se vá, aguagem grossa tá denunciando peixe a rodo. E chamai tumém Angelino, dizei que estou prenha e tenho desejo de comer um jacu dos grandes e que me vá caçar um talo de taioba pra fazer um refogado, taioba é bom pro leite de mulher e meu filho primeiro já está para nascer e agora me ouça cantando o que minha mãe me ensinou, tucano gritou na várzea, surucuá no deserto, meus filhos bão bater lata, que os guaches já venham perto. Me lebem, agora, pra minha cama, a modorra já está bindo e estou frouxa de tão fatigada e quando Antônio Bento bier digam a ele que os curdumes já se foram simbora e que bou em casa preparar pra ele um cozinhado de pirumá que ele bai comer até se empanzinar, dizei a ele, dizei. E falai à minha mãe que benha me visitar que estou só e isso faz munto tempo e nem conheço a mulher que cuida de mim, chamam a ela de Perpediana, não sei de ninguém por esse nome, sei de Tereza de Izaltina, sei de Leila de Carolina, mas essazinha desaprendi quem seja. E a moça loira que chamam de fada, onde está? Ainda juntada com Venâncio? Ou é com Candinho que se juntou a artista? As filhas de Neca Preto, estou bendo a elas na cachoeira, dizei que tomem tento, na cachoeira tem a mãe das águas, fada maldosa, dizei que corram para casa, que a mãe das águas pode pegar a elas, dizei para minhas netas que não vão na cachoeira, quedêlhe minhas netas? Outro dia quiseram me engambelar, mostraram mulheres antigas e disseram que eram minhas netas, o quá! Que não sou boba de acreditar em gente com línguas de munta mentiraiada. Entom tenho netas já embelhecidas? Andemo para casa, bamos, que estou munto ressabiosa desse mar, bai noroestar e é melhor que me recolha nos esconsos de minha casa, dizei a Antônio Bento que me bá ber, que passo café de cana pra ele, gosta munto de café esse Antônio Bento pescador de quem me lembro de vez em quando. Era meu pai, esse Bento, era?

Mulher braba em praia bonita – Parte 2 – Izaltina, mesmo passados os anos, ainda era uma mulher forte, rija, corpo bem torneado, morenice intacta e rugas fundas que nem por isso a deixavam afeada. Os cabelos, agora grisalhos, continuavam trançados em volta da cabeça. A palavra fácil, a língua destravada, a brabeza vindo à tona por dá cá aquela palha, o falar cantado e ritimado da terra, os "as" abertos. E a lida da casa em primeiro lugar. Não ia mais à roça, ela e Porfírio tinham vendido a sitioca no sertão para um casal alemão. Se queixava de não plantar mais mandioca, de não ter mais casa de farinha, Porfírio caçoava.

— E bóis quereis casa de farinha e mandioca para quê se agora temos supermercado e prateleiras com tudo o que percisamos?

Que farinha comprada em supermercado nem de longe era como a farinha colhida, dicascada, ralada, espremida no tipiti e finalmente forneada, alegava ela e os olhos até lacrimejavam de saudade da lida na casa de farinha.

— Lhai para esta mulher! Dizia Porfírio. Uma lida tão sacrificada e bóis ficais com cara de enterro por não terdes mais a ela! E aconselhava dirigir a energia para os netos, que já são muntos e percisam de bóis, biste?

E eram, mesmo, muitos: três de Luiz e Maria José, dois de Aparecida, três de Tereza. Os de Luiz já estavam longe, estudando em Mogi das Cruzes. Os de Aparecida moravam em São Paulo. Os de Tereza, o menino mais velho, Danilo, filho do cearense, era um rapaz de quase dezoito anos, alto, musculoso, sorriso sempre aberto, jeito simples e conversa inteligente. As duas meninas, de quinze e catorze, eram bonitas ver a mãe, altas como o médico.

Izaltina via os netos quase todos os dias, gostava de fazer para eles as comidas preferidas, dava trocados para sorvete e pipoca, levava-os à praia e ensinava que os urubus quando abrem as asas estão pressentindo o sol, contava as histórias da parteira e médica da roça, dona Rosa, atilada que só, dona de segredos de chás e de remédios do mato, coisas perdidas na distância e que gostaria os netos soubessem. Ensinava que espada de São Jorge e arruda protegem de mau olhado, que erva de Santa Maria é bom pra emplastro, que chá de folha de goiabeira serve para aplacar diarreia e que se deve ter um pé de jurema cheirosa no terreiro pra proteger a casa. Se alguém ficava mal do estômago lá vinha ela com chá de losna. Se via alguém muito magrinho fazia sopa de cará ou de inhame. Preparava licor de grumixama e guardava as ovas de tainha para preparar quando Danilo viesse jantar. Entre os netos, era ele, apenas, que se interessava pelas coisas da terra, pelas histórias de chás e benzeduras, de ervas que curavam asma, fastio, reumatismo, panarício e espinhela caída.

Danilo tinha certeza que mais dia, menos dia a medicina do povo ia se misturar à medicina científica e ensinar aos doutores. Queria ser médico, como o pai. O pai que ele sabia não ser seu, mas era o que conhecia, o que o educara, o que lhe dera carinho, amor, o que tivera paciência com ele, o pai que o vira crescer. José Luiz era seu ídolo. O pai que o gerara, o cearense Raimundo, era um rosto quase esquecido, a figura que um dia se fora, de volta para o Ceará, sem se despedir, levando mulher e filhos nascidos ali. Nunca mais soubera dele. Nem fazia questão de saber, Tereza dissera "melhor assim" e o cearense foi esquecido. Nem carta, nem bilhete, nem telefonema, Raimundo esquecera que um dia tivera aquele filho.

Pai era José Luiz, admirado, espelho, escora. O avô Porfírio e a avó Izaltina, sua alegria, sua fonte de conhecimentos, ela lembrava antigas histórias e falava dos remédios do mato, ele contava as coisas do tempo, do vento e do mar, dos modos de pescar e de peixes, ensinava sobre as correntes que vinham do sul e traziam no bojo determinados peixes, as que vinham de leste com outros, o jeito de desentocar garoupas, a isca certa para o robalo, a forma de jogar a linha desde o costão, as anchovas que se pescavam mais facilmente corricando e que água do mar muito clara é sinal que o tempo vai "birar". Ensinava chumberar a rede e divisar curdume pelo agitado do mar na superfície e que em noite de lua nem adiantava pescar, os peixes viam a rede e se afastavam.

Izaltina arreganhava o rosto no melhor sorriso quando Danilo ou as netas lhe entravam porta a dentro. Amava cozinhar para eles, mas só Danilo apreciava comida caiçara, as filhas de Tereza, arrelá, preferiam estrogonofe a pirão e gostavam mais de pizza que de peixe cozido com batata doce.

Amava os netos, sim, mas não trocava palavra com Tereza.

Quando, um dia, Raquel lhe lembrou que o caso de Tereza com o cearense já tinha quase vinte anos e que não se justificava não falar com a filha por causa disso, Izaltina fechou a cara.

— Não posso, minha senhora, passar por cima de minhas ideias e de minha moralidade. Bêde bem, o que minha filha fez não foi o certo, de se deitar com um homem antes de ser casada no papel e na igreja.

— Izaltina, isso foi há vinte anos, mulher!

— O tempo não apaga as coisas que não são de conformidade. Pode fazer binte, quarenta, cinquenta anos, como esquecer a dor que senti, a bergonha que passei no bairro, o desconforto com o que as pessoas estabam falando? Como ingnorar o que aprendi de minha mãe que me ensinou o jeito certo de biber? Não posso bandear-me para o lado errado, esquecediça dos ensinamentos berdadeiros.

Conservadora em tudo, fazia questão de praticar velhos costumes caiçaras. Não dispensava escalar o peixe e colocar no varal para secar ao sol.

— Peixe conserbado no fríser não tem gosto de nada, sentenciava.

Olhos de índia em pele sardenta - Parte 2 – Carolina dos Anjos e Benvindo enterraram o filho dele que já tinha amputado uma perna. A outra deu de gangrenar, também, por causa de um ferimento e o rapaz morreu com infecção generalizada. Ninguém ligou muito, nem Benvindo e muito menos Carolina, a madrasta. A mãe do rapaz, professora, veio da cidade e ela sim, sentiu. Não ficara com o filho, diabético e drogado, por não lhe sobrar dinheiro para manter alguém tomando conta do moço, que dava trabalho, se dava! A droga tomara conta dele completamente, primeiro maconha, depois cocaína, fazia qualquer negócio para ter dinheiro, protagonizava aquele filme clássico de vender suas coisas e depois as coisas da mãe e da casa para comprar droga, o jeito foi mandá-lo para o pai, que morava num casebre e já não tinha nada para ser vendido.

Quando Carolina entrou para a família o rapaz já estava sem uma perna, em cadeira de rodas, tinha crises agudas de abstinência, gritava, chorava, xingava, Carolina dizia que aquilo tudo lhe entrava por um ouvido e saia pelo outro.

Leila, essa se regozijava, a mãe estava pagando os pecados por tudo que fizera ao pai.

— O quá! Carolina dizia. Ligo não para o que o desinfeliz grita e pede, que fique uivando e pedindo droga quanto queira, não dou e ele que grite mais.

Dura na queda, a única coisa que fazia pelo enteado é preparar-lhe a comida e levá-la na cama ou na cadeira de rodas. Em maus dias o rapaz atirava a comida ao chão e ela apenas chamava Benvindo para que limpasse a porcaria que o filho fizera.

Leila, depois da prisão de Isaura frequentava menos Jacurici, ficava pelo Guarujá, ia ver o pai de tempos em tempos. Um dia trouxe uma amiga, Leleco se interessou pela moça e ela por ele e tiveram um romance que durou três meses.

Lúcia – era o nome – mudou-se de armas e bagagens para a casa de Leleco, mas nem cozinhar sabia, então ele a dispensou dizendo que não estava para sustentar aquela latagona, de quase quarenta anos, sem nenhuma prenda doméstica.

— Não quero mulher que não me cozinhe a carne e o peixe, não me faça pirão, não saiba diferenciar um gudião de uma sororoca, disse ele para a filha. Tu leva embora a tua amiga pelos caminhos por onde chegou que não estou para dar do bom e do melhor a quem não faz por merecer.

Leila achou que era mofineza descomedida do pai, não queria sustentar a moça que o servia na cama e era tão econômica e magra, quase não comia, portanto nem despesas dava, que era isso de mandá-la embora? Pior do que a derradeira – de raiva, nem falava o nome da mãe – é que Lucia não era.

Mas como Leleco se mostrasse irredutível ajudou a moça a arrumar a trouxa e foi-se embora com ela para o Guarujá. Lúcia saiu fungando, tinha encontrado casa e comida quando já estava sem emprego há vários meses, aquilo tinha sido mão na roda. Discutir com Leléco que a mandava embora? Nem pensar, o velho era tinhoso, o jeito foi mesmo cair fora, se bem que um irmão insistiu, pelo telefone, que ela ficasse. Se aguentasse pelo menos um ano de convivência podia reivindicar pensão.

Carolina se divertiu quando a moça chegou e ficou com Vadeco e se divertiu mais ainda quando ela partiu. Primeiro caçoou da magreza de Lucia – onde tem carnes pro bode velho segurar? perguntava. Depois se regozijou.

— Nem uma titica de galinha como essa aí aguentou aquela desgracera de homem. Parecia tísica, de tão magra, não tinha bunda nem peito, gambitos de cachorro vira-lata, empalamada e afeada de rosto, desataviada de tudo e nem ela quis ficar com o corno.

Bem sabia que fora Vadeco a mandar embora a moça, mas aproveitava a ocasião para desfazer de Lúcia, na verdade acompanhava de perto todos os passos que o ex-marido dava, vigiava, escarafunchava, inquiria e quando alguém insinuava que aquilo podia ser ciúmes ou arrependimento, negava, enfurecida.

— Quero é ver que rumo aquela desgraça toma!

Andava muito brava com a mulher que fora procurar para arruinar a vida de Vadeco, o bar que ele abrira estava funcionando muito bem, ao contrário do que pedira e até a saúde do ex-marido parece que melhorara, diachos, e o dinheiro que gastara?

— Não se pode confiar mais em ninguém, em mais nada, nem em macumbeira! reclamava.

Ameaçava de ir procurar a mulher fazedora de mal feitos e dar-lhe uma surra por não ter entregue o serviço já pago Mas era só ameaça. No fundo, tinha medo do feitiço virar contra o feiticeiro.

Do que tinha precisão, agora, era de ganhar o recurso que tinha entrado contra Vadeco. Por isso, dizia, vigiava os passos do ex.

Vadeco lhe dera alguns contos de reis – pouca coisa perto do que ela queria – e o testemunho da filha Leila fora decisivo para a perda de boa parte dos seus direitos. Ela recorrera e o processo corria, lentamente.

Sem ter do que viver – nem ela e nem Benvindo tinham um tostão furado – começaram a dar pensão na própria casa. Primeiro no almoço, depois no jantar. Daí a partirem para voos maiores foi um pulo. Começaram por tocar música na hora do jantar. Depois transformaram uma sala do barraco em salão de festas. Para Carolina, seu salão era uma boate. Para os vizinhos, enlouquecidos com música alta, gritaria e brigas, era forró dos piores, lugar de baixaria e de prostituição. Diziam que Carolina estimulava a filha menor a fazer programas com a freguesia.

Foram muitas reclamações para a prefeitura, para a Polícia Militar e até para o Ministério Público. Nada prosperava, já que os próprios integrantes da PM iam tomar suas biribinhas na "boate" de Carolina. Uma vez a prefeitura fechou o estabelecimento, como Benvindo chamava o forró, depois de uma briga em que dois homens se esfaquearam. Por pouco tempo. Abriu de novo com música em volume bem mais alto do que antes.

Durante anos mantiveram a casa como salão de festas e só depois da morte de Benvindo ela resolveu mudar-se alugando o local para uma igreja de crentes. Os vizinhos se regozijaram: a gritaria dos sermões do pastor e a música muito alta cessavam às dez da noite.

Para herdar a casa Carolina teve que enfrentar outro processo, provando que sua ligação com Benvindo era união estável. Esse, ela ganhou.

Continuava debochada, mais gorda, as sardas agora cobriam a cara toda, varizes tinham aumentado, os olhos de índia estavam mais fechados, mas o fogo continuava o mesmo. O advogado que cuidara do processo contra a mulher legítima de Benvindo caiu nas garras afiadas da cliente, caçadora contumaz, tombou na cama dela, mas deu jeito de escafeder-se assim que o processo terminou.

Carolina se vingou, afiando a língua.

— Um berdamerda, fraco na cama! Bem pior que Vadeco! Homem desse feitio tem aos montes pelas esquinas da vida, esse um não gostaba de labar as meias, ficaba com elas de dia e de noite e quando as tiraba, sumanas depois, elas quaji andabam sozinhas, ficabam duras como se tibessem sido engomadas. Ichi! Que nojo daba! Vou mandar me fazerem um patuá para que homem dessa categoria nem encoste por perto.E faço tumém um chicotinho de embira, se surgir um e intentar de encostar o chicote bai trabalhar no lombo do desinfeliz.

CAPÍTULO 9

Mal-me-quer, bem-me-quer, mal-me-quer...

NO DIA EM QUE SOUBE que Veridiana ia chegar – novamente ela demorara muito a vir – Venâncio deu um trato especial na casa. Cortou todos os antúrios do jardim e encheu com eles alguns vasos, mudou as avencas para o terraço, encheu o baldinho de gelo e colocou perto dele a garrafa do uísque predileto de Veridiana. Comprou a maior anchova que encontrou e ele mesmo a temperou com alho, sal, limão e alfavaca. E não deixou ficar uma única erva daninha no gramado. Perfumou a casa com incenso indiano – como ela gostava – tomou banho com o sabonete mais cheiroso que tinha e foi esperar Veridiana na casa de janelas verdes.

Quando o carro dela buzinou de leve e subiu a rampa seu coração galopava, feliz, ela chegara, a fada loira.

Veridiana desceu do carro acompanhada de Maçarico e desviou a boca que ele procurou. O beijo resvalou pela bochecha e ela entrou, apressada. Se serviu de uísque e perguntou, distraída, se havia alguma novidade.

— Algumas. O filho de Benvindo morreu.

Veridiana deu de ombros.

— Não se perdeu grande coisa.

— Também houve a inauguração da rede de esgotos...

— Uma porcaria que não funciona!

A fada loira de mau humor, como tantas vezes, pensou Venâncio. Além do mau humor, parecia zangada.

— Que foi? Perguntou, tentando alisar-lhe os cabelos. Fiz alguma coisa que você não gostou?

A escultora deu de ombros, tomou um gole de uísque, foi para a rede, fechou os olhos.

Venâncio tentou conversar. Contou da festa de inauguração, políticos presentes, o prefeito, representantes do governador, vereadores, a banda de música da cidade, as crianças cantando, bandeirinhas enfeitando as ruas. Veridiana tinha os olhos fechados, não respondia.

Ele soube que alguma coisa estava errada.

— Você quer ficar sozinha?

— Quero.

— Temperei uma anchova do jeito que você gosta...

— Ótimo. Diz a Maria José que asse e que me faça também uma salada. Estou com dor de cabeça, amanhã a gente se vê.

Venâncio não discutiu, entrou na cozinha, transmitiu as ordens e desceu para a vila, cabisbaixo.

Não teve vontade de mais nada. O pai o chamou para jogar truco na venda de Candinho, recusou. A mãe perguntou se queria jantar, disse que não. Saiu para andar na praia, sozinho, de quando em vez olhava para a casa na colina.

Dormiu mal, acordou várias vezes com sede, quando os galos começaram a cantar tentou dormir mais um pouco.

Sabia que, aos sábados, Veridiana não acordava antes das dez. Tinha tempo, portanto.

Quando, às nove e pouco, subiu a colina, a surpresa: Veridiana estava com tudo pronto para ir embora.

— Você já vai? O que houve?

— Não houve nada, vim para passar apenas a noite e entregar seu salário.

Ela estendeu um envelope.

— Seu pagamento do mês está aqui. Pedi para o contador ver também 13º. e férias proporcionais.

Sem entender, observou que nunca tirara férias e que o final do ano ainda não chegara para pagamento do 13º.

— É que estou te despedindo. Não quero mais você como meu empregado. Foi muito bom enquanto durou, agora acabou. Quero que você seja feliz, arranje uma companheira, se case e tenha muitos filhos.

Entrou no carro e partiu, sem mais aquela, sem lhe dar tempo de dizer a nem b.

Ficou parado, atordoado, envelope na mão. Lembrou do dia em que a viu num caiaque no rio, ele matando pitus. Lembrou de quando se reencontraram e trocou o pneu do carro dela, Veridiana sem reconhecê-lo. Recordou o dia em que o obrigou a tirar a roupa para fazer sua estátua. E das noites calorosas, felizes, plenas, os dois na cama. Ou no jardim, de mãos dadas, banhados de luar e abraçados pelo vento, estrelas caindo em riscos luminosos dentro do mar escuro. Lembrou os beijos, os afagos, os cabelos loiros grudados no seu peito e o perfume, mil vezes melhor do que o dos lírios do brejo ou do pau que brota quando dá flor. Seu pensamento percorreu a doçura da pele amorenada pelo sol, suas mãos lembraram o toque macio do corpo de Veridiana, as orelhas pequenas, os olhos da cor do céu, a delicadeza dos seios, as coxas firmes, as pernas alongadas, os dedos de unhas retas e curtas. O pensamento rodava, o jardim rodava, a casa das janelas verdes passava na sua frente girando, era como se tivesse bebido, o mar se perdia em murmúrios distantes, o sol alegrava as águas do rio e abençoava os barcos que saiam para o mar, a mão estendida segurando o envelope e, de repente, pensou que ela tinha que voltar. Veridiana o despedira, mas não dera baixa na sua carteira de trabalho, voltaria para fazer isso, ele a veria mais uma vez, nesse dia estaria arrependida, diria que não sabia o que lhe dera, talvez dor de cabeça, um problema qualquer, nem queria a separação. E se estivesse indo internar-se novamente na clínica para alcoólatras? Podia ser isso, estava estressada, atormentada, com medo, desorientada. Por isso, essa atitude. Não podia levar a sério, ela viria outra vez, sim, tudo se acertaria. Era só um engano. Engano que o deixava atordoado, dolorido, triste, ansioso. Mas... só um engano.

Com esse pensamento sentiu alívio. Esperança. Quase alegria dentro da dor. Doía o peito, doía a garganta. Doía o pensamento. Doía o braço segurando o envelope que pesava. Férias e 13º. proporcionais? Ela nunca lhe pagara férias, nesses dez anos, muito menos 13º. Seu relacionamento não era comercial, profissional, era relacionamento de homem e mulher que se amavam. Que queria dizer, agora, aquilo? E novamente o pensamento espremendo o cérebro, não entendia, não atinava com as coisas, não sabia o que teria acontecido. Outro homem? Não. Ela voltaria para dar baixa na carteira, conversariam, nada daquilo se concretizaria, a casa das janelas verdes estava ali, ela teria que voltar, gostava dali, dizia que a casa em Jacurici era o seu refúgio, seu barco, sua ilha, sua paixão. Seu cais.

Voltaria. Voltaria. Voltaria.

Nada estava acabado.

O amor entre eles era grande demais para acabar com uma frase, um envelope e um carro partindo.

Desceu o morro sem dar uma palavra a Maria José – Veridiana teria participado à empregada que o despedira? – chegando à praia tirou a camisa e mergulhou no mar. Nadou, furou ondas, nadou outra vez e, molhado, foi ao bar de Candinho e pediu uma cachaça.

— Arrelá, Venâncio! Cachaça a esta hora, logo de manhã? Que bos sucedeu a bóis?

— O mar está gelado! Respondeu, entornando a bebida de uma vez só.

A cachaça desceu, ardendo, garganta abaixo e no seu coração ardia uma dor funda, mais corrosiva que a cachaça.

Anotações de Raquel – (7) Quanto mais passa o tempo mais me espanto com as coisas que acontecem em Jacurici. Pois não é que Vadeco "importou" uma criatura do Guarujá – ele tem mais de 70, ela, uns 40 – e em vez de ficar contente com a aquisição mandou a moça embora passados apenas três meses? Diz que a mulher dava despesas. Mesmo conhecendo Carolina dos Anjos e tendo ciência de que ela o traiu a vida toda e de como é mesquinha e mentirosa, penso que tem razão quando diz que sua vida com ele foi um padrão só de sovinice. Sovinice ou mofineza, como eles dizem aqui. Em uma das poucas vezes que falei com Carolina ela me contou que os pãezinhos no café da manhã eram contados: um para cada pessoa. Quem quisesse mais tinha que ir à padaria comprar a ração suplementar com seu próprio dinheiro. Não excluía disso a mulher ou os filhos. Disse, também, que regulava as azeitonas que ela punha na maionese, que detestava quando chegava visita na hora do almoço, que os bifes não podiam ter mais que meio centímetro de espessura e que regulava até o peixe, tão farto no local!

— De manhã coloquei binte peixes no tendal e agora só tem dezanove, que fim levou o um que falta? Ele gritava quando ia retirar os peixes do sol.

Um dia descobriu que era o gato da vizinha que lhe andava roubando os peixes, pegou uma espingarda e deu cabo do pobre.

Sempre pensei que Carolina exagerava. Agora, quando Vadeco mandou a moça de volta para o Guarujá alegando despesas, vi que não. Encontrará outra que lhe esquente os pés no inverno?

Meu espanto com a sovinice de Vadeco, o "Harpagon" caiçara – ou melhor seria lembrar o "Euricão", de Ariano Suassuna? – não é o único espanto que tenho tido por aqui. Há outros.

Tem um pastor de uma dessas religiões evangélicas que é dono de um limpa-fossas. De noite, na igreja, o pastor fala de Deus e ensina que devemos ser bons e humildes, amar ao próximo, desejar o bem e a saúde de todos. De dia limpa as fossas e lança o conteúdo perigoso nos rios que lambem quintais onde crianças brincam descalças. E que terminam no mar.

Outro dia houve uma denúncia, seu motorista foi preso – solto logo depois – e em sua defesa o pastor jurou não lançar mais a sujeira das fossas em Jacurici, que agora conta com rede de esgoto. Atualmente só limpa fossas nas praias vizinhas e, portanto, só jogaria a merda nos rios das praias vizinhas. Dá para acreditar numa coisa dessas? Pois essa peça existe.

Não conheço esse pastor, nunca falei com ele, dizem que é muito agradável, as pessoas gostam dele e seus fiéis, então, simplesmente o veneram. Mas o que os habitantes de Jacurici e de outras praias acham de uma pessoa que na igreja fala de amor ao próximo e durante o dia joga esgoto nos rios? Perguntei um dia a um velho caiçara e ele me respondeu "mas bai jogar essa merda toda adonde, se não temos rede de esgoto?" (A pergunta foi feita antes de termos rede de esgotos em Jacurici, a tal que funciona mal e pela qual pagamos os olhos da cara).

Fica nisso? Nada! A tal Isaura, que a polícia diz ter mandado matar as meninas de Neca Preto está solta. Vai esperar pelo julgamento em liberdade. Bom, concordo, isso não é característica de Jacurici, é coisa do Brasil. Os bandidos cometem crimes – bandidos de colarinho branco principalmente! – e daí a alguns dias, ou meses, estão soltos. A culpa é do Código Penal, dizem. Muito bem, se esse Código Penal não serve, é obsoleto, falho, injusto, por que não fazem outro? Nada! Só prometem, só anunciam, só dão esperanças. E vão soltando os criminosos. Como soltaram

Isaura. O julgamento final dela? O crime foi cometido há muitos anos, ela apelou várias vezes, o final nem se sabe quando será.

Triste reconhecer, mas, por aqui, a morte das meninas já está sendo esquecida. Até a raiva contra Isaura já abrandou.

E como hoje estou ferina – disposta a alfinetar uns e outros – gostaria também de dizer que começam a surgir nas nossas matas e morros algumas favelas. Uma dessas foi favorecida por um loteamento irregular, feito por um caiçara. Em uma área onde só se poderia aprovar lotes de três mil metros quadrados (área montanhosa e coberta de Mata Atlântica) o indivíduo abriu ruas e marcou lotes de quatrocentos metros quadrados, vendendo cada um a quatro famílias. Resultado: uma casinha em cada cem metros quadrados. É, já, uma favela que começa a se agigantar.

Alguém protestou, alguém se incomodou, alguém denunciou? A sociedade de amigos do bairro sim, mas deu em nada. Prefeitura, Estado, Polícia Florestal, ninguém se mexeu. Esse senhor – o tal que fez o loteamento – faleceu há alguns meses e a recompensa veio logo em seguida: virou nome de rua.

Há coisas menores, nem por isso menos graves. Um casal de ambulantes, por exemplo – tem carrinho para vender bebidas na praia –levam sempre, com eles, dois cachorros enormes que defecam na areia e quando não estão defecando ou urinando deitam-se embaixo do carrinho e ali ficam coçando as pulgas. Um veranista, incomodado com o espetáculo e com a sujeira que fazem, perguntou quanto custaria fazer um canil na casa deles para deixar os cães presos quando o casal viesse à praia. Fixada a importância, deu-lhes o dinheiro, pagou para que os bichos não sujassem mais a praia e nada adiantou. Os animais continuaram frequentando a areia. Detalhe: há uma lei em São Sebastião que proíbe animais na praia. O casal afronta a lei e as pessoas e fica por isso mesmo. O canil? Nem se sabe se foi realmente construído.

Sobre cachorros na praia, não são eles, apenas, a transgredir a lei. Há um caiçara troncudo e analfabeto que passeia todas as manhãs na praia com seu pitbull que, aliás, já atacou várias pessoas. E muita turista, de nariz em pé, acha que seu animal de estimação pode – e até deve! – tomar seu banho de mar . E lá vão elas para a praia com seus bichos de luxo!

Outro espanto – esse, além de espantar, incomoda muito! – é que algumas pessoas que vêm para Jacurici estão adotando um hábito detestável: abrem os porta-malas dos carros e exibem uma caixa de som de mais de metro que toca músicas de péssimo gosto para o mundo todo ouvir. Não tem uma que preste e, aliás, se prestassem, ouvidas nesse diapasão não há quem as aguente. Duvido que não se ouça essa porcaria lá pelas costas da África, o som deve atravessar o oceano. O desrespeito, o mau gosto, a falta de educação, a safadeza – ou safadagem, como dizem os caiçaras – é de tal forma que espanta! Tocam a droga da música enquanto ingerem outras drogas, leves ou pesadas, a gente chama a polícia e a policia não vai. Dizem que não têm viatura, ou que estão atendendo outras ocorrências ou, simplesmente, que não é com eles, é com a Prefeitura. Para cúmulo da desfaçatez, noite destas telefonei para pedir-lhes que fossem verificar música alta perto de casa, um policial me atendeu ouviu minha queixa, perguntou se eu era religiosa e me sugeriu que rezasse para que os vizinhos parassem a música. Pode? Em Jacurici, pode. Reclamei para o capitão e a emenda foi pior que o soneto, o cara riu. Isso mesmo, divertiu-se com a tirada do subalterno.

Eu não me diverti.

A prefeitura também alega que perturbação do sossego não é com ela. Reclamar a quem, agora? Ao bispo? Em Jacurici não tem.

Tudo isso, eu espero, vai servir para o livro que pretendo escrever. Se Deus me der – já disse uma vez – engenho e arte. Convenhamos que os personagens são maravilhosos. Maravilhosos, bem entendido, como personagens. Na verdade alguns são horrorosos! Gostaria de filosofar um pouco: Jung diz que nascemos com maus instintos. A educação, a sociedade, as convenções pressionam e nosso lado mau fica reprimido. Não cometemos atrocidades, não mentimos, não praticamos crimes por que nosso lado feroz está recalcado, dominado. Quem faz isso seriam as nossas Sombras, como diz Jung. Não foram educadas de modo a reprimir o lado sujo. E, aí, salve-se quem puder! É o caso de Isaura, do pastor da merda, do loteador que criou uma favela, do padre que levou a pia batismal embora, de Carolina dos Anjos – que tem anjos só no nome – e do pobre Vadeco, doente de sovinice Nem ruim deve ser. Só doente . Sem esquecer Isaura, a que chamam desbandeirada. São as nossas Sombras.

O que devo anotar – e isso pelo menos é bom – é que nestes anos 90 começa a desaparecer a rusga entre migrantes e caiçaras, que até resultou em morte quando a Rio-Santos começou a ser construída. As novas gerações aceitam bem os migrantes. Há casamentos entre os dois grupos. Miscigenação em marcha. Mas, com isso, desaparece, em ritmo veloz, a cultura e a linguagem caiçara. O que eu disse há tempos – e se não disse, pensei – é que o falar caiçara, aquele jeito saboroso de se expressar está sumindo. Primeiro por causa dos veranistas, agora os culpados são os migrantes. Continuo registrando o que ouço para o livro que prometi a mim mesma escrever.

Meu futuro livro – romance? novela? – está engordando com novos personagens e mais anotações. Um dia começo.

Ideia aparece em conversa fiada - Leocádio fumava seu cachimbo, de cócoras no jundu, perto dele Pataco e Jerônimo.

— Dizem que o mundo se acaba no final do ano, falou Pataco.

— O quá! E bóis acreditais em tal coisa? Perguntou Jerônimo

— Tão falano.

Leocádio puxou uma tragada, soltou a fumaça, riu.

— Besteiragem e engambelo dos jornais e das televisons. Então uma coisa dessas tem jeito de acontecer? O quá!

Pataco não estava certo de que fossem besteiragens. Argumentou que tudo estava de mudança, o tempo, o mar, as plantas, os bichos.

— No antigamente se tirava duas mil tainhas num lanço. Hoje, dez. Antigamente tínhamos os espias que ficavam na praia bendo os curdumes chegarem e davam sinal com buzinas, a gente corria cercar os peixes, hoje nem espias temos, não é perciso, os curdumes não aparecem mais. Antigamente se conhecia o tempo pelo cheiro do bento, pelas correntes no mar, pelas nuvens que bagabam de leste ou que se biam pros lados do sul. Toda a natureza era parceira. E hoje? Não se pode nem mais confiar no mar ou no bento. Isso debe de ser sinal de que o mundo tá perto de se finar.

Pataco acrescentou, em voz baixa, assustado:

— Está nos livros sagrados, Deus disse "a mil chegarás, de dois mil não passarás".

— E quem bos disse uma bestagem dessas?

Pataco tinha virado crente e acreditava piamente em tudo o que o pastor Ezequiel dizia.

— O pastor.

Leocádio riu.

— E por esse pastor ter nome de profeta bóis achais, mesmo, que sabe ler nas escrituras sagradas? O quá! Duvido que tenha lido uma página só da Bíblia! Por mim fico mesmo na igreja católica onde me batizei.

Pataco, sério.

— Se bóis não credes não debeis de rir, biste? O pastor Ezequiel disse que isso está nos livros de Daniel, profeta, que copiou de Nostradamus, apóstolo de Jesus. Disse que de dois mil o mundo não passará. E já estamos chegando perto, tenho munto medo. O pastor ensinou que birá o fogo, todas as montanhas da terra bão jogar labaredas e fumaça para os ares e depois birá o mar que inundará tudo e casas e carros e barcos e as pessoas ficarão boiando mortas nas águas e entom Jesus descerá para julgar a todos.

Leocádio se impacientou.

— Se estaremos todos boiando no mar bamos estar mortos e Cristo vai encontrar terra firme adonde, para descer e nos julgar? Pataco, bóis sois homem de barba na cara, acreditais de berdade no que diz esse pastor desajuizado que bibe de jogar merda nos rios para arregaçar nossa saúde? O quá! E até eu, que num sei nada, estou sabendo que Nostradamus não foi apóstolo de Cristo! Pastor desatinado, inguinorante, não debeis de dar dinheiro a ele, que é o que quer e gosta, que já está muito bem de bida!

Pataco fechou a cara, disse que há muito nem dava dinheiro ao pastor, os tempos estavam bicudos, não tinha para ele, quanto mais para dar, e, também, não concordava com as coisas que Leocádio dizia, gostava de ouvir o pastor falar, era homem sério, tinha recebido os ensinamentos dos anjos do Senhor que o visitavam durante a noite.

Foi a vez de Jerônimo se irritar.

— Mas nem acredito no que estou escuitando de bóis! Quer dizer que anjos aparecem a ele? Pataco, homem de Deus, daqui a pouco esse pastor bai dizer que sabe andar em cima das águas e ides acreditar e confiar?

— Confio e acredito, sim senhor, que o pastor Ezequiel não é dado a engambelos. Até aconselho a bóis a levar lá na igreja o bosso menino Venâncio que está se finando de tão magro das penúrias que a artista está fazendo passar a ele. Outro dia bi a ele desfolhando uma margarida, quieto sentado na areia, isso é coisa de macho, ficar fazendo bem-me-quer, mal- me-quer na flor? Bêde que uma palavra do pastor e uma bênçom podem trazer a ele, de novo, a saúde da cabeça. Se quiser, bou com Venâncio lá...

— O quá! Pataco! Mal de amor não se cura com reza, se cura com o passar do tempo. E com outro amor. Venâncio já esteve pior, arranjou emprego novo, sai de casa manhãzinha e só volta de noite. É motorista numa firma de material de construçom, está mais animado, ganha o seu dinheiro e eu e a mãe estamos insistindo para que entre com um processo contra Veridiana.

— Bóis não ides comentar com ninguém, continuou, mas a renegada da artista assinou a carteira dele como jardineiro e Venâncio fazia serviço de motorista, de piloto da lancha – tirou carta de arrais – de cozinheiro, de garçom, de caseiro, de moço de recados, de tudo que ela imbentava, e era munto imbentadeira, bóis sabeis disso. E nunca pagou a meu filho nem férias e nem 13º. salário. Só agora, no final, é que fez os cálculos e deu proporcional. E nem pagou o aviso breve, que era de direito.

Leocádio contou que estavam vendo um bom advogado e que Veridiana ia ver com quantos paus se fazia uma canoa.

Jerônimo tentou ajudar.

— E Rubeolla?

Leocádio parou no ar o cachimbo que ia levando à boca. Demorou pra responder.

— Rubeolla é meio desbandeirada, tem isso de ser casada com sujeito de ficha corrida munto feia... e comprida.

— Mas é esperta que só! Comentou Jerônimo.

— Advogada de porta de cadeia, como falam...

— Mas é daqui, gente nossa, fácil falar com ela.

— Será que pega processo trabalhista?

Desta vez foi Pataco quem respondeu.

— Pega de tudo. Defende drogado, traficante, ladrão de galinha, faz usucapiom, tem manha pra todos os compartimentos. Foi ela que tirou o motorista do pastor da cadeia quando pegaram ele jogando esgoto na serra.

Leocádio se esqueceu do caso do filho e viu a oportunidade de atacar o pastor.

— Biste? Atentai! O motorista dele estava jogando a merda que tira das fossas na serra? Essezinho não bale um tostão furado, Pataco!

— Foi o motorista, não foi o pastor...

— E quem achais que passou ordens a ele para fazer essa desgracera?

Mas a conversa voltou logo para os dotes advocatícios de Rubeolla.

— Entregai o processo a Rubeolla e bosso menino fica rico! Concluiu Jerônimo.

✡✡✡

Rubeolla da Silva, caiçara da gema. Nascida em Jacurici, de mãe beata e pai alcoólatra, filha mais nova de ninhada numerosa. Dois irmãos, pescadores. Um terceiro trabalhando na prefeitura, outro funcionário de refinaria do Cubatão. A irmã mais velha casada com um pescador de praia vizinha. Três tinham morrido novos.

A mãe, com mania dos erres, colocara em todos os filhos nomes que começavam pela letra predileta: Rita, Roberto, Romualdo, Renato, Reginaldo e os três que morreram respectivamente Ranulfo, Remígio e Ramira. Quando estava esperando a última foi ao posto médico e a enfermeira não a deixou entrar, atendeu-a na porta.

— Não entre, Romualda, tem aqui dentro uma doente com rubéola, é perigoso para quem está esperando filho, a criança pode nascer cega.

Deu-lhe, pela janela, o remédio que viera buscar.

Romualda ficou com aquele nome na cabeça: rubéola. Achou lindo. No mesmo dia decidiu, a criança, se fosse menina, se chamaria Rubeolla, com dois "ls". Se fosse menino homem, Rubeollo, também com dois "ls".

Não faltou quem lhe dissesse que rubéola era nome de doença, batizar a filha com esse nome seria traçar para a menina um caminho difícil, imagina um dia alguém lhe dizer "sua filha é uma doença!" – como, de fato, muito mais tarde lhe jogaram isso na cara – mas nada demoveu Romualda. Queria por que queria que a filha se chamasse Rubeolla.

E assim batizou sua menina caçula, a única a fazer o ginásio e em seguida o colegial. Mimada e mal educada, briguenta e feia, Rubeolla resolveu estudar Direito e se matriculou numa faculdadezinha do interior, dessas que não exigem muito do aluno. De mal com a mãe – as duas brigavam como cão e gato – mudou-se para a cidade onde estudava e, diga-se a bem da verdade, comeu o pão que o diabo amassou. Foi empregada doméstica, faxineira de banco, comprou moto e fazia corridas de moto/táxi, casou-se uma vez e separou-se, casou-se outra vez e logo o marido a meteu em algumas enrascadas – e, de diploma na mão, resolveu voltar a Jacurici e provar para a mãe e para o bairro que tinha vencido.

De fato, vencera. Era advogada.

Na semana seguinte da conversa na praia Venâncio foi à procura de Rubeolla levando a carteira de trabalho. Rubeolla olhou, anotou coisas em um bloquinho, pegou a máquina de calcular e depois de quinze minutos de operações falou, solene.

— São dez anos de falta de pagamento de 13º e de férias, isso com multas, juros e correção monetária vai dar perto de duzentos mil reais. Mais horas extras, por todos os serviços não combinados que ela o mandava fazer, mais multa por falta de anotação correta na Carteira de Trabalho e ainda a falta de pagamento de aviso prévio, tudo vai ficar, por aí, em cerca de quatrocentos mil reais. Cobro 30% do que o cliente receber.

Venâncio ouvira dizer que os advogados cobravam 20% da quantia devida ao cliente, reclamou que era muito, mas Rubeolla foi firme.

— É pegar ou largar. Cobro mais, sim, por que agilizo as coisas, às vezes tenho que dar propinas para oficial de justiça, não tenho medo de cara feia e, se for o caso, vou até os jornais para achincalhar o inimigo. Numa luta trabalhista o que vale é a estratégia, a falta de pena do lado contrário e, até, expedientes inusitados. Você vai pra casa, pensa e depois me dá uma resposta.

Entregou a carteira de trabalho a Venâncio e foi com ele até a porta, não sem antes adverti-lo.

— Decida logo, tenho clientela muito grande e nem sempre posso pegar novas causas. Uma falta de tempo danada!

Claro que era mentira. Nem a clientela era grande e nem havia falta de tempo, era preciso, apenas, impressionar o futuro cliente. A parte verdadeira da declaração era a falta de pena do inimigo e o uso de expedientes inusitados.

Venâncio não sabia o que era "expedientes inusitados", mas se impressionou com a conversa. Pensando bem – e a cabeça até doía de tanto pensar – cadê coragem de pedir quatrocentos mil na Justiça à amada?

Em casa, a mãe riu até as orelhas.

— Agora aquela artista da pá virada vai ber o que é bom pra tosse! Acertou com Rubeolla?

Quando disse que não, nem sabia se ia acertar, Luíza enfureceu.

— Mas tu é mesmo um diacho de homem ressabioso! A mulher te pega uma peça desta e tu vai ficar quieto? Arrelá, falta de coragem também tem limites!

E tocou a gritar para que Leocádio viesse dar um jeito no filho.

— Não é possível que esse bitelo vá deixar o dito pelo não dito, antonte mesmo num falou que ia contratar Rubeolla? E desistiu por quê?

Leocádio aconselhou que ficasse quieta, deixemos passar mais algum tempo, ele tem dois anos para reclamar, a paixão se iria esfarelando e o amor próprio venceria. Venâncio, então, ia resolver se vingar e vingança melhor não havia do que uma boa facada na artista. Leocádio falou em sentido figurado e nem sequer imaginou que estivesse predizendo o futuro.

✧✧✧

Perpediana penava com a doença da mãe. Dona Quicas, entrevada, sem dar conta de si, recusava comida, gritava pelo marido falecido de minuto em minuto e quando não chamava pelo marido era o pai que invocava, pedia para ir pescar junto com ele, e, entre uma conversa e outra com os parentes mortos, dava de rezar alto ou pedia ide ber se pai já voltou e se trouxe peixe de graxa que é o que estou querendo comer, mas quando Perpediana lhe oferecia tainha – peixe gorduroso – fechava a boca, estou com fastio, dizia, e era preciso chamar o doutor José Luiz – um santo! – que vinha conversar com ela e entre uma palavra e outra lhe enfiava comida boca adentro. Dona Quicas não reconhecia filha, netas, vizinhos, mas o médico, sim. Quando ele chegava abria um sorriso largo e o chamava pelo nome, gosto munto da bossa presença, doutor José, que tem munto tempo que não bindes por cá, vosmecê por acaso foi a Saum Paulo para andar naquele comodozinho pequeninozinho que sobe para o alto e desce para baixo? Quero ir outra bez e andar naquela carruagem fechada, sem janelas, que sobe pelas paredes feito lagartixa e entrega a nós no andar que queremos, vosmecê já andou nele? Bem sei que sim.

Cada dia perdendo mais peso dona Quicas era uma pequena folha seca, pousada de leve nos travesseiros, morenice enrugada, a pele ressecada soltando caspas, como dizia Perpediana. E dera de contar coisas do passado, confundido personagens e histórias, teve um dia que serraram em muntos pedaços a Patrício Lubisomem, me lembro bem do tronco que encontraram com o cinto dele e quando alguém lhe dizia que não fora Patrício o serrado, mas o pobre do Chiclé, então se calava, não tinha conhecido nenhum Chiclé, isso não era nome de bibente e quando a contrariavam ficava um tempo emudecida, olhando o forro com os olhos mortiços, meio azulados pela velhice. Passados alguns minutos perguntava pela mulher loira da casa das janelas verdes que tinha mandado matar as crianças de Neca Preto e quando a corrigiam, não fora essa a assassina, mas Isaura, a que andava pelada na praia, se calava outra vez e fitava o teto e começava a recitar rezas para curar espinhela caída que tinha ouvido de uma benzedeira – Casa caída/Frente para o mar/Espinha caída/Bolta ao seu lugar/ Deus Nosso Senhor quando na terra andou/Muita espinha lebantou/por Nosso Senhor Jesus Cristo/eu te curo com as bênçons de São Brás e de São Gonçalo/ e de Santa Efigênia negra que foi santa curadeira/ que escapou de dois incêndios/ que dor de espinha arde como fogo/e agora te curo/ espinha caída acabou o jogo – e em seguida arfava, por ter falado tudo sem tomar ar e aí chamava por Angelino e por Antônio Bento, em pouco tempo retornava rezando alto a Ave Maria e. gritando, queria ir lá fora no mar visitar o cerco do pai e que ninguém me proíba, pai dizia que quando crescesse iria com ele na canoa e agora já estaba mulher feita, por que não levaba a ela se a ela tinha prometido?

Também falava de Vó Leonarda e então contava o que se sucedera, tinha se casado de primeiro com Jorge, tinham tido muntos filhos e que o filho por nome José era o pai de Felício, que por sua vez era pai de Carolina dos Anjos e também de Patricio Lubi, o filho de nome João era avô de Mané Carpinteiro e de Angelino e que mais tarde

Leonarda se casara com Alberto, moço bonito e mais novo que ela e tinham gerado Teodomiro, pai de Rosa aparadeira de criança e de Joaquina, mãe de Izaltina, e de Geralda, mãe de Candinho e quando lhe perguntavam de que morrera o marido primeiro de Leonarda se calava, olhava para o teto, às vezes respondia que Leonarda tinha dado cabo dele, outras vezes que dessas coisas não gostava de falar, não era como gente palrradeira para contar fatos que nunca ninguém provara, olhava para as paredes e murmurava, baixo, que berdade berdadeira era que a bós do povo era a bós de Deus.

— E entom me calo e num digo mais nada que estais querendo saber demais do que débeis de saber. Se quereis, quereis, se num quereis deixai. Deixai-me ficar aqui no meu quieto.

Perpediana cuidava da casa e dos netos que vinham vê-la e deixava dona Quicas falando e rezando, às vezes gritando que fossem acudi-la que se ia afogando, mandava recado para Angelino, que não ia mais deitar-se com ele, estava cansada de fazer roça, de dicascar e moer e de fornear farinha e também de escalar peixe que aquilo era uma bida muito sacrificada e que de noite ainda binha Angelino querendo coisa, hoje não podia ser, o cansaço batera e a fortitude que sempre tinha se acabara com tanta lida, o que percisava era dormir para acordar manhazinha e começar tudo de novo, arrelá! que a bida era como uma bola de meia que se jogaba no terreiro, às bezes a meia se enganchaba numa moita de pé de flor e era difícil de fazer rolar no liso de novo.

Sempre que ouvia os estrondos da Marinha atirando nos rochedos de Alcatrazes se virava na cama, rebolava de um lado, de outro, gritava por Perpediana, que os da Marinha estabam de novo arregaçando com os carapirás das ilhas de lá longe, donde se viu desbrio maior que este, de fazerem guerra contra os pássaros e seus ninhos, gritava que chamassem a Florestal e Perpediana, também incomodada, respondia de que adiantava a Florestal contra a Marinha, mais poderosa?

Dona Quicas não gostava – nem quando era moça e sadia – de ouvir os estrondos lá pelos lados de Alcatrazes, o arquipélago que a Marinha do Brasil escolhera para fazer seus treinamentos. Ao ouvir os tiros ficava andando na praia de lá pra cá e falando sozinha, onde se biu homens de respeito fazerem mira nas pedras do arquipélago para brincar de guerra e de tiro ao alvo, alvorotando as pobres das avezinhas de Deus e andava e espremia os olhos na direção das ilhas, levantava as mãos para o céu – Parem, desgobernados! – gritava, o rumor das ondas abafando seu grito, se sentava em baixo do abricoeiro no jundu e com novos tiros se levantava, lépida, lágrimas escorriam do seu rosto, se sentava novamente e outra vez se levantava abrindo os braços – a la ó! – outra bez o bombardeio, esses homens da Marinha percisabam é de uma boa guaçaba, o que estão a fazer é ber uma treboada sem chuva, é bergonhoso esse guerrear contra a passarinhada da ilha, entra goberno e sai goberno e não tem homem de calças de macho para parar essa desgraçera sem comedimento, se pudesse aboar ia até lá para ensinar inducação a eles.

As indignações de dona Quicas quando sã e no seu juízo perfeito eram tão fortes que voltaram depois de já não dar mais conta de si. Revirava na cama, atormentada, ao ouvir o ribombar em Alcatrazes. Gritava que parassem aquilo. Chorava. Resmungava contra o governo e contra a Marinha. Quem passava na rua comentava que a velha Quicas estava cada vez mais doida.

Nem era doidice.

Dona Quicas, mesmo no delírio da caduquice, sabia das coisas.

Anos 2000

CAPÍTULO 10

... tão iluminando o caminho do mar pra gente não se perder.

NO DIA 31 DE DEZEMBRO de 1999 o bairro estava em polvorosa. Acabaria o mundo na hora da passagem do ano? Os mais novos achavam que não, riam dos mais velhos. Davino e Leocádio – que nunca tinham se importado com a igreja e que só iam à missa no Natal e na Páscoa – fizeram promessa para São João, se o mundo não acabasse iam consertar a torre que infiltrava água de chuva dentro da igreja. Candinho passou quinze dias sem aumentar os preços ou roubar nas contas, prometendo a Deus ser uma pessoa melhor se tudo marchasse como sempre, o sol aparecendo pela manhã e se deitando à tardinha. Agradecia que seu bar/venda tinha se transformado num restaurante bonito e bem frequentado, arrelá! não podia se queixar e nem queria.

Izaltina asseverava que se o mundo terminasse seria por causa de toda a desgracera e safadagens dos homens e Carolina dos Anjos gargalhava dizendo que queria encontrar seus inimigos no inferno, para onde ela tinha certeza de ir e ainda enumerava nos dedos das mãos quem ia encontrar por lá, a primeira seria mãe Leonarda, que mandara matar o marido, essa deve de estar já bem cozida, dentro de um caldeirão, em cima de um braseiro.

Carolina não considerava descender de Leonarda. Ignorava, talvez propositalmente, o nome do avô e da avó.

— Descendo da tal Leonarda, o quá! Quem fala isso é a desmiolada da Quicas. Sei de fonte segura que minha gente é de outro ramo, a prova maior é que nunca mandei matar ninguém, gosto de trocar de homem, de rolar no meio da noite, gosto de me acoitar com um homem, gosto sim! De matar nunca seria capaz e nem aceito essa caninagem, mandar matar pra quê, nem o frouxo de Vadeco mandei matar e olha que motivo tive!

— Não mandou matar mas fez feitiço contra o pobre, lembrava Izaltina. Quis, sim, que Vadeco morresse! E isso não tem nada com linhagem, pode não ser descendente de Bó Leonarda, mas é ruim que nem cobra e o que falam de Bó Leonarda debe de ser mentira de quem não tem mais o que fazer, falam, acusam, mas nunca ninguém probou, é tudo ensandecimento dessa gentaiada faladeira e maldizente.

Perpediana passou o dia assustada – se o mundo se acabasse, mesmo? – e muito incomodada com a falação de Quicas que se remexia na cama mais do que o costume e gritava por Angelino e por Antônio Bento também mais do que o costume. Estaria a mãe pressentindo o final dos tempos e chamava os parentes para acudi-la? Telefonou ao médico, assustada que estava, José Luiz veio logo, mandou que lhe fizesse um chazinho de camomila, deixasse esfriar e fosse lhe dando às colheradas, tomou o pulso da velha, estava acelerado. Não mais que de outras vezes. Quicas não o reconheceu como fazia sempre, virou a cara para a porta de entrada e sorriu com a boca desdentada, estais ai, Angelino, vieste pra me lebar para a canoa de pai a ber o mar lá fora? Quero munto ber esse marzão berde e escumoso, pai diz que lá fora não tem escuma, quero ber se é berdade, bóis me carregais que estou munto enfraquecida das pernas, num quero bos estrovar com esse meu pedido, mas num tenho jeito de ir andando com minhas pernas que agora é só osso e pele. Me carregais que a lua já se deitou e bóis sabeis bem que lua deitada, pescador de pé, pai já debe de estar puxando a canoa, açodado que só, se não me despachar não me espera, prometeu de me lebar e agora bai ter que cumprir o prometido.

Falou e falou, bateu cabeça pra cá e pra lá no travesseiro, no meio da falação adormeceu, José Luiz prometeu voltar antes da meia noite, recomendou apenas o chá, disse que não se podia fazer mais nada, dona Quicas estava como sempre, variando, tivesse paciência, fechasse a porta e deixasse o quarto na penumbra, quem sabe a velhinha dormia um tanto. Perpediana respondeu que a mãe logo acordaria, os fogos de artifício espoucariam dentro em pouco, Quicas estaria novamente imprecando contra a Marinha, acreditando que estariam bombardeando Alcatrazes.

José Luiz saiu cabisbaixo, sua amiga estava no finzinho. Passou no restaurante de Cândinho e a grazinada de costume, cadê? Os homens muito aquietados, bebendo, assustados com o fim do mundo.

— Que fim do mundo, que nada! Disse alto, sorrindo, se mostrando tranquilo. Tentava sossegar os amigos, mas nem em casa tivera êxito, Tereza, sua mulher, também acreditava que o mundo estava para se finar e até procurara a mãe, não queria morrer de mal com ela.

E não é que Izaltina a recebeu e falou com a filha depois de anos e mais anos de separação? A força que um fim do mundo anunciado tem!

Tereza voltou da visita feliz e desassossegada, feliz por ter abraçado a mãe, mas assustada. Se Izaltina resolvera fazer as pazes foi por também acreditar no final do mundo.

José Luiz riu, beijou a mulher carinhosamente, disse que se o mundo acabasse estava certo de ter feito a melhor coisa na vida, casar-se com ela e morar em Jacurici.

Sabia que sua linda Tereza merecia ser acarinhada, protegida, apaziguada desse medo infantil e então prometeu, rindo, que na hora do fim do mundo ia segurar sua mão.

Perfume passado, coração quebrado - Foi na véspera do dia anunciado para o fim do mundo – último dia do ano – que Venâncio soube por Maria José que Veridiana iria descer. O coração pulou mais que peixe solto no fundo da canoa depois de desenvencilhado da rede. Pulsações disparadas, coração parecia bater no pescoço, um calor subindo no rosto, depois alegria muita invadindo todo ele como maré de lua lambendo a praia, era um sentimento que nem sabia explicar, todo o corpo fervendo, depois amolecendo de paixão, pernas bambas, braços caídos sem sentido, calor intenso subindo, todo ele estremecendo. Seria paixão, ainda, aquilo?

Cortou o cabelo. Tomou banho e passou desodorante. Escovou os dentes três vezes. Passou perfume. Botou a calça branca que ela havia lhe dado. Camisa quadriculada, novinha em folha. Nada de chinelo de dedo, calçou foi o tênis de marca que ela trouxera da Europa. E saiu embonecado, perfumado, assobiando, o que fez Luíza espiar da cozinha e dizer, abespinhada, a lá ó, lá vai ele pra riba da colina, o trouxa, chaleirar a artista. A bergonha, nesse um, só voltaria com uma boa chicotada no lombo, donde já se viu desvergonhice como aquela, a artista lhe pespega um pontapé nos fundilhos e lá vai ele todo lambuzado de perfume, vestido que nem manequim de vitrina para o beija-mão, tu não tem bergonha na cara, Venâncio, tu gosta de ser rebaixado? Quero ber tu voltar cambão e de olhar murcho, quero ber!

Nem ouviu o que mãe gritava, importante era subir logo a colina, ficar na espera. Ela chegaria, pediria desculpas, se embolariam num abraço grande cheio de paixão e estaria tudo como dantes no quartel de Abrantes.

Viu o sol despencar no avermelhado do mar. Viu as primeiras estrelas brilharem. Viu o barco de Pataco sair para o mar com o motor pipocando. Viu o céu escurecer e a lua escorregar de trás do morro e ir subindo, devagarinho. Só depois da lua brilhando, alta, percebeu o carro, de faróis acesos, subindo a ladeira. Ia sair de trás das arvores ao encontro de Veridiana quando a viu descer pela porta do passageiro e gritar ao companheiro que deixava também o carro "você chegou ao paraíso, este é o meu paraíso". Olhos marejados perceberam a fada se unindo ao homem alto e grandalhão num abraço apertado.

Ia em busca da ternura de que estava carente, mas conteve o passo, parou na escuridão da sombra das arvores, viu o casal entrar abraçado e escutou a voz cristalina de

Veridiana e a voz grave do companheiro, sem entender palavra alguma, tudo turvado à sua frente, a lua parecia mais branca e mais triste, enevoada agora pelo olhar lacrimoso, via tudo através de uma cortina de água, primeiro escorreram lagrimas, depois vieram soluços, impossível caminhar, encostou-se no tronco do pé de jambo e foi escorregando ate o chão, abaixou a cabeça e prendeu os soluços e abafou os gritos que a garganta queria dar, ficou assim alguns minutos, horas, dias, meses, quanto? E quando se levantou para ir embora tinha a boca seca e amarga, as pernas frouxas, ia retornar tropego, como a mãe previra, não queria ir para casa, desceu ate a praia e caminhou com o tênis de marca pela areia úmida, caminhou ate o final da praia e voltou, caminhou mais e de novo, andou sem dar conta do rumo, quando chegou em casa a lua tinha se escondido atrás de nuvens escuras. Entrou devagarinho para não acordar mãe ou pai e se jogou na cama de roupa nova amassada, tênis sujo de areia, suor empastando os cabelos e dormiu lembrando a cena da chegada de Veridiana, a moça abraçada ao novo companheiro, alto e elegante, aprumado, desempenado.

Sonhou que saíra para o mar com Pataco e morria afogado.

No enterro, que assistiu, a deusa loira entrava com um buquê de margaridinhas e as desmanchava, pétala por pétala, em cima do seu corpo.

✧✧✧

E chegou a noite em que o mundo se acabaria.

Dez para meia noite, os rojões estouravam como se o país tivesse declarado guerra aos vizinhos, o céu se coloria dos fogos, luzes douradas vermelhas verdes prateadas caindo em cascata sobre o mar, multidão vestida de branco lotando a praia, velas acesas na areia, imagens de Iemanjá flutuando em canoinhas com flores e sendo levadas pelas ondas, gente dentro do mar pulando sete ondas para a sorte não faltar, alarido, risadas, abraços. Beijos na boca iluminados com lágrimas de fogo caindo do céu escuro.

De pé numa das entradas da praia, Leocádio, Porfírio e Mané Carpinteiro tinham latas de cerveja na mão e os olhos perdidos no povo que se mexia pela areia.

Inquietação. Dúvida. Medo. O mundo se acabaria à meia noite?

— Se for me acabar com esse mundo belho de guerra - biste? - que seja tomando cerveja, disse Mané, olhos na multidão.

— Quem diria, anos passados, que a praia fosse ficar cheia assim? E esse costume de jogar flor e acender vela para Iemanjá, que nunca tivemos e nem acreditamos? murmurou Leocádio, voz baixa, pensativo.

— Costume de fora que entrou e permaneceu, resmungou Porfírio.

— Nem com a mais completa ladinice se podia imaginar coisa desse porte e feitio, respondeu Mané Carpinteiro tomando outro gole de cerveja.

— Se daqui a pouco tudo se acabar podemos dizer que bimos o que ninguém imaginaba, praia lotada de turistas bebendo e uns com outros de cambulhada no meio das ondas, e restaurantes e bares cheios e casas lotadas em todas as ruas , completou Porfírio. Uma barulheira que fere os oubidos! Bêde que parece mesmo o fim do mundo!

— Parece que esse povo todo não acredita, disse Leocádio. Eu bem que arreceio que seja berdade...

Mané balançou a cabeça e protestou.

— Nem um pedaço de jundu pra gente se assentar e esperar o final dos tempos, temos mesmo é de ficarmos de pé, olhando a festa. E esperando a hora.

— A turistada acabou com o jundu. Irão ber o que debe de se suceder quando bier ressaca da braba. Sem jundu para regular o mar os muros dessas casas podem cair e o mar entrar nos jardins.

Depois de dizer que muros não cairiam por que não existiriam mais muros e nem praia e nem mundo, Porfirio comentou que tinha sido munto fortunoso ter bibido uma época em que se podia sentar no jundu apreciando o mar, fazendo espieiro para divisar curdume, indo no mato caçar paca ou tatu, cortando guapuruvu pra fazer canoa, tempos em que num lanço de rede binha peixe a rodo, de empachar as gentes.

— E bêde que diferença é Jacuruci agora, tudo munto mudado, a turistada saracoteando na praia como nunca se biu. Velas para essa tal de Iemanjá e fogos reluzindo na pretura do céu. Hotel e pousada por todo canto, restaurantes de tudo quanto é jeito, pizzarias, um tal de servir peixe cru, o povo comendo com pauzinhos, mudança danada que ninguém podia adivinhar. Eu perferia o sossego de dantes.

Ao que Mané respondeu que pelo menos agora biam as moças de biquíni na praia e que o mundo se ia finar numa grande bagunça, brincou que tinha tido muito prazer em conhecer os amigos, terminou a cerveja e arrotou, com gosto.

Multidão na contagem regressiva, coração dos três quase saindo pela boca – é agora! se acaba ou não se acaba este mundão belho de guerra? – e era dez, nove, oito, se acaba ou não se acaba? E sete, seis, cinco – tá chegando a hora! – quatro, três, dois, um! - pela gritaria conheceram que era meia noite e se riram demais do mundo continuar firme sem vir a onda gigante que Pataco prometia e que arrastaria todos para a morte. Barulho aumentou, gritos, braços se uniram em muitos abraços, namorados se beijaram na boca, foguetes subiram assobiando e depois se repartindo em luzes, champanhas estourando na areia, os três felizes, que tudo continuava como sempre, como sempre continuaria, como sempre seria.

— Beleza, cumpadres! Gritou Porfírio. Meia noite bateu e parece que o mundo bai adiante! Eita esquivança danada que a gente continuamos bibos na mesma.

— Parece, não! Já foi adiante!

Se abraçaram, brindaram, sorriram, gritaram, se abraçaram novamente e Mané Carpinteiro, no entusiasmo, deu um tapa na bunda de uma loira bonita que passava por eles, de vestido branco de renda.

Cabeça cheia de espumante a moça nem se deu conta da safadagem.

Dona Quicas navegando feliz - Perpediana ouviu um rumor no quarto e se preparou para a gritaria da mãe contra o barulho dos rojões. Entrou e viu Quicas sentada, apoiada no travesseiro, sorrindo tranquila.

— Entre, Angelino, a velha disse. Tá na hora, num tá? Pai mandou me buscar? Bou no parcel do meio com ele.

Antônio Bento tá cumprindo com a palavra dada Tou bendo pelas gretas da janela que estão soltando fogos, está bonito lá fora, Angelino? Bêde que estão iluminando o caminho rumo do mar que é pra gente não se perder. Desfeada que estou, sem pentear o cabelo, Perpediana, minha filha, me passe um pente que vou encontrar meu pai. (Ela não chamava pelo nome da filha fazia tempo, trocava os nomes, não reconhecia ninguém.) Riu com a boca sem dentes enquanto Perpediana a penteava. E tornou a falar com o vazio.

— Angelino, bem querer da minha alma, num me façais calungagens que não quero me rir, bóis não sabeis fazer graça, bóis sois desajeitado para micagens, me dê bossa mão a ber se consigo me lebantar, estou numa pifeza graande por ter estado muntos dias acamada e enferma, bóis tendes de me carregar para a canoa. Estais lembrado de que quando fumos a Saum Sebastiom para casar bóis me erguestes da canoa para que não molhasse os pés e entrasse no cartório seca e faceira com o vestido branco? Naquele tempo eu era mais pesada, tinha braços fortes do trabalho na roça, pernas firmes de tanto ficar de cócoras labando roupa, escalando peixe, bóis me carregastes como se eu fosse uma pena de garça, agora que estou munto magra podeis me carregar também sem fazer força, sou agora uma roseira seca, meus ossos tão se amostrando, num me olhe munto que ides me achar afeada, Angelino. Meus braços, Angelino, secos estom, a pele é ber couro de cobra mudando a casca, a pele pode se soltar se me lebantares de mau jeito, toma tento, marido meu, que me desmancho de tibieza. Tô levianinha de tudo.

Ela tinha os braços magros estendidos para a frente, como se estivesse pedindo para ser tomada ao colo, sorria, serena, tentou sair da cama, mas, como velha folha seca que era agora, pousou logo no travesseiro e ali ficou assentada, quieta, outonal, nenhuma brisa a suspendeu mais.

Respirou mais alguns minutos. Os olhos abertos, se rindo, as mãos pousaram no peito, acalmadas, ajeitadas.

Ficou assim um instantezinho. Sorriu para Perpediana. Por fim deu um leve suspiro e fechou os olhos.

Se finou-se dona Quicas, antes divisando Angelino, bem querer da sua alma.

O mundo acabou, sim, naquele último dia da década de 90.

Só para ela.

Janete tentando golpe – O mundo não se acabara. Tudo seguiria em frente e Janete de Mané Carpinteiro, chamou a filha – mocinha e bonita – e resolveu que fosse falar com Kurt, o alemão. O filho que ele expulsara para a Alemanha era o pai de Cristina, nascida depois que o moço viajara.

— Tu vai lá, chega no hotel, se apresenta, pergunta se ele tem conhecimento do que todo o bairro sabe, diz que tu queria pelo menos um retrato do teu pai, pra ber como ele era, moço e bonito como dizem e tal e coisa, essa debe de ser uma primeira visita. Mais tarde é justo que o alemão teu abô te ajude na vida que as coisas estão difíceis. Pois o filho dele não é o teu pai, não é? Que dizem que morreu? Precisa ber se morreu mesmo ou se o escondem por causa de pensom que seria obrigado a te dar. Tu pergunta isso. Tu não esquece dessa pergunta, é importante. Se morreu, mesmo, ou se está bem bibo.

Cristina, a princípio, disse que não ia, tinha vergonha. O alemão passara por ela várias vezes – muitas! – e nunca, sequer, a cumprimentara, então ia lá no hotel fazer o quê? Perder tempo?

— Não vou. Se o bairro todo sabe, mãe acha que ele também não sabe? Se quisesse me reconhecer como neta já tinha me procurado.

Janete argumentou que não se tinha certeza se o alemão sabia. Pode ser que tenha ouvido uma coisa aqui, outra ali, certeza ninguém tem, de nada. O importante era ir lá, falar com o velho, mostrar em primeiro lugar que se interessava por saber do pai. Depois se veria o resto.

Que resto? A menina quis saber, mas Janete não deu mais satisfações.

—Tu bai e pronto! Estou mandando!

Cristina foi.

Entrou sem graça, se sentiu pequena, desprotegida, vontade de chorar – de verdade, não de mentira – e quando se viu na frente do alemão não sabia o que dizer.

— Eu queria saber se meu pai...

Embatucou. Olhos azuis fincados no alemão e algumas lágrimas atrapalhando a visão, gaguejando que nem motor de popa velho – se ele sabia? Sabia? O bairro todo sabia – todos! Minha mãe se chama Janete, ela... ela namorou o seu filho Carl – chamavam ele de Carlos – e... o bairro todo sabia, como já disse, sabem todos que Carlos era meu pai. Seu filho era meu pai, o senhor sabia? Seu filho, que o senhor mandou de volta para a Alemanha com a mãe. Era meu pai. Sabia disso?

Kurt sabia. Faz tempo que ouvia essa história. Mentira ou realidade?

Ficaram os dois sem jeito, um na frente do outro, Kurt comovido. Os olhos da menina lembravam seu filho. A testa alta, os cabelos loiros, a boca de lábios finos, também lembravam Carl. Era sua neta, sim. Todos falavam que era. E ele, que nunca a vira de perto, agora tinha certeza.

— Verdade que ele morreu?

— Verdade. Desastre de motocicleta...

— O senhor tem um retrato dele? Queria conhecer meu pai...

Kurt não tinha retrato nenhum. Tinha café, que mandou servir, tinha pãozinho quente, presunto, tinha bolo. Tudo, menos retrato. Cristina quis um pedaço de bolo, o doce salgou, comeu misturado com lágrimas, Kurt incomodado, fragilizado, saudoso, se sentindo culpado, se o menino tivesse ficado não teria morrido, e então, o que poderia fazer por ela?

Cristina não respondeu, saiu chorando, disse que voltava outra hora.

Voltou na semana seguinte.

O que Kurt, o avô, poderia fazer por ela? Tinha de fazer um tratamento de dentes, cáries, canal, colocar aparelho, informou o quanto o dentista do Guarujá pedira, Janete, a mãe, não tinha recursos para tanto.

Kurt achou a quantia absurda. E era.

— Você vai no meu dentista, ele faz orçamento, eu paga para você. Esse dentista que deu esse conta está explorrrando você.

Cristina disse que sim.

Foi embora e não voltou mais.

Janete ficou furiosa, o alemão filho da puta não deveria questionar nada, tinha que dar a grana e pronto! O que estavam pedindo era pouco perto do que ele tinha, do que lucrava com o hotel.

— Você volta lá e diz que o dentista do Guarujá deixou por menos. E arranca a grana dele.

Cristina se recusou. Não voltava. Nem por um decreto.

E nem precisava de tratamento de dentes, a mãe sabia muito bem disso. Como iria no dentista do avô se nem cáries tinha?

Teimou. Não voltava coisa alguma.

Janete esperneou. Gritou. Mandou.

Cristina não voltou.

Coração dolorido inicia processo - Venâncio chegou na frente da casa de Rubeolla e viu que a campainha estava quebrada. Tinha um aviso escrito: "Campainha provisoriamente desligada. Toque o sino." Procurou o sino, custou a encontrar a cordinha ao qual estava preso. Tocou. Cachorros latiram e depois se fez silêncio. Tocou de novo, os cachorros apareceram, rosnando. Novamente o silêncio. Indeciso embora, tocou de novo, agora mais forte. A porta se abriu e o marido gordo de Rubeolla chegou até o portão, palito no canto da boca, cara de poucos amigos.

— O que é?

— A doutora está?

— Está almoçando, volte depois.

E já dera as costas a Venâncio quando a voz de Rubeolla se fez ouvir dentro de casa.

— Quem é? Mande entrar...

Perguntou se os cachorros mordiam.

— Só quando fecham a boca, respondeu o homem achando que fazia graça.

Venâncio não sorriu, entrou, encontrou Rubeolla comendo goiabada com queijo.

— Resolveu entrar com a ação? Perguntou, se levantando e lhe dando a mão.

— Pois resolvi, respondeu.

— Sabe dos meus honorários, não sabe? Ou esqueceu tudo?

Venâncio não sabia quem era mais rude, o marido ou ela. Respondeu que lembrava bem, estava de acordo com tudo, do contrário não teria vindo.

Rubeolla fez o cliente atravessar a cozinha cheia de panelas e pratos sujos, sair para o quintal e entrar na edícula dos fundos, seu escritório. Um gato cinzento de olhos caramelados miou e chispou de cima de uma pilha de livros a um grito da advogada.

Ela se sentou na frente do computador, abriu uma gaveta, tirou uma pasta, destacou uma folha e apresentou-a a Venâncio.

— Isto aqui é uma procuração que você vai passar pra mim. Nem adianta ler que você não vai entender nadica de nada. Assina aqui.

Mostrou uma linha pontilhada, perguntou onde ele tinha firma.

Não tinha. Precisaria ir ao centro da cidade, a um cartório, abrir uma. No dia seguinte ela teria que ir ao fórum, se quisesse poderia ir com ela, resolveriam tudo por lá.

Aceitou.

— Também tenho aqui um contrato sobre os serviços que vou lhe prestar. Você terá que assinar e também reconhecer firma.

Disse que sim. Faria tudo como ela estava mandando.

— Você ainda gosta dessa artista? Rubeolla perguntou. Ou nunca gostou e vivia com ela por conveniência?

Avermelhou de raiva. Não responderia coisa alguma, Rubeolla não tinha o direito dessas chavaquices, estava contratando a mulher para advogada, não para conselheira sentimental ou intrigueira.

Respondeu baixo e de forma quase ininteligível que não queria falar no assunto, melhor não pensar em sentimentos, só queria entrar na posse do que era dele por direito, nada mais que isso.

Rubeolla explicou que iria demorar para a artista ser citada, perguntou o endereço dela em São Paulo – ele sabia e deu direitinho, até com telefone – o melhor era ser citada em São Paulo, uma vez que em Jacurici seria complicado, ela só vinha aos finais de semana e feriados, difícil arranjar um oficial de Justiça que aceitasse trabalhar em feriados. A não ser que ele quisesse pagar um pró-labore para um amigo de Rubeolla.

Venâncio ficou com vergonha de perguntar o que era "pró-labore", mas intuiu que era uma gorjeta ou coisa desse tipo e nem vacilou.

— Pró-labore ou qualquer labore, pode falar com o homem, quero pagar, quero a coisa mais rápido possível. Posso avisar quando ela descer, o homem vem e pega ela em casa. Vai ser fácil.

Rubeolla não era mais grossa por falta de espaço. Fechou a gaveta, esticou as pernas pra frente, se refestelou na cadeira e fez a pergunta.

— A primeira coisa que preciso saber é se você tem dinheiro. Tem? Nesse contrato que você ainda não leu está escrito que o cliente tem que pagar uma primeira parcela adiantada.

Abespinhado, Venâncio perguntou se ela não sabia quem ele era, filho de Leocádio e de Luíza, neto de Joaquina dos Santos, que deixara várias casas para os filhos.

— Minha mãe tem duas casas de aluguel e meu pai tem o maior barco de pesca da praia, a senhora não precisa se preocupar. Também tenho emprego de carteira assinada.

— Eu sei, apaziguou Rubeolla, agora com a voz adocicada. Nós somos parentes, minha avó era irmã da sua avó Joaquina. Só não conhecia você, andei muito tempo fora de Jacurici.

— Então a senhora me diga quanto eu tenho que pagar adiantado, falo com pai e amanhã, quando a gente for à cidade, lhe entrego o cheque.

A palavra "cheque" foi a chave para o marido da advogada aparecer com uma bandeja e duas xícaras de café meio frio.

— Gosta de café caiçara, adoçado com melado? Não temos mais cana, adoçamos com melado, que é quase igual.

Tinha vindo da cozinha ainda com o palito no canto da boca e a barriga empurrando a bandeja a ponto de fazê-la chegar na frente.

Venâncio aceitou o café e saiu entristecido, ia processar a mulher amada, daí pra frente o entendimento entre eles ficaria impossível. Ou quase. Rubeolla e o processo o afastariam cada vez mais da fada loira.

— Vida amarga, vida madrasta, vida que não vale tostão furado, pensou enquanto se dirigia para casa, o gosto do café frio e fraco empesteando a boca.

No dia seguinte foi com Rubeolla até a cidade e sacramentaram tudo: firma reconhecida, contrato assinado, oficial de Justiça azeitado para encontrar Veridiana em Jacurici, procuração passada para Rubeolla, cheque depositado logo pelo marido gordo da advogada, uma espécie de office-boy, guarda-costas e assistente para todos os assuntos. Talvez até para cama.

Final de semana de sol, bem cedo na praia, ajudando Leocádio a chumberar a rede Venâncio desabafou.

— Tenho quizília danada com o marido dela, sujeito de maus bofes, ventrudo, cara de limão-cravo caído de árvore e largado dias no chão...

Leocádio aconselhou que disfarçasse a malquerência, Rubeolla, diziam, era advogada de tino, espaçosa, língua grande, levava o adversário de cambulhada como onda que vem sem se perceber que já chegou.

— E tu num fica entristecido de botar aquela mulher no pau, ela merece isso e mais alguma coisa pelo que te fez passar. Cabeça pra cima que tu é caiçara macho e balente e não tens de te amofinar pelo que estás fazendo. A artista tem munta grana, que pague o que te deve.

Anotações de Raquel. (8) Lá se foi dona Quicas, no último dia do ano, em meio a uma saraivada de foguetes e muita alegria em Jacurici pelo fato do mundo não ter se acabado. Enquanto, na praia, a multidão festejava a passagem do ano, na casinha branca enfurnada entre árvores a festeira dona Quicas fechava os olhos para sempre. Festeira ela era! Quando não tinha festa, inventava. Dizem que passava dos cem e nem se dava conta disso. Logo que cheguei a Jacurici eu a via andando por tudo quanto era canto, tropeçando às vezes, sempre tagarela, simpática, dona de boas histórias e de um caiçarês que me encantava!

Mesmo de bengala não deixava de andar pelo bairro. Quando percebi que ela mal se segurava na bengalinha que não mais lhe servia, comprei-lhe uma de quatro pontas e ela teve muita dificuldade de adaptação, costumava andar rapidamente, a nova bengala lhe dava apoio extra, mas lhe atrasava o passo. Adaptou-se em algumas semanas e várias vezes a vi na praia, com dificuldade, enterrando as quatro pontas na areia. Ou subindo a ladeirinha para a casa do médico se escorando na bengala.

Vou sentir falta da sua voz rouca gritando "ó de casa" no meu portão e sorrindo com as gengivas quando eu a fazia entrar.

Quem, agora, vai me contar as fofocas do bairro e comentar comigo os malfeitos, os acertos, os amores e namoros, quem vai criticar Carolina dos Anjos, a desbandeirada?

Ou quem vai me falar de Izaltina, mulher de cabelinho na venta, séria como nenhuma? Quem vai me por a par das histórias antigas, dos personagens, de quem dormiu com quem, de quem é filho de quem, de quem não se dá com quem? Quem vai me falar de benzedeiras, de remédios caseiros, de plantas do mato que aumentam a virilidade do homem? Quem vai me falar de chás, costumes, comidas, danças, vento noroeste ou lestada, quem vai me ensinar que se deve esconder facas e tesouras quando está trovejando? Ou que não se deve dar dinheiro pela janela, que ele vai-se embora de vez? Quem vai me contar das cirandas, da cana verde, do fandango, das danças de São Gonçalo de antigamente? Quem vai me ensinar as receitas caiçaras, o peixe com banana verde – Não é berde, é berdolenga! – ensinava. Quem vai me contar, agora, que vento leste é sinal de peixe perto da praia, hora de passar picaré? Quem vai me contar as histórias do passado, das canoas de voga, do tempão que se levava para ir a Santos, da subida da serra para Salesópolis por uma trilha difícil? Quem vai me contar dos amores e paixões de Mãe Leonarda? Quem vai me ensinar a diferenciar as árvores da mata atlântica, saber o que é cabreuva ou canela rosa, o que é jacatirão e urucuarana, a madeira para fazer pilão? Quem vai me contar que a caxeta, árvore das restingas molhadas é madeira boa para fazer os passarinhos do artesanato caiçara? "Caxeta é parente dos ipês", ela ensinava. Quem vai me contar que guapuruvu não presta pra plantar perto de casa, pode cair, que é madeira leve, boa só para fazer canoa? Quem vai me prevenir que água muito clara é sinal de que o tempo "bai birar"?

Dona Quicas tinha a sabedoria das pessoas simples. E da idade. Alguns não gostavam dela, chamavam-na de faladeira da vida dos outros, critiqueira do bairro, fingida, batendo no peito e falando em Deus Nosso Senhor Jesús Cristo, mas maldando sempre da vida de uns e de outros.

Pode até ser que dona Quicas falasse dos outros. Até falava. Mas era uma figura. Uma dama caiçara à beira mar plantada. Inesquecível criatura.

Vou sentir falta dela.

Hoje, por exemplo, eu e ela teríamos uma longa conversa sobre o processo que Venâncio quer mover contra Veridiana. Gostaria de ouvir-lhe a opinião: vai dar certo, isso, dona Quicas? Esse rompimento é definitivo, dona Quicas? Venâncio vai ter coragem de colocar Veridiana na Justiça? Que palpite a senhora tem? Ela responderia com seu linguajar particularíssimo, um jeito de se expressar que está acabando por aqui. Eu ouviria e depois que ela se fosse correria para o meu caderno e anotaria tudo: chibantear, ardentia, berdamerda, feche a taramela, a lá ó, antonte, friage, fuá, burburinho, besteiragens, abestalhado, atochar comida, curdume de peixe perseguindo o comedio, barrer o terreiro, dicascar mandioca e depois fornear, tiguera, desgraceira, réiva, descorajudo e ventrudo, estrovo, ardume nos zóios, treboada, tantas outras palavras, tantos jeitos de contar. Gostava, principalmente, de vê-la chamar mulheres como Carolina e Isaura de "desbandeiradas". E de adjetivar como "descomedido" o comportamento de uns e de outros. Dona Quicas era minha grande fonte de conhecimentos do linguajar caiçara e do jeito de viver por aqui.

Os demais, os que ficaram, já não falam caiçarês como ela, usam apenas uma ou outra palavra do falar típico, se bem que muitos ainda continuam a trocar o v pelo b. Mais alguns anos e ninguém mais falará como dona Quicas em Jacurici. Chegaram, para ficar, paulistanos, baianos, alagoanos, sergipanos, maranhenses, mineiros, paranaenses. A linguagem se misturou, o caiçarês legítimo está acabando.

Sinto por isso. Dona Quicas se foi e com ela está indo embora o jeito caiçara de ser. E a linguagem, bonita e divertida.

Para lembrar dela, em homenagem a ela vou hoje preparar uma cambebinha na grelha, acompanhada de pirão, feito com a boa farinha que ainda se faz numa praia vizinha.

Vou tomar também um vinho branco gelado – ela me acompanharia nisso, com prazer – e vou pensar alto: viva dona Quicas!

Para sempre, viva!

Mulher braba em praia bonita - 3 – Céu azul, sabiá cantando escondido na ramagem, o mar marulhando ao longe, o pé de cambucá branqueando de flor uma parte da casa, Izaltina barrendo o terreiro e pensando que Porfírio estava ficando embelhecido, é essa danada da pinga ou da cerveja, percisava de entornar do jeito que entornaba? Se aposentara, num tinha mais que fazer e pronto, bar do Candinho.

De já hoje tinha saído briga.

— Tu bais fazer o quê no bar outra bez, homem de Deus?

— Bou tomar umas, combersar. E não é mais bar, é restaurante. Que não posso, agora? Tu num se cansa de passar ordens, de querer me botar coleira como se fosse um cachorro? Arrelá, mulher! Cuida da bossa bida que da minha cuido eu!

— Debias de ir caçar o que fazer em bez de ir no bar logo de manhã, depois de tarde, também de noite, bóis ides no bar de Candinho sem interbalo. Bosso figo já deve de estar esbagaçado. Estou sem peixe nenhum em casa e tendo marido pescador perciso de ir comprar na peixaria, isso tem cabimento, isso tem defesa?

Porfírio ainda respondeu que não pagaba a pena de ir lá fora, trabalhão adoidado e bir de volta com meia dúzia de peixinhos.

— Num pesco mais, não senhora. Podeis esperar sentada, não vou mais lá fora. Nem pagando!

Furiosa, embrabecida de vez, Izaltina varria o quintal se lembrando do traste do marido quando ouviu parar um carro no portão. Não via quem era, o arvoredo escondia a rua. Continuou varrendo.

Pra enfeitar mais o azul bonito do dia o neto Danilo surgiu no terreiro.

Izaltina abriu a boca num riso enorme e estendeu os braços.

— Binde cá, meu neto, dai-me um abraço arrochado! Chegastes de Saum Paulo?

Danilo abraçou a avó longamente, disse que tinha chegado agorinha e que antes de ir para casa tinha vindo vê-la, contar uma novidade grande e boa.

— Passei no vestibular para medicina, vó!

Izaltina levantou os braços para o alto, os olhos se encheram de lágrimas que escorreram pela pele crestada de sol e vincada de rugas, beijou o neto várias vezes, aquele neto querido, bonito, estudioso, o neto que ela não desejara, de cujo nascimento tanto se envergonhara, razão da briga de anos com a filha, o bebê que nascera da união pecaminosa do cearense Raimundo com a desmiolada da Tereza, ah! Deus, salve, salve Maria Santíssima! Que me dais, Senhora, tanta alegria e tanto orgulho, salve! Graças, Senhor Deus! Graças, Cristo Jesus, filho de Deus Nosso Senhor Nosso Pai!

Não se cansava de beijar o neto, alisar seus cabelos, abraçá-lo e louvar a Deus. Ia ter um neto médico, podia se queixar? Podia dizer que a vida não prestava, era dificultosa, madrasta? Só podia erguer as mãos para agradecer, sempre agradecer. Nem se lembrava mais da discussão com Porfírio, agora se importava menos com o marido de pouca serventia que o destino lhe dera, Deus a presenteara com um neto que ia ser doutor de medicina, doutor de sarar os outros, moço que gostava de saber das plantas curativas, dos dizeres dos antigos, curioso do jeito de curar do povo caiçara, aquilo ia ser um médico de primeira, tinha certeza e Deus seja louvado! Mãe Nossa Senhora da Conceição que me destes esse menino maravilhoso, obrigada!

Danilo ainda não fora para casa. Não telefonara, de propósito, queria ver a cara de alegria da mãe e do pai, se despediu da avó que o acompanhou até o carro. Ganhara um carrinho do pai, para ir e voltar do cursinho. Agora ficaria com ele em São Paulo, viria para casa apenas nos finais de semana.

Saiu da casa da avó que era pura felicidade, adorava aquela mulher braba, nervosa, agitada, verdadeira mãe da família inteira, sempre obedecida, respeitada, cozinheira de

mão cheia – quem, como ela, fazia melhor o azul-marinho?
– conhecedora de ervas, remédios, dizeres caiçaras, chás -
ah! os de camomila e de carqueja que ela lhe dava em criança! – querida mulher de fortitude e de decisões retas e teimosas, sua avó Izaltina era a melhor avó do mundo. Por isso tinha merecido a notícia em primeiro lugar. Agora iria para o abraço do pai e da mãe, ninguém tinha pai e mãe como ele, nem se lembrava mais de Raimundo que fora embora sem se despedir, pai era José Luiz, amigo, espelho, modelo.

Danilo subiu buzinando a ladeirinha que levava à casa da sua infância.

Tereza e José Luiz saíram para ver que grazinada era aquela. Desceu do carro e abriu os braços para o alto, gritando:

— Chegou o primeiro estudante de medicina de Jacurici!

E brincou com a linguagem caiçara que ele já não falava mais.

— Bistes, bóis?

José Luiz brincou também:

Que é isso, vosso?

A primavera roxa que cobria um lado da casa despencou em cores sorrindo como os donos da casa.

Olhos de índia em pele sardenta - **3** - Bateu com as dez, o Benvindo, era assim que Carolina dos Anjos comentava a morte do companheiro.

— Foi-se desta para melhor. Foi-lhe dando assim uma tibieza, cada dia mais quietarrão, esmagrecendo que só, lebei no médico de Saum Sebastiom por que nesse mediquinho de bosta marido de Tereza não confio, o doutor de lá disse que era problema de pulmom, que fumava munto – grande novidade, essa! todo mundo sabia que era uma chaminé soltando fumo dia e noite. Deu remédio, fortificante, sei lá mais o quê. Mas ele tossia de noite e não respirava, tossia de dia e respirava pior, não podia ir na esquina que as pernas lhe falhabam, o folego faltaba, o peito chiava e se punha branco como parede de cal. Tebe um dia que ficou tão enfezado de doença que chamei a bulância e toquemos para Saum Sebastiom. Hospital ruim, médico ruim, enfermeira que não presta pra nada, cheguemos lá puseram no soro e no oxigênio e disseram que a tal da fizema estava no último. Fizema é uma doença que dá no pulmom – debe de ser um vírus – podiam ter abisado antes, isso tudo é uma corja de gente que num presta, por que não disseram logo do que se trataba quando fumos lá da primeira bez? Mas não! Só falaram do tal vírus agora, quando ele tava na boca da morte, o esprito quase se desligando. Passou três dias no soro e no oxigênio e morreu no quarto dia. Morreu só, que eu não estaba lá, ia fazer o que no hospital, se não sou médica? Fiquei em casa e quando me telefonaram fui com um de meus filhos buscar o corpo.

Carolina falava com displicência, semelhava que o morto não lhe pertencia, era um estranho, um qualquer, nem parecia o homem em cuja casa morava fazia anos e com quem dividia a cama. E, como sempre, desfazia de tudo e de todos: do médico de Jacuruci, do médico da cidade, do hospital, dos enfermeiros. Nada prestava.

— Também não tinha cova própria, o desinfeliz. Pensei em botar ele no túmbulo de Vadeco e o mão de vaca não quis que lhe ocupassem uma beirada do túmbulo. Acabei enterrando em cova comum. Depois de cinco anos a prefeitura desenterra e coloca numa gabeta. Ainda bem que tem gabeta. Faz uns anos tinha acabado o espaço aqui no cemitério e fumos ao prefeito pedir que desse um jeito e ele veio com isso de fazer gabetas, o povo questionou munto, foi um bololô, teve uma mulher do sertão que berrou que não ia colocar bobó nem bobô numa gabeta, Guardar bibentes numa gabeta feito trastes antigos? E como ninguém quisesse o gabetório o prefeito falou que entom ia dar ordens de enterrar quem morresse por aqui no cemitério de Maresias, que ainda tinha muntas bagas. Foi a bez de outra mulher protestar, que sua família não se daba com o povo de Maresias, tinha uns parentes de lá munto birrentos, como que ia enterrar mãe ou pai – que tão cedo num acontecesse! – junto de gente com quem eles nunca se deram? Não iriam se sentir ajustados com a bizinhança. Entom o prefeito danou-se, falou que chegava de trololó, ia mesmo era fazer gabetas. Assim é que Benvindo drento de alguns anos bai ser engabetado, a gente bota o nome dele e uma cruzinha com a data em que nasceu e morreu. na gabeta lá dele E estamos combersados que a vida é assim mesmo, que temos que ir em frente, que atrás bem gente.

    Seis meses depois da morte de Benvindo e depois de ter tido um caso com o advogado que lhe fez o inventário, apareceu um moço bonito em Jacurici, mais ou menos trinta anos, empregado de construção, procurava lugar pra ficar. Carolina dos Anjos o colocou dentro da casa que herdara do companheiro. E na cama que um dia fora de Benvindo.

Os filhos se irritaram e Vadeco, o ex, disse que aquela desbandeirada não perdia a mania de sexo, confidenciou estar escrevendo a sua vida e iria contar todas as safadagens que Carolina fazia na cama.

— Conta, conta, conta! Não esquece de nada!

Foram os gritos que se ouviram no restaurante de Candinho entre as risadas e as suposições mais atrevidas de Mané Carpinteiro, Porfírio e Leocádio. Pataco, presente, fechou a cara e a boca. Desde que se tornara crente não gostava que falassem em sexo.

— É pecado! Bóis só pensais no que num presta, mulheres, peitos e bundas. Deus bos há de castigar com o final dos tempos, ides ber!

Mané Carpinteiro gritou que Pataco era mentiroso.

— Tu profetizou que binha uma onda que ia acabar com tudo e quedêlhe a onda, quedêlhe? O mundo continuou do mesmo jeito, Pataco. E tu perdendo de biber, que as coisas que se passam numa cama – tu renunciaste a elas – são o que bale neste mundão de Deus! Esse pastor da merda anda botando coisa demais na tua cachola!

CAPÍTULO 11

As Fúrias, das profundezas para Jacurici.

Venâncio guiava o caminhão, transportando material de construção da firma em que trabalhava sem que seu pensamento desviasse um só minuto de Veridiana. Não compreendia por que tudo tinha acabado, lembrava dela a todo instante, suspirava pelos cantos, comia mal, dormia mal. Imaginava o que ela faria e o que diria quando recebesse a citação de Rubeolla. Ficaria furiosa? Debocharia dele? Procuraria um entendimento?

Há mais de três meses ela não vinha. Maria José, que não sabia de detalhes do processo – só desconfiava – recusava contar se a patroa iria ou não descer. Certamente recebera ordens de Veridiana nesse sentido. Venâncio tinha conseguido a cumplicidade do novo jardineiro. Com o pretexto de explicar algumas coisas – modo como Veridiana gostava de guardar as ferramentas, adubos utilizados, frequência da adubação, ganhou a confiança do homem, um pernambucano que morava numa das favelas do bairro. Subia até a casa sem que Maria José percebesse, conversava com o homem, perguntava, discretamente, se Veridiana estava gostando do serviço dele – ah! não tinha vindo ainda? E quando viria? – e assim ia sabendo de tudo e informando Rubeolla.

Luíza vigiava. Tinha medo que o filho desistisse. Com o que receberia de Veridiana, mesmo que não fosse tudo o que a advogada dizia, daria para ele comprar uma casinha, acertar a vida, então não merecia? E o tempo que a artista tinha desfrutado da juventude do filho? E os serviços que o obrigava a fazer, de jardineiro e de menino de recados e de tudo o mais que sabemos? Ia sair agora de mãos abanando? Não via a hora de Veridiana receber o papel da Justiça, não via a hora de chegar a reunião que Rubeolla faria com o advogado da artista, não via a hora de Venâncio receber o que era dele, por direito.

Enchia a cabeça do filho, matraqueando dia e noite.

— Tu não pode ficar por baixo, tu não pode te humilhar, se a artista quiser entrar em acordo tu não entra, só se for uma coisa muito faborável pra tu. E se tu quiser ir lá quando ela estiber aqui sou capaz até de te amarrar no pé da mesa para tu não ir.

Ia vender seus quitutes na praia – empadinhas, camarões fritos, croquetes – e não resistia em contar para os fregueses mais antigos as agruras pelas quais estava passando seu filho, esmagrecendo cada vez mais de paixão, é munto abobado, esse meu filho, a artista adonou-se do coração dele e agora está nessa tristeza que não tem fim.

Leocádio aconselhava que não ficasse propagandeando as coisas para quem não conhecia.

— Fecha a taramela, mulher. Veridiana é munto conhecida, alguém ainda conta pra ela que Venâncio bai entrar com processo e a diaba não aparece para receber o papel. Bêde que pode dar nisso, aí a culpa será bossa.

Passado chegando de ônibus – Desceu de ônibus na pista da Rio-Santos, pôs a mochila nas costas, sentiu o calor se desprendendo do chão, o sol crestando por cima e se preparou para a pequena caminhada até o bar de Candinho. Existiria, ainda, o bar? Foi notando a diferença, entrada do bairro pavimentada, condomínios dos dois lados, grossos portões vedando a entrada de estranhos, mais dois mercados, muitos restaurantes, o progresso tinha chegado a Jacurici. Preferia, novamente, sua terra no Ceará, pequena, humilde, isolada, mas onde, finalmente, tinha fincado raízes e estava criando seus filhos. Com o dinheiro economizado enquanto trabalhou em Jacurici montou um comércio na terra da família, vendia velas, santos de madeira que um artesão lhe fornecia mensalmente, fitas para cabelo, fivelas, botões, sabão e sabonetes, linhas e agulhas, panelas, uma porção de outras miudezas. E alguma coisa de comer. Tinha três mesas de latão nas quais também servia cachaça. Da boa, sem enganações. Uma vez por semana comercializava requeijão de cabra que um vaqueiro vizinho lhe trazia.

Estava dando para viver.

Voltar a Jacurici? Nunca. Gostava de sua terra, não queria trocá-la por nada. Mas o remorso lhe corroía os miolos. E Danilo? E o filho deixado para trás? Como estaria? Precisaria de alguma coisa? Um dia falou com a mulher e disse que iria até São Paulo ver o menino. Menino? Devia de estar homem crescido. Faria o quê da vida? Estaria vivo? Estudara? E a mãe? Ainda estaria casada com medico?

Só indo lá. Saber, ver, assuntar. E depois de verificado tudo, voltar para o Ceará de sua predileção.

Entrou no bar de Candinho - era agora um restaurante com mesas na calçada e mercado aos fundos - vasos com plantas na entrada, ventilador de teto, toalhas quadriculadas. Gostou de ver o que chamou de luxo.

— Deve de estar rico, o homem, pensou ao se sentar numa das mesas.

Descobriu, num canto do restaurante, duas cabeças brancas jogando damas e adivinhou, pelas feições, o quase sogro, Porfírio, e Leocádio, pai de Venâncio. Os dois homens o olharam por alguns segundos e continuaram o jogo. Não o reconheceram.

Levantou-se e foi até eles..

— Sou o Raimundo. Lembram? E estendeu a mão num cumprimento.

Primeiramente os dois se espantaram, olharam para aquele desconhecido, grisalho, olhar afundado, rosto já com muitas rugas, foi como puxar a memória para o presente. Sim, era o cearense Raimundo, o esbagaçador de Tereza, o pai de Danilo, o homem que deixara o bairro e nunca mais dera notícias.

Conversaram. Porfírio com um pé atrás, sabia que o médico tinha registrado Danilo como seu filho, contra os conselhos de dona Raquel – "não faça isso, pode dar confusão, pode até ser considerado crime" – mas o médico partira, mesmo, para o registro, queria o menino como seu filho, o resto que se danasse. Agora surge o pai verdadeiro. E se quisesse saber como andava aquilo do registro, se desse uma queixa na Justiça? O que podia acontecer com o médico e com a filha?

Raimundo se sentou com eles, pediram cerveja, explicou que viera ver como estava o filho, arrependimento de ter ido embora sem uma palavra – já se passavam mais de vinte anos – tinha sempre aquela dorzinha no coração por causa do menino ao qual nunca fora pai, queria saber dele, se precisava de alguma coisa, se Tereza estava bem, se o médico estava sendo bom marido e bom pai para Danilo, não viera com ânimo para briga, trouxera até um queijo de cabra para dar de presente a Teresa, queria ver o menino e pedia que eles fossem falar com Tereza, só precisava de permissão para ver o rapaz – devia de estar um homem, não estava?

Porfírio, na defensiva.

— O filho que tu largou está estudando para ser médico. O doutor José não podia ser melhor pai, Tereza e ele têm mais duas filhas, Danilo foi criado como sendo filho berdadeiro, só espero que tu não tenha bindo para botar areia na felicidade dos outros, estão todos bem e felizes e nunca tiberam percisão de tu e nem têm. Que é que quereis, afinal?

— Nada. Não quero nada. E o senhor bem sabe que quis casar com vossa filha, ela é que não quis. A única coisa que desejo é ver se meu filho está bem, se não tem raiva de mim. Só queria ver Danilo.

— Mora em Saum Paulo, o Danilo. Só vem de final de semana. Final de semana sim, outro não. Pra ver o menino tu percisa ir a Saum Paulo.

Raimundo disse que poderia esperar o rapaz vir. Antes queria falar com Tereza, com o doutor também, até para agradecer o que tinha feito pelo filho. Porfírio podia avisar Teresa, será que podia ir na casa dela?

Sim, falaria com a filha. Onde Raimundo ia ficar? O cearense não sabia. Uma pousadinha barata, um quarto alugado, podiam indicar um lugar?

Foi para um quarto nos fundos de uma casa particular, chegou e se enfiou na cama, dormiu pesado, tinha chegado de avião em Congonhas, ido imediatamente para a rodoviária e encarado quatro horas de viagem até Jacurici. Estava cansado. Dormiu ouvindo o barulho do mar e lembrando de quando descansava no barracão apertado e quente e de como pensava se aquela aguarada espumenta não poderia invadir tudo e levar de roldão as casas, o barraco, as estradas e ele, rodopiando dentro da espuma, aflito, querendo respirar e se salvar.

✧✧✧

A chegada do cearense causou pânico em Tereza e em Izaltina. Que coisas Raimundo podia inventar para estraçalhar a tranquilidade em que viviam?

O discurso de Izaltina era um só:

— Que Deus Nosso Senhor Jesus Cristo nos proteja e Nossa Mãe Nossa Senhora também, o que será que o escamoso do cearense tem na mente pra chegar assim de supetão sem abiso nem nada? Boa coisa não debe de ser! Esses acontecidos do passado já estabam enterrados e chega o latagão pra relembrar o sucedido que tanta sofrenza causou e diz que quer ber Danilo? Largou o filho aqui e nem se despediu, agora chega de cara limpa como se não tibesse culpa de nada e bem atormentar a nós? Isso tudo é um despropósito sem nenhuma rezom, pobre do doutor que lhe criou o filho e agora sabe-se lá o que o cearense quer.

Tereza também não se sentia à vontade. José Luiz tinha registrado Danilo como seu filho. Muita gente tinha alertado, mentir no cartório era crime, falaram até que espécie de crime era, alguma coisa como falsidade ideológica, dava até cadeia. Mas José Luiz, encantado pelo garoto, tinha resolvido arriscar. Quanto a Raimundo ver o filho não podia impedir, só pensava em como o menino reagiria. Não é fácil reencontrar um pai que se foi embora sem mais aquela, um pai que não quis saber do filho.

José Luiz tranquilizou mãe e filha e contestou Tereza, o cearense quis assumir o filho, sim. Teresa foi que não quis casar-se com ele Por algum tempo até fazia questão de ver o menino. Como Tereza fosse sempre contra, acabou desistindo. E que ficassem sossegadas, falaria com Raimundo, não acreditava que o pai de Danilo tivesse vindo com más intenções. Nunca havia perguntado nada, provavelmente nem sabia do registro de Danilo como filho de José Luiz. O conhecimento de leis do cearense – e de tudo o mais – era pequeno, não teria entendimento suficiente para contestar nada e muito menos para entrar com um pedido de reconhecimento da paternidade. Por que faria isso?

— E se quiser dinheiro? Perguntou Izaltina, assustada, numa reunião com o casal, mais Porfírio.

— Não vai querer. E, se quiser, dependendo da quantia, a gente até dá. Quem sabe ele não está precisando?

Izaltina respondeu, amotinada, que percisar de dinheiro todo mundo percisa, se o cearense pedir dinheiro a bóis é por ser um capeta dos infernos, onde já se viu pedir dinheiro a quem lhe criou o filho que debia de ser sustentado por ele? Se fizer isso dou-lhe no focinho uns bons tabefes que isso num é papel de homem correto e certo de suas responsabilidades, entom um berdamerda qualquer podia bir e pedir dinheiro a quem ganhaba o pão com o suor do rosto? Que fosse pedir dinheiro em outra freguesia, ora já se biu coisa dessas! Bêde que nunca fui com a fuça desse um!

Perigos e suposições não se confirmaram, Raimundo tinha, realmente, vindo em paz. Em vez de o receberem em casa o médico preferiu o consultório, Raimundo chegou sem jeito, meio tenso, não queria incomodar, disse. Só agradecer o médico por lhe ter criado o filho, queria ver Danilo, conhecê-lo depois de moço, pedia desculpas, tinha trazido até um queijo, especialidade da sua terra, que desculpassem o presente humilde, gratidão era coisa que ele tinha aprendido de pequeno, e ficava muito contente em saber que o menino ia ser médico, imagina! Nem supunha isso, Danilo tinha tido sorte de ter José Luiz como pai. Quase não olhava para Tereza, esfregava as mãos, o suor escorria, se lembrava das besteiras que fizera em Jacurici, de Leila e de Isaura na camona grande, de safadezas com Tereza na praia, da procissão em que viu a namorada passar sem olhar para ele, do dia em que fora à casa de Porfírio para pedi-la em casamento e também do que ela tinha dito, que não casava com homem safado que se deitava com duas mulheres ao mesmo tempo.

— Eu só queria ver o menino.

Totalmente desarmado, José Luiz explicou que Danilo estava em São Paulo, ia telefonar pedindo que viesse a Jacurici no sábado. Raimundo poderia, então, ir à casa deles para falar com o menino.

— E se quiser almoçar conosco vai nos dar prazer.
Tereza gelou. Não por ela, mas pelo que Izaltina diria quando soubesse.

Anotações de Raquel – (9) – Izaltina e Luíza têm me contado como vão as coisas com Venâncio. Ouço e não dou palpites. Que se entendam o mais depressa possível. Acho que Venâncio tem razão em pedir o que, por direito, Veridiana lhe deve. Agora que esses dois – Venâncio e Veridiana – são um casal maravilhoso para um romance, um filme, uma peça de teatro, disso não tenho dúvidas. Se encontraram, se amaram, brigaram, fizeram as pazes, voaram de lancha por esse marzão azul, mergulharam, beberam uísques e martinis, deram festas, se encantaram um com o outro por anos e anos e agora partiram para uma espécie de divorcio litigioso que está dando o que falar.

Só observo. Anoto. Reflito. Penso nos detalhes. É uma dupla que faz feliz qualquer escritor. Só espero o desfecho do caso. Há que ter paciência.

A pendenga está em compasso de espera. Neste momento o agito no bairro é a volta de Raimundo. O cearense apareceu de uma hora para outra, queria falar com Tereza e conhecer o filho, foi atendido e até almoçou com Danilo na casa de José Luiz. Izaltina ficou a ponto de explodir de raiva com a liberalidade do médico e disse, na sua linguagem pitoresca – não tão pitoresca quanto a de dona Quicas – que "os dois desatinados, o médico e a filha Tereza tinham até chamado o cearense para um regabofe e me combidaram que fosse tumém, recusei, e entom iria assistir a um despropósito desses, o sonso que emprenhara Tereza e o marido legítimo, sentados na mesma mesa, que modelo de exemplo estabam dando para as duas filhas e até para Danilo, isso é coisa que preste? Iria eu lá para ficar com cara de abobra podre enquanto atochavam comida no cearense desregrado? Fiquei foi muito braba, sim senhora, o que fizeram não é serviço de bibente que tem cabeça funcionando dereito, me admira o doutor, homem sério e sempre regrado fazer uma inguinorança dessas! Minha livrança é que não compareci – e habia de? – não queria ber meu neto no meio desse bololô, nem num sabia como o rapaz ia se portar diante do pai que nunca foi pai."

Apesar dos receios e da revolta de Izaltina – muito criticada até pelos parentes por causa dessa atitude – tudo correu bem, segundo me contou a própria Tereza. O menino se emocionou ao ver o pai, se abraçaram, Danilo prometeu que um dia vai até o Ceará conhecer os irmãos, conversaram até ás cinco da tarde e, de sobremesa, comeram o queijo que o cearense trouxera de presente.

Mas minha amiga Izaltina é minha amiga Izaltina. Não deu o braço a torcer, criticou muito a filha e o genro de terem recebido o cearense e só se conformou – pelo menos disse que se conformou – quando o próprio Danilo lhe confessou ter gostado muito de ver o pai.

"Bêde, minha senhora" – ela me disse tal coisa ainda ontem – "se meu neto ficou feliz e nada de mal aconteceu, entom tenho que ficar contente, Deus seja loubado, para sempre seja loubado.'

O neto Danilo é o único que consegue domar aquela mulher forte, teimosa, perfil árabe, nariz longo, morenice grande, tranças agora brancas enroladas na cabeça altiva.

Tragédia finalmente chegando - Veridiana avisara que iria descer. Mandara Maria José perguntar ao jardineiro se precisava de sementes de pimedntão e o que mais faltava para a horta. O jardineiro encontrou o caminhão de Venâncio na estrada, fez sinal que parasse e contou: a patroa desceria, estava com medo que ela não gostasse do seu serviço, será que Venâncio poderia dar um pulo lá em cima e ver se estava tudo em ordem? Venâncio concordou. E logo telefonou para Rubeolla, o grande dia chegara.

Avisado, o oficial de Justiça se mandou no sábado para Jacurici e ficou na espreita. Venâncio orientou que chegasse na casa de janelas verdes entre 10 e 11 horas.

Veridiana recebeu a citação às 11 horas em ponto. Leu, sem entender o que estava lendo. Leu, novamente. E uma terceira vez. Então Venâncio estava entrando com um processo trabalhista contra ela? Era isso? Baseado em quê? Não tinha lhe dado férias e 13º. proporcionais? Queria mais o quê, se a relação que sempre tiveram não era de empregado – empregado dormia na cama da patroa? – era uma relação de namorados, amantes. Um amante poderia reivindicar indenizações trabalhistas?

Tomou um uísque duplo com gelo, resmungou para o namorado que aquilo era um absurdo e chamou Maria José, cara de poucos amigos.

— Você sabia que aquele cretino do seu primo quer me processar?

Assustada, Maria José disse que não sabia de nada. Só sabia que Venâncio andava de segredinhos com Rubeolla.

— Rubeola? E quem é essa mulher com nome de doença? Perguntou, de olhos esbugalhados, furiosa, jogando longe o cigarro que estava fumando.

O oficial de Justiça esperava, na porta da sala que ela se acalmasse e assinasse o documento.

Assinou, furiosa. O namorado tentou agradá-la, passando a mão pelo seu ombro, Veridiana o dispensou com um empurrão e muitos gritos.

— Fica longe de mim que estou com a macaca! Sarnento, esse Venâncio! Filho da puta!

Maria José correu para a cozinha. O jardineiro ouviu os gritos e teve vontade de escorregar ladeira abaixo, a mulher estava fora de si, que será que acontecera?

Varidiana andou pela casa relendo outra vez o papel, fumando e logo jogando o cigarro fora, enchendo mais um copo de uísque, bebendo.

O namorado tentou acalmá-la.

— Se você me contar o que está acontecendo eu talvez possa ajudá-la, disse, sem muita convicção.

— Aquele verme do Venâncio, meu ex-namorado, que era também meu jardineiro e meu caseiro, pois o safado entrou com uma ação trabalhista contra mim, o escroto. Ele vai ver o diabo que vou fazer com ele! Vai ver com quem está lidando, o sacripanta, ignorante dos infernos, cretino, caiçara de uma figa, vagabundo, vivia às minhas custas!

Não sabe fazer nada, era péssimo jardineiro, saia com a minha lancha sem ordem minha, nem guiar carro bem ele guiava, eu o aturava por que era bom de cama. Só isso! Caiçara de bosta, não é à toa que os dicionários antigos da língua portuguesa assinalavam que caiçara é tipo vagabundo, preguiçoso, que arrasta chinelo pela praia e só quer saber de pescar e de dormir! Vou escrever para a Academia Brasileira de Letras, que façam os dicionários voltarem ao sentido antigo da palavra: caiçara é sinônimo de vagabundo!

Maria José tremia na cozinha, nunca vira dona Veridiana naquele estado. O jardineiro procurou ir fazer seu serviço perto do portão, talvez de lá não ouvisse a gritaria da patroa. O namorado já não tentava acalmá-la, foi para a piscina, tomar sol. Ela, dentro de casa, andando pra baixo e pra cima, dizendo nomes, imprecando contra tudo e contra todos, cada dose que terminava espatifava o copo contra a parede.

Parecia que as Fúrias,- Tisifone, Megera e Alecto – rejeitadas pelos deuses, saídas das profundezas, encarnaram ao mesmo tempo no corpo de Veridiana. Eram forças da natureza arrebatando a artista para a vingança. Não apenas vingança, mas castigo, suplício, sangue, chicotadas, exílio, morte. Não se lembrava de ter ficado tão furiosa em toda a sua vida. À medida que aumentavam as doses de uísque aumentava o ódio. Seu rosto se transfigurara, os cabelos loiros que Venâncio tantas vezes acariciara estavam desgrenhados e misturados com o suor, os olhos injetados, as mãos crispadas, o corpo retorcido. Feia. Como nunca fora e nem era.

Durante duas horas seguidas Veridiana se martirizou e se afogou numa ira desenfreada, até cair, exausta. num sofá e dormir. Não acordou para o almoço e nem para o jantar.

Maria José foi para casa tremendo e avisou Izaltina, que contasse logo para Luíza, a artista estava doida, possuída, tinha tido um ataque que durara o dia quase todo, Venâncio se prevenisse, ela prometia vingança e do jeito como gritava e se retorcia a vingança viria mesmo, sabe-se lá de que forma e como.

No dia seguinte Veridiana acordou cedo, mergulhou na piscina para espantar a ressaca, cumprimentou Maria José com um sorriso e pediu desculpas ao namorado pelo número que representara.

— Me desculpe. Sinceramente, me desculpe, não sei o que me deu, parece que fui tomada por uma força sobrenatural. Fiquei irritada, afrontada, passei dos limites.

Estavam tomando café no terraço quando Maria José – olhos esbugalhados e tremendo como vara verde – anunciou que a advogada Rubeolla estava na porta, queria falar com ela.

— Meu Deus! Suspirou Veridiana. Vem mais chateação!

Mandou a mulher entrar. Ofereceu café.

Rubeolla não fez cerimônia, pegou a xícara com modos que ela pensava elegantes – dedo minguinho esticado – gabou a casa da artista – muito linda, a sua mansão! – falou do dia de sol maravilhoso que estava fazendo, da vista para a praia e entrou, finalmente, no motivo da visita.

— Dona Veridiana, meu cliente Venâncio de Matos quer apenas o que a senhora lhe deve por dez anos de trabalho.

— Eu sempre paguei o ordenado dele, interrompeu Veridiana.

— Sim senhora, mas sem registrá-lo corretamente, sem 13º e férias nos dez anos que ele trabalhou para a senhora – a senhora só lhe pagou 13º e férias na hora de despedi-lo, mas também não lhe pagou aviso prévio. Computei também multas pelo registro inadequado em carteira e tudo isso dá uma quantia de quatrocentos mil reais.

Veridiana parou a xícara de café no ar.

— Quanto?

— Quatrocentos mil reais.

— A senhora está louca? Quatrocentos mil reais! Isso é uma exploração! O Venâncio quer ficar rico às minhas custas?

— Por favor, dona Veridiana, isso é o que apurei com o maior escrúpulo. Sou advogada há oito anos e tenho muita prática nessas contas trabalhistas. Podemos dividir a quantia em parcelas. Mas é isso que o senhor Venâncio tem direito e não vamos abrir mão desse valor. Gosto de conversar, antes, com a parte contrária, às vezes se chega a um acordo, não sendo necessário ir à Justiça. No caso, o único acordo que aceitamos é a divisão do quantum em parcelas.

Veridiana se levantou com estardalhaço, o guardanapo caiu, a xícara de café entornou, estava pálida e os olhos afundaram na cara como se estivesse passando mal.

— Já ouvi a senhora. Não tenho nada a lhe dizer. Vou conversar com meu advogado e ele vai procurá-la. Passe bem.

Saiu da sala em direção aos quartos e coube ao namorado acompanhar Rubeolla até a porta.

✡✡✡

Dia de sol em Jacurici. Céu limpo de nuvens, azul lavado. Começavam a chegar ao restaurante de Candinho os primeiros clientes para o almoço. Em mesa no terraço, Leocádio picava fumo para o cachimbo, caprichando no ato. Comentou que nada como uma faquinha bem afiada para esse mistér. Porfírio tinha uma cerveja à sua frente. Pataco, firme na sua religião de crente, se contentava com um guaraná gelado. Venâncio chegou animado, contou a novidade: o oficial de Justiça tinha, finalmente, citado Veridiana. E Rubeolla voltara ainda agorinha da casa da artista, tinham conversado, a advogada tinha dito quanto estava pedindo. Metade do caminho andado, portanto.

— Ela como tratou a Rubeola? Perguntou o pai.

— Normal. Até ofereceu café.

Porfírio disse que não acreditava em delicadezas quando se batia no bolso dos outros.

— Ela vai chiar, pode crer.

Acabou de falar e o carro de Veridiana parou na porta do restaurante, a artista desceu com o automóvel quase andando, nem brecar direito ela conseguiu, desceu descontrolada, cabelos desmanchados, olhos injetados, já chegou gritando, completamente fora de si.

— Caiçarinha pilantra e aproveitador! Já está fazendo as contas do que vai comprar com o meu dinheiro, seu ordinário? Quer ficar rico às minhas custas, fedelho? Não bastaram os dez anos que viveu me explorando, ganhando salário sem fazer nada, fingindo que cuidava do jardim, regando as plantas só quando eu estava para chegar? Dei pra você casa, comida e roupa lavada, levei você para São Paulo e Rio, andou de avião pela primeira vez às minhas custas, saia com a minha lancha quando eu não estava pra ir procurar vagabundo que se perdera no mar, se vestiu com roupas de grife e calçou tênis de marca por que eu te comprava tudo, agora quer me explorar mais, seu filho de uma égua?

Leocádio deixou de picar fumo, largou a faca na mesa e ele e Porfírio se levantaram tentando contê-la.

— Dona Veridiana, por favor, as pessoas estão reparando...

— Cala a boca, caiçarão pai do caiçarinha fudido! Tira a mão de mim, vagabundo que nem pescar vai mais!

— Cala a boca, tu! Gritou Venâncio.

As pessoas que estavam nas mesas de dentro se levantaram para ver o que acontecia na varanda, Candinho apareceu correndo, pediu calma. Veridiana continuou, endiabrada, como que fazendo um discurso para uma plateia boquiaberta. Falava e olhava os circunstantes, apontava Venâncio, olhava novamente para os outros.

— Esse pai do filhinho da puta sabia bem que eu sustentava o filho. Devia gostar! A mãe também, falava mal de mim em todo lugar, mas gostava da roupa de grife que eu dava pro canalhazinho, não gostava?

— Não bota minha mãe no meio!

— Boto sim! Uma safada de uma caiçara de merda, devia arreganhar os dentes de alegria quando via o cruzamento de cabra com urubu chegar com as roupas finas que eu trazia da Europa! Que nunca nem combinaram com teu jeito atarracado! Cambada de aproveitadores safados, vagabundos de beira de praia, pensam que vão me tirar dinheiro mais do que o filho já tirou? Querem me foder, vocês todos? Ninguém vai me foder, ouviram? Vocês não vão me foder!

Mais gente parava na rua, mais curiosos apareciam, Venâncio, pálido, desesperado de vergonha com a situação.

— Cala a boca, desgraçada!

— Quem é você pra me mandar calar a boca, pentelho de bosta? Pensa que sou idiota, que não sei das coisas? Meu advogado vai esmagar essa ameba com nome de doença que você arranjou como advogada – se Rubeolla é nome de gente! – vocês todos vão ver o que eu vou fazer, entro com uma ação de perdas e danos contra o verme que eu encontrei um dia catando pitu no rio como um miserável e que levei pra minha casa, tentei educar, vestir, aprumar! Deu no que deu! Vá a gente fazer caridade, é isso que dá! Escroto de caiçara!

Candinho tentou pegá-la pelo braço e fazê-la voltar para o carro. Levou um safanão, Veridiana o empurrou com tal força que desiquilibrou o homem, não fosse um outro segurá-lo teria caído.

Ela estava em transe. Não via nada em volta, seus olhos fixavam Venâncio com brilhos de ódio. Gesticulava, balançava a cabeça, a voz enrouquecia, tossia, voltava a imprecar contra o moço. Até que avançou em direção a Venâncio e tentou unhá-lo. Foi agarrada por Leocádio e Porfírio. Contida a custos! Onça brava, dava pontapés enquanto eles a seguravam, esperneava, gritava.

— Larguem de mim, seus cavalos! Vou ter que tomar banho depois de vocês terem colocado suas garras sujas em mim! Filhos da puta! Me larguem! Nojentos! Caiçaras nojentos!

Todos descendentes da vaca da tal Leonarda que mandou matar o primeiro marido para ficar com um outro! Todos descendentes de uma assassina! Aproveitadores, vagabundos!

Enquanto esperneava tentando chutar Venâncio, chegou o namorado, de bicicleta. Não conseguira impedir Veridiana de sair de carro, cantando os pneus, se preocupou, pegou a bicicleta e foi atrás. Correu para ela.

— Vamos embora, Veridiana, pelo amor de Deus!

— Embora nada! Enquanto não enfiar a mão na cara desse escroto não saio daqui!

Porfirio tentou intervir, foi só chegar mais perto e levou um pontapé. Um dos clientes do restaurante era médico, se aproximou querendo falar com ela, comentando, baixo, que devia ser ataque histérico, precisaria ser medicada.

— É melhor chamar uma ambulância, levar a moça para o hospital.

Pataco saiu de perto, assustado.

— Foi o demo que entrou nela! Já vi coisa assim na igreja.

— Bando de canalhas sugadores do dinheiro dos outros! Ela continuava gritando. Vocês não são nada sem nós, turistas, que compramos o seu peixe, pagamos seus salários!

E para Venâncio:

— Chega perto de mim se você é homem, cafajeste, explorador de mulher, vê se tem coragem de chegar perto, eu te meto a mão na cara! Tataraneto de assassina!

Tanto esperneou que se desenvencilhou de Porfírio e Leocádio e voou para o lado de Venâncio, tentando esbofeteá-lo e gritando a última ofensa:

— Viado! Viado nojento!

Com uma das mãos o moço segurou-lhe o braço e com a outra pegou a faca que Leocádio deixara na mesa e enfiou-a com força no peito da moça. O sangue jorrou e a artista loira cambaleou, ia caindo não fosse Porfírio segurá-la. Quando a deitaram no chão Veridiana não falava mais, só gemia. A camisa de Porfírio, inundada de sangue.

— Chamem uma ambulância! Gritou Venâncio, pálido, largando a faca.

Candinho foi para o telefone, as pessoas corriam para ver a moça ensanguentada no chão, o médico pedia que se afastassem, deixassem o espaço livre para ela respirar, que não bulissem nela enquanto não chegasse o socorro.

A ambulância chegou em quinze minutos, dois enfermeiros colocaram-na na maca e o veículo partiu a toda velocidade, o namorado dela atrás, guiando o carro de Verônica.

— Eu temia por alguma coisa grave quando ela saiu, desatinada, disse, antes de entrar no carro. Só não esperava que fosse isso.

Ipês amarelos boiando na chuva - Venâncio saiu do restaurante e foi para casa. Luíza o viu entrar, pálido, cabelos desgrenhados, olhou uma das mãos suja de sangue e imaginou a tragédia.

— Você matou Veridiana, Venâncio?

— Não sei, ele respondeu. Dei uma facada nela.

— Meu Deus!

— Vou me esconder na mata, mãe. Quero uma muda de roupa, uma capa de chuva, alguma coisa para comer e café quente. Bota na térmica.

Foi para o banheiro e lavou o rosto e as mãos, trocou a camisa suja, pegou sabonete e escova de dentes (depois pensou para quê isso, no meio do mato?) botou na mochila uma muda de roupa e uma toalha de banho, colocou um boné, calçou o tênis de marca, enquanto a mãe preparava sanduíche de carne, pacotes de biscoitos e garrafa térmica com café. Deu um beijo em Luíza e desapareceu na mata atrás da casa. Conhecia muito o lugar, sabia das trilhas, das cavernas onde poderia se abrigar da chuva – depois do dia quente e radioso ela se anunciava e não seria uma chuvinha qualquer – sabia que a polícia não o encontraria. Não queria ser preso, deixaria passar algum tempo para não caracterizar flagrante. Vira essa regra em filmes na televisão. Quanto tempo? Não sabia. Quando desse jeito, amanhã ou depois, procuraria Rubeolla para que ela o instruísse.

Assim que entrou na mata fechada a chuva caiu, torrencial. Venâncio se escorou num pé de ipê amarelo. Os grossos pingos de chuva iam derrubando as flores em cima dele. Chão encharcado de água e flores doiradas boiando. Seriam os cabelos loiros de Veridiana, espalhados? Água e loirice, chuva e ipê amarelo. Agarrou flores que grudavam na sua roupa e as levou aos lábios. Matara sua loira tão amada?

Não conseguia chorar.

✡✡✡

Veridiana morreu ao dar entrada no hospital. Todos os jornais noticiaram o crime bárbaro ocorrido em Jacurici e falaram da artista e da sua trajetória de vida.

"Veridiana Ramos Grieco, 52 anos, conhecida escultora com prêmios internacionais, nascida em São Paulo, morreu na semana passada cruelmente assassinada por um caiçara, seu ex empegado. A tragédia aconteceu na praia de Jacurici onde Veridiana tinha casa há muitos anos.

O assassino se entregou acompanhado de sua advogada e vai esperar o julgamento em liberdade. Motorista de caminhão, 30 anos, Venâncio de Matos tivera um relacionamento amoroso com sua empregadora. Fora uma espécie de "faz tudo" da artista em sua casa de praia e estava reivindicando férias e 13º salário que ela, segundo alegações do criminoso, não lhe pagara durante os dez anos de relacionamento.

Veridiana recebeu a facada durante uma discussão num restaurante do lugar. Socorrida, chegou morta ao hospital.

A polícia está ouvindo várias testemunhas do ocorrido.

Veridiana Ramos Grieco será sepultada hoje, no cemitério da Consolação. Segundo o ex-marido da vítima ela havia deixado expresso que não haveria velório.

Retrato final

JACURICI AINDA TEM BELEZAS MUITAS. Quando se vem pela estrada e se chega ao alto do morro ainda é aquele deslumbramento, não tem forasteiro que não se encante. Lá em baixo a curva macia da praia de areias brancas, o mar se chegando em estrias de espuma, mas o verde escuro do mato se rendendo ao areal já não é tanto. O que tem, agora, são muitas casas, muitos condomínios, nem sempre de bom gosto. A legislação do município manda que se construa apenas dois andares, mas as casas com três andares, até quatro, já são muitas e a prefeitura fecha os olhos, os fiscais fingem a irregularidade não existir e o Ministério Público diz que vai ver, que está vendo, mas as coisas continuam iguais.

Pés de jambolão, guanandi, palmeira jerivá ainda existem, mas diminuíram bastante. Jacatirão, que na quaresma mistura aquele monte de flor roxa e branca com a verdura do mato, agora só pode ser visto na serra.

E o cheiro? O perfume de dama-da-noite, que invadia tudo, faz tempo acabou. Perfume doido, doce, insistente, abraçava o bairro inteiro e só o largava depois que o sol aparecia, quedêlhe? Lírio do brejo, que entontecia, também foi-se embora.

A praia bonita que se vê lá em baixo fica apinhada de gente nos feriados. Difícil conseguir espaço na areia entre as centenas de cadeiras e guarda-sóis de hotéis, condomínios, restaurantes e ambulantes que não ambulam, param os carrinhos e os cercam de mesas e cadeiras. Todos - hotéis, pousadas, condomínios e ambulantes - parece que compraram a praia, a areia é deles e ponto final.

Tem muito lixo acumulado no pouco que sobrou do jundu. Sumiram abricoeiros e araçás da praia que o enfeitavam.

No final da praia, perto do morro, o rio, manso e largo, fazendo curva grande antes de se jogar no mar. Se jogar? Nada. Não se joga. Vai se chegando manso e calado, agora cheio de esgoto, o pobre, se espreguiça assim como quem não quer nada, sensual que nem cobra e aí se entrega.

Nas horas em que a maré está subindo a entrega é difícil. O rio quer e o mar embrabece, avança e recua, a água escura do rio teima na entrega, o mar passa por cima, revoltoso, embolam os dois, formam ondas, se debatem, o mar espuma, o rio arrulha e meio que sai vencido. E lá se vai o mar, cheio de gabolices, em ondinhas rápidas, o danado, se enfiando terra adentro. Valente, indiferente à sujeira, conquista terreno, lambe as margens, balança os barcos, bate nos muros de arrimo, derruba galhos secos, invade o mangue que também diminuiu e em alguns pontos sumiu. Guaiamuns ainda estão lá, num canto restante, população menor do que antes. O rio, esse não abandonou suas curvas e não se nega à entrega. Mas não é mais o mesmo, o cheiro do esgoto vindo das favelas que cercam a Rio-
-Santos domina-o por inteiro.

Quando a maré dá sossego, exausto, o mar se aquieta. E desliza outra vez para fora, casado, agora, com o rio, vão-se embora de braços dados e águas sujas, infelizmente misturadas, celebrar as bodas na imensidão do azul. Agora é um casamento amaldiçoado.

Jacurici não é mais lugar gostoso, sossegado. É só bonito. De tranquilo não tem mais nada, a não ser em raros dias de semana.

O desassossego de corpos ainda é o mesmo. Dentro das casas, debaixo das árvores, nas ruas agora bloqueteadas, nos raros quintais onde ainda vicejam damas-da-noite, nas pracinhas, nos hotéis, em todo lugar a vida é forte e vibrante, trágica e alegre, perigosa e sensual. Sexo, sim, e agora, muita droga. Maconha. Cocaína. Crack. Na areia branca que a noite cobre ninguém mais vai namorar ou olhar a lua, é risco grande de ser assaltado.

Mas, sim, em Jacurici ainda acontece de um tudo.

O lugar continua luminoso. De dia o sol brilha com ar de dono, bota claridade em tudo, o céu parece lavado. De noite é aquele desperdício de estrelas e, se tem lua, ela brilha cheia de dengos, branqueia tudo, brilha na areia branca, brilha no mar e torna as ondas mais claras que nuvens.

É lá que ainda vive Carolina, com seus muitos filhos cada qual de um homem. Patrício – Lubi, para os íntimos – dificilmente consegue roubar calcinhas, todos já sabem que o tarado é ele e se o pegam dão-lhe uma coça de quebrar a espinha. Izaltina, mulher de cabelinho na venta continua firme, brigando com o marido e com vizinhos, discutindo com todo mundo, só não briga com os netos, que adora. Seu sobrinho

Venâncio, filho de Luiza, está respondendo, em liberdade, ao processo pela morte da artista Veridiana, nem chegou a ser preso, fugiu do flagrante. Testemunhas relataram as ofensas pesadas da artista e creditaram seu gesto tresloucado ao desespero pelas ofensas, não apenas a ele, mas ao povo caiçara. Racismo feio o da moça. Isaura, a que chamavam desbandeirada, foi condenada a trinta anos de prisão, recorreu e aguarda, em liberdade, novo julgamento. O crime foi há mais de vinte anos, mas o julgamento final ainda não aconteceu. (No Brasil é assim). Leila, sua aprendiz, vem pouco ao bairro e Vadeco, seu pai, corno manso e até feliz diz que está escrevendo a história da sua vida e que nesses escritos vai deixar Carolina dos Anjos muito mal. Ela dá de ombros, o que vem de baixo não a alcança, diz, rindo com os poucos dentes que ainda tem e se refestela na cama com seu novo homem.

Raimundo, que namorava Tereza e um dia viu Leila nua na praia, apareceu para ver o filho e trouxe de presente um queijo de cabra. Tereza e o médico vão bem, obrigado. A família cresceu, as meninas estão na faculdade e Danilo é médico como o pai. Respeitado e querido.

Dona Quicas, o jornal falado do lugar, foi contar histórias em outros planos. Candinho, da venda, ficou rico, seu restaurante faz sucesso e o danado do comerciante tem várias casas de aluguel, a mulher já fez viagens para Buenos Aires e Miami, os filhos já lhe deram netos. Jerônimo, Pataco, Leocádio e outros que lutavam pelo peixe de cada dia agora só vão lá fora por distração.

Jacurici continua de grande beleza e de muitas histórias. Só que agora o barulho é muito e na praia lotada tem garoçá perguntando quedêlhe meu buraquinho que estava aqui ainda antonte? Quando menos se espera tem barulho de festa de casamento na areia, tem barulho do rádio no guarda-sol do vizinho, na casa ao lado, na rua, na praça, barulho não falta: é rap, rag, batuque, sertanejo, é forró, é brega, é pagode, é rock, é funk, tudo muito alto, altíssimo, respeito quedêlhe?

No mar é surfe, lancha, jet. E traineira arrastando, varrendo o fundo do mar e matando peixinhos, alevinos, caranguejinhos, acabando com tudo.

Nas ruas o trânsito é atrapalhado, tem carro, caminhão, buzina, brecada, moto, bicicleta, mulher de biquíni, menino com prancha, carrinhos carregando cadeiras de praia, velha com guarda-sol colorido, cheiro de bloqueador solar, de milho, de cachaça, de frituras.

Muita confusão. Mas as corujas ainda piam dentro da noite.

Jacurici continua sendo lugar de sol – muito sol! E de chuva – muita chuva! Os sabiás ainda cantam bonito e agora não precisam mais se preocupar com alçapões dos caiçaras que adoravam comê-los com arroz. A consciência ambiental, pelo menos, cresceu – em Jacurici e no mundo – e é raro ver alguém caçando para comer. Almas-de-gato continuam piando dentro da mata e tiês-sangue cruzando o ar como riscos vermelhos. Sairinhas azuis ainda aparecem, teimosas, só não pousam mais nos galhos de juremas, que desapareceram, mas nos arbustos exóticos que paisagistas de fora plantaram nos jardins. Sanhaços e corruíras atrevidas permanecem. Até tucanos, de vez em quando, fazem incursões nos jardins pousando nas árvores frutíferas. Maritacas ainda são presentes, numa algazarra ousada, comendo coquinhos nos jerivás dos quintais. Querem fazer mais barulho que a horda de turistas. Não conseguem, a malta é grande e inabalável, veio para ficar e destruir. Impiedosa, incivilizada, atrevida.

Mas há perguntas que não calam: quedêlhe o velho caiçara remendando rede? Quedêlhe as canoas correndo as ondas? Quedêlhe o peixe comprado na praia, recém chegado do cerco? Quedêlhe o fazedor de canoas que ia na mata abater o guapuruvu e escavava a canoa por lá? Quedêlhe a beleza loira de Veridiana? Nunca mais apareceu mulher tão linda quanto! Quedêlhe os administradores que deviam governar e ver a sujeira, o lixo, o esgoto, os abusos, as construções irregulares, as favelas? Quedêlhe o buraquinho do garoçá, quedêlhe? Quedêlhe o governo que deveria impedir o desmatamento? Quedêlhe as autoridades que não impedem que o esgoto das praias corra para o mar?

Quedêlhe aquele jeito caiçara de falar trocando o v pelo b, cantando no final da frase, bede que isso está no final, a língua se misturou com outras que chegaram, biste? Lhai que ainda tem poucos falando como antes, mas é melhor chorar pela cultura que se foi, um descomedimento isso!

Velhos frequentadores se mudaram, entristecidos. Ou morreram. Raquel, que anotava tudo o que acontecia à sua volta – aquela mulher apaixonada que jurava querer morar em Jacurici para sempre – diz que também está indo embora, até botou a casa à venda. O livro que pretendia escrever está pronto, só falta achar editor. Deixou recado, antes de fechar a casa e partir.

"Vou embora, triste. Jacurici, praia tão linda, está mais escalabreada que vítima de acidente. Cultura caiçara levou a breca, ninguém fala bonito como antes. Que é isso, vosso? Quedêlhe a aguagem grossa fazendo adivinhar o curdume? Um progresso falso e mentiroso arregaçou com tudo. Não se dicasca mais mandioca nem se vai lá fora, no cerco. Nem se sabe mais o que vem a ser fandangueiros, bandolim, rebeca e folia de Reis. Se ninguém fizer nada pode, até, piorar e virar cidade, que pena. Quando penso nessa praia que foi um paraíso pergunto a mim mesma e ao Deus que criou este mundo que vento foi este que passou, enlouquecido, destruindo, arrasando, desmatando, poluindo, trazendo para a governança políticos menores, despreparados, soberbos e corruptos? Que vento endiabrado foi esse? Vento do diabo, arrelá! Endiabrado vento."

(SÃO PAULO, 2019)

*Composto em FreighText Pro
pela Officio para a Almedina Brasil.
Barra do Sul, Ilha de Santa Catarina,
setembro de 2023.*